「老師，我想被老師使喚！」
「庫法老師必須有主人的樣子才行。」
刺客守則 4
ASSASSINS PRIDE
暗殺教師與櫻亂鐵路

「這也是庫法老師準備的驚喜？」
愛麗絲・安傑爾
梅莉達的堂姊妹，具「聖騎士」位階的優秀瑪那能力者。雖然顯少表露感情，但非常喜歡梅莉達。

（我到目前為止，
一直在這種模糊不清的迷霧裡
尋求他的身影嗎？）
宛如迷霧般的蒸氣充斥月臺，
列車緩緩駛動。
隨即加快速度的鐵盒從玻璃圓屋頂中飛奔而出，
橫越尖塔街道，
然後隨著高架軌道的指引從卡帝納爾茲學教區啟程。
灼燒視野的提燈光芒，祝福著梅莉達等人的前途。
梅莉達・安傑爾
雖然出生於「聖騎士」安傑爾公爵家，卻沒有瑪那能力的少女。受家庭教師庫法邀請去旅行，讓她雀躍不已，但是……

「也就是我們當中的某人，要跟庫法老師卿卿我我！」
「這裡可是澡堂喔！我們現在是這麼難為情的打扮喔！」
繆爾・拉・摩爾
「魔騎士」的千金。以「巡禮」的監察員身分與庫法等人一同旅行。對梅莉達深感興趣。

莎拉夏・席克薩爾
「龍騎士」公爵塞爾袞心愛的妹妹。性格文靜，常被摯友繆爾耍著玩。
「我……我也請老師幫忙按摩好了。」
「能讓老師感到最小鹿亂撞的是莉塔。
一直從旁觀察的我可以明白這點。」

「那飛翔術難道是——！」
黑色軍服男甚至利用對手的攻擊力，
飛舞到更上空。
庫夏娜追逐敵人身影，
抬頭仰望頂點的眼眸中，
那人與櫻花少女的身影重疊。
爆發般的蒼藍火焰覆蓋天空。

「妳是否太小看武士了？
冒牌貨也有
冒牌貨的尊嚴！」
庫法・梵皮爾
梅莉達的家庭教師，隱瞞學生身為刺客的另一面。他與塞爾裘・席克薩爾作交易，以塞爾裘的影武者身分進行「巡禮」……

「小姐，恕我冒昧。」
庫法老師，我想知道更多關於你的事情——
「我知道老師受傷了。
雖然大家都在注意王爵大人，
但我一直看著老師！」

刺客守則

ASSASSINSPRIDE

暗殺教師與櫻亂鐵路

4

天城ケイ

KeiAmagi

ニノモトニノ

illustration

Ninomotonino

Kadokawa Fantastic Novels

彩頁、內文插圖／ニノモトニノ

ASSASSINSPRIDE
CONTENTS

CHARACTER

庫法・梵皮爾

隸屬於「白夜騎兵團」的
瑪那能力者，位階為「武士」。
雖然被派來擔任梅莉達的
家庭教師兼刺客，
卻違抗任務培育梅莉達。

梅莉達・安傑爾

雖生在三大公爵家的「聖騎士」家，
卻不具備瑪那的少女。
即使被輕蔑為無能才女
也並未灰心喪志，
是勇敢且堅強的努力之人。

愛麗絲・安傑爾

梅莉達的堂姊妹，
具備「聖騎士」位階的
瑪那能力者。
以全學年首席的實力為傲。
沉默寡言且面無表情。

蘿賽蒂・普利凱特

隸屬於精銳部隊
「聖都親衛隊」的菁英。
位階是「舞巫女」。
現在是愛麗絲的家庭教師。

繆爾・拉・摩爾

三大公爵家之一
「魔騎士」的千金。
與梅莉達等人同年紀，
卻散發成熟的神祕氛圍。

莎拉夏・席克薩爾

三大公爵家
「龍騎士」的千金，
與繆爾是同校的朋友。
個性文靜且怯懦。

塞爾裘・席克薩爾

年紀輕輕便繼承爵位的
「龍騎士」公爵，
是莎拉夏的哥哥。
此外亦是「革新派」首領。

布拉克・馬迪雅

隸屬於「白夜騎兵團」的
變裝專家。
位階是變幻自如，
具模仿能力的「小丑」。

威廉・金

隸屬於藍坎斯洛普的
恐怖集團「黎明戲兵團」的
屍人鬼青年。
與庫法暗中勾結。

涅爾娃・馬爾堤呂

梅莉達的同班同學，
以前曾欺負梅莉達，
但兩人關係最近產生變化。
位階是「鬥士」。

HOMEROOM EARLIER

「真沒想到服侍安傑爾家千金的家庭教師，真面目居然是白夜騎兵團的死神啊，庫法・梵皮爾小弟？」

對方一派輕鬆地發出的宣告，讓被迫站在辦公桌前的軍服青年不由得緊握拳頭。眼尖地察覺他端整的俊美容貌略微繃緊，從容坐在椅子上的另一名青年，相反地浮現出爽朗的笑容。

「放心吧，我還沒有告訴任何人這件事。不過從你的模樣來看，這果然是對你的主人梅莉達・安傑爾，甚至必須對安傑爾家當家的菲爾古斯公保密的任務嗎？」

「塞爾袞・席克薩爾公，我們是——」

庫法本想立刻反駁，但暫且噤口不語。為了不屈服於眼前的年輕公爵散發出來的精神壓力，他在內心蓄力，用舌頭舔濕嘴脣。

「……席克薩爾公。如您所知，我們『白夜』的任務是最高機密。縱使是閣下下令也無法暴露詳情，假如發生會影響到我們活動的情況，也必須採取應有的對策。」

「真可怕！我也絲毫不想與你們為敵喔。」
不曉得年輕公爵到底有幾分認真，他誇張地聳了聳肩。
雖然他的美聲高亢得有如聲樂家，但所幸周圍沒有任何會聽見他們對話的人。在以華麗輝煌的家具裝飾的辦公室裡，只有庫法與塞爾裘・席克薩爾公兩人，徹底地屏除了其他人。
弗蘭德爾聖王區——是住有四十萬名民眾的巨大都市國家，且是位於其頂點的國王宮殿。對於一直行走於光芒照射不到的巷弄裡的庫法而言，這是與他無緣的場所之一，收到來自騎士公爵家年輕當家的傳喚命令時，庫法不禁懷疑起自己的耳朵。
庫法心懷一抹黑暗的不安，造訪年輕公爵的辦公室，只見塞爾裘・席克薩爾公以萬人迷的爽朗笑容迎接庫法，同時一開口就切入了暗殺教師的要害。
表面上是兩人將交涉的小刀對準彼此的狀況。但實際上，庫法的立場壓倒性不利。他目前的狀況難以說是按照命令在履行任務，倘若有任何一個背負的祕密洩漏出去，可能就會與這世界的所有勢力為敵。假如這個善於社交的公爵，一時心血來潮而說溜了嘴——庫法將會被逼入必須血染那名高貴黃金天使的局面。
前幾天的畢布利亞哥德圖書館員檢定考試及犯罪組織「黎明戲兵團」的學院襲擊，跨越了這些荒謬的難關後，才心想總算獲得了片刻的安寧時，就陷入這種苦境——庫法緊咬嘴脣，用有些不滿的語調詢問：

「……那麼，作為封口的代價，您究竟希望我做什麼？」

「果然聰明！你這麼通情達理真是太好了——你看這個。」

他這麼說，並從桌子抽屜裡隨意拿出來的物品是條項墜。那條項墜使用了斑紋模樣的貝殼，從它夢幻般的乳白色光輝來看，應該是工藝師製作的一等品。

塞爾袞將項墜放在擦拭到宛如鏡子一般的桌上，仰望庫法的雙眼。

「梵皮爾小弟，今年對弗蘭德爾的政治而言是特別重要的一年。你知道為何嗎？」

「因為**王位交接**吧。」

正是如此——席克薩爾公深深點頭同意。

他們目前所在的地方是弗蘭德爾的王宮。所謂的王宮，是指國王居住的城堡。

但諸事無常。姑且不論古代，現代的弗蘭德爾並不存在血脈代代相傳的「王族」。對民眾而言，說到最高權威者，就是安傑爾、拉．摩爾，以及席克薩爾這三大騎士公爵家的人。

那麼目前君臨這座宮殿寶座的人物是何方神聖？要說民眾仰慕為「國王陛下」，當作心靈依靠的都市代表者是誰——那正是被稱為「巡王爵」的**臨時國王角色**。

塞爾袞將手肘抵在桌上並雙手交握，繼續說道：

「王位是由騎士公爵家的當家輪流接任，因此『巡迴的王之爵位』這層意義成了名稱的由來。王爵被賦予評議會議長的職務，及能在某種程度上自由掌控都市的權限——只不過，當然也有枷鎖。最大的限制就是任期。」

庫法也維持筆直不動的姿勢點點頭，接著塞爾裘的話說下去。

「為了公平執行國政——直截了當地說，為了防止特定的公爵家獨裁，巡王爵的任期規定為三年。而現任王爵亞美蒂雅・拉・摩爾女王陛下的任期即將在今年三月期滿。然後——」

「沒錯！接下來總算**輪到我**了。也就是說在拉・摩爾公退位的同時，將會誕生史上最年輕的塞爾裘・席克薩爾國王陛下！」

「恭喜您。」

「謝謝。如果你能稍微面帶微笑，我會很開心的。」

不巧的是，庫法的笑容只會獻給金髮主人。他宛如雕像般維持端整的面無表情，將雙手在背後交叉，再次詢問：

「我不明白您的意思，您該不會是想叫我擔任慶祝宴會的幹事吧？」

「不是啦。我想委託你的是更加重要的工作——噢，你用不著擔心。這是再適合你不過——只有你才能勝任的工作。」

叮——塞爾裘用指尖彈開了精緻的貝殼項墜。庫法俯視桌上被彈到轉向這邊的那玩意兒，稍微蹙起眉頭。

「這不是巡禮證嗎？」

「你真清楚。沒錯，就算是公爵家的當家，也不可能白白拿到王冠。在那之前必須通過一個名叫『王之考驗』的東西。」

「不過，那是所謂形式上的通過儀禮。我聽說並不是多麻煩的內容吧？」

「照理說是那樣……但感覺這次情勢似乎不太妙。」

「您的意思是？」

公爵沒有回答，從皮椅上站起身。

他繞過寬廣的辦公桌，來到庫法面前。雖然席克薩爾公早已成年，但他的視線高度與比實際年齡還要成熟的庫法相差不多。與青年伶俐的美貌成對比，公爵露出宛如春天般燦爛的笑容，同時將手放到庫法肩上。

「梵皮爾小弟，你能代替我去死嗎？」

「…………什麼？」

LESSON：I ～嘆息的橋梁～

那名英俊青年將手肘抵在桌上，用深切表露出內心的聲音這麼說：

「我當然注意到了。無論是她的心意，抑或是讓我內心焦慮不已的這種熱度的真面目。出落成美人的那女孩，她的眼眸每天都對著我低語。」

青年將同僚遞過來的酒一飲而盡，粗魯地將玻璃杯放回桌上。

「就算這樣，我到底該怎麼做才好？她跟我實在相差太多了。我只是平民出身的卑微騎士，她則是統治這國家的國王之女。我們倆結為連理這種事，就算陛下願意睜一隻眼閉一隻眼，神也不會允許的……」

青年醉得不省人事地趴倒在桌上，看不下去的同僚幫忙搓揉他的背部。這兩人最後還是沒有察覺到……

他們所在的值班室門扉微微開啟。

門外就佇立著一名穿著掩飾身分用長袍的少女。

而這個國家的公主，正因為跟青年同樣的理由，流下悲傷的淚水——

LESSON I

～嘆息的橋梁～

梅莉達啪一聲地闔上書，將那本戀愛小說緊抱在胸前。

這裡是卡帝納爾茲學教區。梅莉達正躺在自己宅邸的床鋪上，仰望著床頂篷。雖然洋裝的裙子有些凌亂，但此刻四處不見會再三勸誡這點，還有針對讀書姿勢嘮叨說教的家庭教師的身影。

就算造訪他位於宅邸二樓半的私人房間，也只有莫名寂寥的靜寂在等著吧。他從好幾天前就不在梅莉達的宅邸裡。

季節正值弗蘭德爾四月第一週。春假將在下下週結束，梅莉達就讀的聖弗立戴斯威德女子學院新年度即將開始。等不及要升上二年級的梅莉達，當然打算利用這段假期，與家庭教師一起努力進行自主訓練。

然而……上學期的畢布利亞哥德圖書館員檢定考試結束，在校生目送敬愛的神華和克莉絲塔等三年級生從學院畢業後，一進入春假，庫法便提出了這樣的請求。

在明年度的課程開始前的幾星期，希望能獲得休假——

梅莉達雖是庫法的主人，但並非直接的雇主。他的僱用契約是怎樣的內容，只有老家發掘並派遣他來的人才知道。

所以梅莉達無法挽留他。「春假期間我也想每天都跟老師在一起」——無論她多麼盼望，也無法將這句話說出口。因為她忽然被迫體認到一件事。

自己與庫法之間，難道不是只存在著家庭教師與學生這樣的關連嗎？

假如梅莉達因為某些理由被迫休學，卸下職務的他是否會乾脆地離開宅邸，然後就再也見不到他了？可能甚至不被允許稱呼他「老師」吧……

無法與他相見的日子一天又一天地過去，彷彿要凍僵的不安如冰雪般在梅莉達的內心飄落，愈積愈厚。

「唉……老師。」

梅莉達翻了個身，將嘴唇貼到床單上。

彷彿要隱藏在溫暖當中一般，小聲地低喃了一句。

「庫法……大人……」

「莉塔？」

「——哇呀！」

突然被人搭話，讓梅莉達嚇得在床上跳起。

她連忙轉頭一看，只見可愛的銀髮妖精爬到了床上。便服裝扮的少女爬向前，毫不在乎上衣變皺，接著抱住梅莉達背後。

「妳剛才叫了誰的名字？」

LESSON: I ~嘆息的橋梁~

「我……我沒有叫誰！我剛才在看書！」

梅莉達將戀愛小說放到枕頭邊，拍了拍封面吸引少女的注意力。愛麗絲與堂姊妹互相依偎，在床單上躺下，不經意地眺望著書本。

「是怎樣的故事？」

「還不曉得。但目前看來——是個悲傷的故事。這個故事的女主角跟男主角有好幾個『差異』，所以兩人無法輕易地結為連理……」

梅莉達彷彿在慰勞似的撫摸小說封面。她宛如說故事的人，聲音中蘊含著感情。

「例如身分上的不同。女主角在她的國家是身分最高貴的一族，但男主角卻是貧民窟出身，連身世也不確定。雖然男主角憑藉優異的武術與聰明才智逐漸名聞遐邇，但死腦筋的人們怎樣也不肯認同他。」

一幕鮮明的光景在梅莉達的腦海中復甦。

就是在學院大聖堂發生的事件原委。儘管洗清了嫌疑，但那伴隨著莫大的驚嘆殘留在她的記憶裡。突然闖入少女花園的小丑面具男，眺望著身穿暗色軍服的青年與緊抓著青年的梅莉達，不客氣地這麼說：

『小心點啊。假如那是不被祝福的戀情，妳也會像梅莉諾亞那樣變得不幸喔——』

梅莉達的母親，如今已故的梅莉諾亞．安傑爾，雖說是富翁，仍是平民出身。那樣的她要與這個國家的最高權力者——安傑爾家的當家菲爾古斯結為連理，據說曾遭到相當荒謬的障礙阻擾。

然而她甚至跨越那些障礙，成功與菲爾古斯結為連理，這樣的她在臨終之際，對自己的人生有何感想？自己在那個魔法書打造出來的虛假法院裡聽見的，好幾句侮辱亡母的話語，也令人不快地灼燒著梅莉達的內心。

梅莉達的目標是被選為騎兵團最頂尖的聖都親衛隊，成為這國家每個人都認同的安傑爾家之女。願意擔任梅莉達路標的人正是庫法。但假如梅莉達按照期望，確立了自己擁有「公爵家血統」的立場，她無可取代的另一個願望——與心上人編織的甜蜜未來，是否會更不可能實現呢？

思考逐漸陷入漩渦，梅莉達硬是搖了搖頭。

「還……還有另一個問題，就是年齡差距。這個女主角的年紀比男主角小很多呢。雖然女主角絲毫不在意，但男主角他……好像經常在苦惱是否可以將女主角當成『女孩子』來看。」

咚——梅莉達就這樣攤開小說，趴到枕頭上。幻想的雲朵從她的金髮中裊裊昇起，膨脹成具體的形狀。

舉例來說，無論是梅莉達或愛麗絲，現在都穿著便服裙裝躺在床上，模樣一點也不淑女。當然庫法在家的話，絕不會讓他看到這麼懶散的模樣。梅莉達會打扮得更漂亮，整理好頭髮，也會做到舉止端莊，因為必須讓庫法評價給人印象最好的自己才行。

但是，假如被他看到現在這種模樣呢？

如果裙底風光誘惑了他的視線？如果衣衫不整地將胸口暴露在他眼前？畢竟是在同一個屋簷下生活的家教，雖然是不可抗力，但十三歲的無暇肌膚遭到他玷汙的經驗也是雙手手指數不完。不過在那種時候，記憶中的他的反應是？曾滿臉通紅地感到害羞嗎？還是被梅莉達稚嫩的魅力給迷住了——答案絕對是否定的。

那種情況極為罕見，他通常都是擺出——「真拿妳沒辦法」的態度。

然後宛如年紀相差甚遠的兄長一般，以傻眼的聲音開始說教。

「小姐，我再三提醒過，小姐已經是就讀上級學校的年紀，不能一直以為自己還是幼年學校生。為了成為獨當一面的淑女，必須從平常就繃緊神經——」

「我……我知道！老師總是這樣，立刻就把我當成小孩看待！」

梅莉達絕對沒有做出什麼粗俗的舉止。但不知何故，經常被庫法看見自己丟臉的模樣。不過那種時候，庫法通常不會看梅莉達看到入迷。他只會一臉若無其事地闡述淑女的法則。

看到庫法對自己這麼不感興趣，梅莉達也不禁覺得火大。

「請……請老師不要一直把我當成小孩喔！我明年也即將十四歲了。到時我跟老師就只差三歲而已。我很快就會追上老師，讓老師無法再擺出那種無動於衷的表情！」

「這樣子啊，不過我明年也即將滿十八了。」

「啊嗚！」

梅莉達彷彿被戳中穴道的小熊一般，驚嚇得身體後仰，全身僵硬。

她一臉完全沒想到這回事的表情。庫法一本正經地雙手交扠環胸。

「我會悠哉地成長，所以請小姐盡量加快腳步，變成跟我一樣的年紀喔。不知小姐何時會追上我呢？明年？後年？」

「呼咕～～～～～～……！」

小姐堆積著滿腔無法反駁的話語，氣呼呼地鼓起通紅的臉頰。

梅莉達回想起與庫法之間令人焦躁的一幕，慢吞吞地從枕頭中抬起臉。於是親愛的堂姊妹將她的臉頰緊貼到梅莉達的臉頰上，依偎在一起。

「沒問題的。跟剛進入聖弗立戴斯威德就讀時相比，莉塔變得可愛很多。我都這麼說了，不會錯的。那個木頭人老師一定也很快就會注意到。」

LESSON: I
～嘆息的橋梁～

「愛麗……嗚嗚。」

「所以要比現在更努力喔！我們還有很大的成長空間，能夠逐漸變成更有魅力的女孩子。我們兩人一起對付愛硬撐的庫法老師吧。」

愛麗絲用和平常一樣的堅定態度，可靠地握緊拳頭。

才這麼心想，就只見她眺望著遠方，彷彿在注視幻想般喃喃自語。

「這麼一來，我和莉塔也能隔著庫法老師成為一家人……明朗的家庭計畫……大家都獲得幸福……」

「咦？什麼，什麼意思？」

「目前還在計劃階段，妳別在意。」

愛麗絲散發出彷彿策士般異常逼真的氛圍，凜然地揚起眉毛。

她就這樣躺在梅莉達身邊，將額頭貼向梅莉達磨蹭，說不定她也覺得很寂寞。兩人彷彿小貓在嬉戲般，將雙手繞到彼此背後。

春假期間，這個分家的堂姊妹會到梅莉達的宅邸留宿，是因為她的家庭教師也離開了宅邸。就跟對梅莉達而言的庫法一樣，據說擔任愛麗絲家庭教師的蘿賽蒂，也在春假期間請了假。據說簡單地詢問了原因後，得知她是要久違地回家鄉一趟。

表面上是為了提高自主訓練的效率，實際上則是為了填補離自己遠去的心靈歸宿，梅莉達與愛麗絲像這樣在同一間宅邸度過休假，忽然感到寂寞時，就可以互相撒嬌。

兩人像這樣以旁人看來怠惰到極點的模樣躺在床上時，叩叩的敲門聲響起。房門早已經被打開，只見女僕裝扮的少女一臉傻眼地站在那裡。

「哎呀，兩位還真是盡情地發懶呢。就算是放假，這樣子真的好嗎？兩位都已經做完老師出的功課了嗎？」

是宅邸的女僕長艾咪。梅莉達依然躺在床上，只抬起了頭。

「早就做完嘍，學院的作業也是。所以坦白說——我們很閒。」

「很閒，非常閒。」

「哎呀，該說兩位真是勤奮嗎——我帶了好東西給這樣的妳們喔。」

「好東西？」

「是庫法先生寄來的信件。」

梅莉達與愛麗絲彷彿發條玩具一般，猛然從床上跳下來。梅莉達不經意地整理衣服與頭髮，同時在比自己年長的女僕長面前，擺出架子並伸出手。

「讓我看看，信上寫了什麼？」

「該說寫了什麼嗎——感覺有些奇怪。裡面沒有信紙或留言卡片，在厚厚的信封當中——」

LESSON I

～嘆息的橋梁～

「別賣關子了，他到底寄了什麼來呀！」

梅莉達忍不住大聲詢問時，從房門旁邊驀地冒出了三個女僕頭飾。是艾咪的部下，女僕三人組。

「什麼什麼，庫法先生寫了情書？」

「這可不能錯過呢。」

「也給我看看嘛～！」

「真是的，妳們就愛湊熱鬧！」

艾咪不滿地嘆氣，同時拿起放在銀色托盤上的信封。

她將信封倒過來，只見一疊紙張豪邁地掉落。

少女的視線從六個方向窺探著散落在托盤上的那些紙張。

「這是什麼？上面寫著『特別觀覽席』……『優待券』……」

「剛好有六人份呢。好厲害，還有燙金。」

「這邊的紙張又是不同種類呢。」

梅莉達從托盤上拿起一張紙，下意識舉高，透過房間的燈光觀看。

日期與時刻，還有車廂等級和「ＴＲＡＩＮ」的文字，讓她疑惑地蹙起眉頭。

「列車車票……？」

† † †

迎接新年度的弗蘭德爾聖王區，今年預定有兩個歷史性活動。其中一個不用說，是史上最年輕的巡王爵，塞爾裘．席克薩爾公的加冕典禮；另一個則是據說要配合他的加冕公開發表，集結了席克薩爾家全力的大發明——被稱為「飛空艇」，在天空遨翔的飛行船落成紀念典禮。

據說那艘被命名為「春天號(Primavera)」的神奇飛行船宛如劇場般巨大，同時又能在與小鳥並肩的高空自由地飛舞。不曉得是真是假，國民對此事的關注度非比尋常，預料今年的巡王爵加冕典禮會比往年更加擁擠混亂。聖王區緊急設置了入市限制，而民眾聚集的王宮前廣場為了避免因人潮擁擠而引發意外，則採用將場地細分成好幾區的預約制。其中能最優雅地觀賞典禮的一等座，聽說早在一年前就已經售罄。

若要以更高級的待遇觀覽典禮，只有身為都市最高權力者的騎士公爵家的人才辦得到。據說他們會從被命名為「特別觀覽席」的專用空間，在相同高度見證巡王爵的表情，乃至一舉手一投足。

假如將這種特別的貴賓席拿到拍賣會販售，想必會有許多人砸下大筆金幣和寶石爭

LESSON: I
～嘆息的橋梁～

相搶購吧。

這樣的座位卻有六人份——無庸置疑地是為了梅莉達和艾咪這些在宅邸生活的少女特別準備的觀覽席吧。

「真不愧是庫法先生呢！」

在前往車站的路面電車中，身穿旅行用的連身裙且拎著大型皮包的女僕，漲紅著臉興奮不已。雖然肩負作為兩位小姐的監護人這項職責，但這次旅行她們也能盡情地放鬆一下。女僕完全是一副妙齡少女的表情，嘰嘰喳喳地互相炫耀著屬於自己的票券。

「原本以為今年哪裡都去不成了，沒想到春假的最後居然有這樣的禮物在等著！」

「這可不是普通的旅行，是超級豪華的旅行，飯店也是五星級！」

「而且不只是梅莉達小姐，愛麗絲小姐也一起同行呢～！」

一名女僕伸手緊抱銀髮少女，被抱住的愛麗絲臉頰略微泛紅。

「啊……啊嗚……」

她掙脫女僕的擁抱，躲到艾咪背後。在搖晃的車廂裡，年長的少女俯視緊抓著自己背後不放的稚嫩銀髮少女，恍然大悟地敲了敲手心。

「這麼說來，愛麗絲小姐跟其他人沒見過幾次面呢。」

「……嗯。」

「各位請排成一列，一個一個向愛麗絲小姐打招呼吧。」

艾咪這麼呼喚，於是三人優雅地端正姿勢。她們散發出和藹可親的女僕氛圍，從最旁邊開始一個個向愛麗絲投以笑容。

「重新向您自我介紹，愛麗絲小姐，我叫麥菈。如果有任何傷腦筋的事情，請儘管跟我說喲。」

「我名叫妮采，今後請多關照。」

「我叫葛蕾絲～！今後請跟我和睦相處喔，愛麗絲小姐！」

看到最後一名女僕朝自己恭敬地敬禮，愛麗絲戰戰兢兢地走上前去。

儘管她一隻手抓著艾咪的裙子，仍禮貌地一鞠躬。

「……請多多指教。」

「「「好可愛～～～～～～！」」」

瞬間露出滿面笑容的女僕從三個方向緊緊挾住愛麗絲。銀髮少女宛如人偶般，束手無策地被她們撫摸全身，同時依然面無表情地不停顫抖著。

「啊嗚啊嗚啊……」

「居然能照顧這麼可愛的孩子！這似乎真的會是一趟最棒的旅行！」

「的確跟梅莉達小姐有些相似呢。真想讓她們穿一樣的衣服站在一起。」

LESSON: I
～嘆息的橋梁～

「來拍照吧，拍照！機會難得，要多留下一些紀念！」

「妳們真是的，就算是旅行，也興奮過頭了吧。」

抓著扶手的十三歲少女一臉傻眼地這麼說道。身為女僕們主人的梅莉達，從容不迫地撩起頭髮，斜眼看向她們。

「怎麼可以在電車裡面吵吵鬧鬧的呢。身為淑女，必須從平常就繃緊神經才行喲！就算身上穿的不是女僕服裝或學院的制服……」

女僕三人組深感意外似的互看彼此，將臉湊近。

「一收到票券，就說『能見到老師了！』然後著手熬夜準備行李的小姐講這種話也沒什麼說服力呢……？」

「我看到那塞得鼓鼓的行李箱中，裝滿了打扮用的道具。」

「小姐甚至還寫了劇本練習呢～我都聽見嘍。『小姐，每度過一天無法與妳相見的日子，宛如星辰的戀慕之情就逐漸在我內心飄落，堆積成山。』、『老師，我也是，沒有老師的擁抱，夜晚就寒冷到無法入眠』──」

「哇～！妳們別說了啦！」

梅莉達慌張地亂揮手臂，於是女僕吐了吐舌頭，各自移開視線。總算稍微恢復平靜的路面電車中，銀髮的愛麗絲靠近氣呼呼地鼓起臉頰，說著「真是夠了」的堂姊妹身旁。

「……莉塔，妳在擔心什麼嗎？妳一直一臉嚴肅地看著窗外。」

「該說是擔心嗎？我只是跟艾咪一樣，覺得有點奇怪而已。雖然寄件人的確是老師，但一句留言也沒有，實在有些奇怪。而且，老師是如何準備了這麼昂貴的票券，又是抱著什麼打算邀請我們前去的呢……」

「就算這樣，還是要去？」

「所以才要去一探究竟呀。」

梅莉達這麼說道時，電車鐺鐺鐺地敲響鐘聲，緩緩地放慢速度。

少女們踏進月臺，在那裡等候著她們的是看不見前方的人潮。人數多到甚至讓人有種卡帝納爾茲學教區的居民全部湧入了這裡的錯覺。正心想這些人該不會都是列車的乘客時，只見大部分的人連票也沒拿，只從驗票口前探出身子。

「究竟是怎麼回事？」

月臺目前停著一輛車體塗成深紅的長距離臥舖列車。車前燈上方裝設著牌子，刻印在上面的車體編號，跟梅莉達等人持有的票券一樣。前方的火車頭，中間是一等到二等的一般車廂，最後方則是整個包下來的貴賓車廂——人們朝最後方的車體聚集，頻頻揮手，看似熱情地呼喚著什麼。

LESSON I
～嘆息的橋梁～

充斥玻璃圓屋頂的熱氣，讓梅莉達忍不住與愛麗絲摟著彼此，同時等候了一陣子。

剛才離開圈子的艾咪，向賣報紙的小販打聽了原因後，回到眾人身邊。

「聽說巡禮中的王爵大人，目前似乎在那輛列車上呢。」

「巡王爵……也就是說——」

「是塞爾袞．席克薩爾公——莎拉夏同學的兄長大人？」

梅莉達與愛麗絲在近距離互相注視後，將視線移回年長的女僕長身上。艾咪看來有些感慨良深，另一方面又有些傷腦筋似的將手心貼在臉頰上。

「得知王爵大人在巡禮途中會經過這城鎮，聽到消息的小鎮居民蜂擁而至。那似乎正好跟我們要搭乘的列車是同一輛……看來在人減少前，暫時晚點上車比較好呢。」

此時一陣格外熱烈的歡呼聲掀起，蓋住艾咪的話尾。旁觀的群眾彷彿要壓扁車體似的試圖聚集起來，幾名身穿軍服的騎士拚命阻止他們。

那大概是巡王爵塞爾袞．席克薩爾公的護衛隊吧。蓄著八字鬍，看似隊長的中年騎士一邊牽制狂熱的觀眾，一邊大聲喊道：

「各位！冷靜點！王爵正在此地！很快就會露面！各位別這麼激動，以免嚇到王爵！好了，快退後！」

在被吊胃口的觀眾的興奮度飆到最高潮時，貴賓車廂的窗戶總算往上拉開。寬敞的玻璃窗另一側可以看見幾名人影。梅莉達與愛麗絲競相飛奔到掛鐘臺上，從人潮最後方眺望彼端。

「那位人物就是巡王爵……塞爾袞．席克薩爾公……？」

梅莉達不禁疑惑地蹙起眉頭。

華麗且絢爛的服裝確實很適合身為最高權威者的騎士公爵家。他戴著帽簷寬廣的時髦帽子，厚實的花瓣和大型鳥羽毛增添著色彩。但也因此幾乎看不見他的長相，只能勉強看出他爽朗的嘴角繃緊著。

他彷彿義務一般緩緩地舉起手臂，朝聚集起來的觀眾揮手。主要從年輕女性群中發出甚至撼動圓屋頂的聲援。

他那樣的身影讓梅莉達有種難以言喻的異樣感，總覺得自己在哪裡見過他。明明直到最近才跟他妹妹莎拉夏有些交流。

梅莉達轉頭想詢問愛麗絲的意見，只見同樣一臉不可思議地歪頭疑惑的銀髮堂姊妹突然舉起手臂，指向列車那邊。

「妳看，莉塔。在王爵大人對面的，是繆爾……同學。」

「咦？」

梅莉達連忙定睛一看，只見貴賓車廂的優雅沙發另一邊，有著讓人不禁會看入迷的

黑水晶光輝。而且旁邊還有櫻花秀髮隨風搖曳的莎拉夏身影。她們兩人穿的都不是聖德特立修的制服，而是能夠襯托王爵的便服打扮。

看到同樣的光景，擁有同樣安傑爾姓氏的堂姊妹互相對望。

「她們是來陪王爵巡禮的嗎？」

「我們有一天也會獲得那種職務嗎？」

「實在無法想像呢——啊！」

瞬間。彷彿受到引力指引一般，梅莉達的視線與繆爾的視線互相交錯，即使是這種距離也能清楚得知。她的嘴唇勾勒出成熟的微笑，無庸置疑地是朝梅莉達揮手。在心臟不禁小鹿亂撞的同時，前方的觀眾激動地鼓譟起來。

「那是現任女王陛下的愛女，『魔騎士』繆爾‧拉‧摩爾大人啊！」

「她剛才看著我露出微笑了！她是在對我揮手！」

「聽妳在瞎扯，她看的是我！啊，她美麗得讓人難以置信居然比我年幼呢！」

梅莉達不滿地抿緊嘴唇，然後走下鐘臺到地板上，姑且提出反駁。

「繆爾同學是**對我**露出微笑。」

背對這邊的眾多觀眾發出「啊！」的嘆息聲。貴賓車廂的車窗無情地關閉，深紅的百葉簾阻斷了視線。以時間來說，肯定連一分鐘也不到。依依不捨的觀眾嘟噥著這次的

LESSON I

～嘆息的橋梁～

王爵是否太缺乏服務精神，身穿軍服的警備隊大聲地試圖趕走他們。

「好啦，時間到了！王爵大人十分忙碌！必須啟程繼續巡禮！」

「各位客人，請多體諒！這樣會造成其他乘客的困擾！」

還有大量站務員出來協助，拚命地試圖整理前所未有的超級混亂人潮。他們設法將在列車啟動前堅持不肯移動的人群推到一邊，闢出一條通往驗票口的道路。

「也有要搭車的乘客！持有車票的客人優先！已經沒有現場販售票了！好了，請離開月臺！請小心別受傷了！」

「兩位小姐，我們走吧。」

聽到艾咪的聲音，梅莉達猛然回過神來，一行人提著行李從較空曠的前方車廂慌忙地搭上列車。車票被「啪」一聲地打了個洞後，梅莉達與愛麗絲將票收到便服口袋裡。

「這也是庫法老師準備的驚喜？」

「天曉得呢？」

姊妹倆呵呵地互相微笑時，長距離臥鋪列車吹響尖銳的汽笛聲。

宛如迷霧般的蒸氣充斥月臺，列車拖著幾百人的視線，緩緩駛動起來。引擎的驅動聲響讓身體從腳邊微微抖動。

隨即加快速度的鐵盒從玻璃圓屋頂中飛奔而出，橫越尖塔街道，然後隨著高架軌道的指引從卡帝納爾茲學教區啟程。

灼燒視野的提燈光芒，祝福著梅莉達等人的前途。

卡帝納爾茲學教區

沉思尖塔的街景美麗動人的學術之都

■交通／ Access

位於弗蘭德爾第三層。轉車需要花點工夫。

■導覽／ Commentary

說到弗蘭德爾首屈一指的學園地區，首先會想到的就是這充滿尖塔的街景，也就是卡帝納爾茲學教區。此處集結了二十所以上，在各領域表現卓越的大學櫛比鱗次，優秀人才從弗蘭德爾各處聚集至此，代代皆有各界的著名人物輩出。

讓人聯想到魔法師尖頂帽的建築物屋頂，也被稱為「沉思尖塔」。與學教區之名給人的嚴謹印象相反，充滿許多樂趣，例如有松鼠棲息的廣大花園、與著名文豪相關的美術館和咖啡廳，還有廣受當地民眾喜愛，位於散步道旁的酒吧等。這多彩多姿的背景培育出弗蘭德爾的知識分子，接觸這些背景可說是遊覽這地區最聰明的方式。

觀光景點
Tourist spot

卡帝納爾茲學教區最精采的賣點，存在於無法看見的場所——倘若想知道這謎題的答案，可試著到東南方的大道看看。如果在格外高大的城牆後緊接著看到宛如城堡般的尖塔，那就是著名的聖弗立戴斯威德女子學院。

那裡是貴族子女以瑪那能力者身分鑽研學問的地方，當然嚴禁無關人士進入。話雖如此，但光是從遠方眺望從弗蘭德爾建造時代就一直屹立不搖，歷史悠久的城牆，也能滿足探究精神吧。運氣好的話，說不定有機會與上下學途中的淑女打聲招呼。

LESSON：Ⅱ　～必然的旅行者～

「話說我一直覺得很不可思議，為什麼王爵大人要進行巡禮呢？」

女僕之一的葛蕾絲用慢條斯理的聲音詢問。雖然她擅長勞力工作且十分可靠，但即使面對主人有時也會忘記使用敬語這點，算是美中不足的小缺點吧。

六人在包廂座位上面對面坐著，位於正中央前進方向的梅莉達，瞄了一下愛麗絲向她示意後，回答葛蕾絲的疑問。

「王爵的巡禮有各種意義。像是為了讓所有國民認識新國王陛下，及讓王爵回顧自己統治的國家；此外雖然只是形式，但也必須通過讓大家認同為國王的考驗喲。」

「考驗？」

「就是搜尋聖石與聖劍呢。」

另一名女僕妮采接話。她是個散發文靜氛圍的少女，愛書成痴的讀書家。她也經常借自己推薦的書給梅莉達。

妮采淡淡地向同僚解說大概是從情報誌上得到的知識。

LESSON: II ～必然的旅行者～

「這是自古以來的慣例，王爵必須親手準備讓自己成為國王，象徵著守護國家的聖劍，聖劍素材就是『四大聖石』。將聖石嵌入一流鐵匠打造的名劍，那就會成為聖劍，之後在加冕典禮向那把聖劍宣誓，便會正式被認同為國王。」

「搜尋聖石與聖劍的行為，一般被稱為巡禮。」

女僕組的開心果麥菈豎起食指，她看來像是個容易得意忘形的人，實則深思熟慮。

「只有這件事不能命令家臣去做。王爵大人必須親自走遍弗蘭德爾，尋找聖劍。尤其是都市外部的下層居住區，公爵家的當家很少會下去那裡。而王爵大人會經過的地方都會轟動一時呢——就像剛才那樣。」

「大家都拚命地想看未來的國王陛下一眼呢。」

梅莉達以複雜的聲音這麼低喃，面向窗外。

安傑爾家的現任當家是梅莉達的父親菲爾古斯。換言之，遲早會輪到他坐上這國家的王座。不過，要說對他的印象會因此有怎樣的變化，梅莉達並不是很清楚。她只覺得父親好像會變得更遙不可及。

雖然應該不是察覺到梅莉達這樣的心境，但坐在左邊的艾咪溫柔地梳理梅莉達的金髮。她的家族代代都是安傑爾家的傭人，從懂事時開始就以專屬女僕身分服侍梅莉達，對梅莉達而言，艾咪就像姊姊一樣。

「王爵大人接著要前往何處呢？居然能與王爵大人搭乘同一輛車，真巧呢。」

「真巧……」

坐在對面的愛麗絲小聲地重複，緩緩地摸索起口袋。

她目不轉睛地凝視拿出來的列車車票，以慎重的聲音低喃：

「……車票有指定日期與時間。我們會搭乘這輛車，是早就決定好的事情。」

「妳的意思是庫法小弟刻意這麼安排，讓我們能與王爵大人見面？應該是妳想太多了吧～」

葛蕾絲不當一回事地一笑置之，將手臂繞到愛麗絲纖細的肩膀上。

「而且要真是那樣，首先得知道王爵大人何時會經過哪裡才行吧，是不是？」

「畢竟沒有連巡禮路線都公開……呢。」

「要是那麼做，會引起更不得了的騷動呢。」

「可能是騎兵團的人告訴他的？」

麥菈提出這樣的可能性，少女面面相覷。不知是誰喃喃自語起來：

「……這麼說來，庫法先生隸屬哪個部隊呀？」

「我想應該是聖王區某處的吧……天曉得呢？」

「我不懂軍務，所以沒問過他呢。」

LESSON Ⅱ ～必然的旅行者～

「小姐應該知道些什麼吧？」
看到女僕們的視線集中到自己身上，梅莉達連忙搖了搖頭。
「我……我不知道。」
話說出口之後，梅莉達重新產生自覺，她低頭望向纖細的大腿。
「我……對老師之前的工作一無所知。也沒請老師告訴我休假期間的聯絡方式……
咦……？」
梅莉達不知不覺地發出震驚的聲音。
將近一年內的時間每天一起生活，無論早晚都注視著他的身影，梅莉達一直以為關於他的事情自己幾乎都知道。就像自己對他抱持超越主從關係的感情般，梅莉達十分安心地認為兩人之間已經締結無人能拆散的羈絆。
——難道那只不過是幻想嗎？他一從眼前不見人影，梅莉達內心的確信便在眨眼間變成脆弱虛幻的東西。假如他就這樣再也不回來宅邸，自己甚至無法追逐他不是嗎？
我到目前為止，一直在這種模糊不清的迷霧裡尋求他的身影嗎？
「老……老師……」

身體急遽變得冰冷，梅莉達緊抱自己的肩膀。真怨恨在自己房間的床上悠哉地等待庫法回來的自己。為何能毫不懷疑地認為庫法一定會回來呢？為什麼在道別的時候，沒有更仔細地先問清楚原因呢？

他離開宅邸，說不定是去見梅莉達不認識的戀人。說不定會浮現出在家庭教師的工作中絕不會展露的笑容。

構成庫法的所有要素，並不是只有梅莉達認識的他而已——…………

「莉塔，妳還好嗎……？」

愛麗絲擔心突然陷入沉默的梅莉達，從對面伸出了手。就在她用稚嫩的手指安慰著梅莉達冰冷僵硬的手指時……

「喂，那個……是什麼啊？」

「快看啊！在窗外！」

一般車廂的乘客突然騷動起來。周圍的人們起身離席，緊貼在一邊的窗戶上。梅莉達等六人也跟著將臉面向那邊。是艾咪坐的窗戶邊。

構成弗蘭德爾的二十五個街區（坎貝爾），收納在隔絕夜晚咒力的提燈裡，存在於遙遠的超高度。扭曲的支柱從聳立在都市中樞的巨大迷宮——畢布利亞哥德伸展而出，其前端部分支撐著街區。

LESSON: II

～必然的旅行者～

當然，在離地面幾千公尺高這種讓人感覺快昏倒的空間，也布滿連接街區與街區的高架軌道群。在軌道上行駛的列車，遠看就宛如在空中遨翔一般。這座黃金橋梁據說擁有與弗蘭德爾建立同樣悠久的歷史，除了負責維修的人員以外，其他人根本沒有機會以肉身踏入這座橋梁——

但是此刻，乘客目不轉睛地凝視著的窗外，有一隻「蝙蝠」正在與列車相同的高度飛行。「蝙蝠」以驚人的氣勢從背後噴出閃耀著白光的煙霧，同時與列車並肩前行。那身影慢慢變大，輪廓變得清晰，穿戴在他身上的金屬反射光芒，犀利的眼眸在護目鏡底下發出凶狠光芒的瞬間——某個乘客大叫出聲。

「是……是人類！有人類在空中飛行啊！」

梅莉達也能清楚地看見。暢行無阻地在空中奔馳，追逐列車的是身穿奇妙「鎧甲」的人類男性。他從背面散發出大量蒸氣，靠那股氣勢宛如砲彈一般加速的身影，簡直就像不祥的流星。

「不只一個人，有一大群啊！」

年輕男人這麼說，飛奔到車廂反方向的窗邊。那邊也有複數「蝙蝠」拖曳著白色蒸氣，在漆黑天空中發出轟隆聲響，同時逐漸靠近列車。乍看之下能確認到的數量，合計也已經超過十人了吧。

「這……這是什麼表演活動嗎……？」

艾咪沒什麼自信地這麼低喃時，梅莉達驚訝地睜大了眼睛。因為與列車並肩前行的黑蝙蝠之一，緩緩地這邊伸出手臂。

一看見他手臂前端閃耀著槍口的光芒，車廂內只有梅莉達與愛麗絲反應過來。

「「快趴下！」」

兩人這麼大喊的同時，抓住位於各自兩邊的女僕，將她們拉倒到座位底下。緊接著。車廂的窗戶伴隨著嘈雜的槍擊聲響被射穿。玻璃閃耀地四處飛散，響起震耳欲聾的哀號。被捲入衝擊的乘客互相擠壓倒落。看到鮮血流過地板，梅莉達感到一陣毛骨悚然。

還來不及喘息，黑蝙蝠本身就入侵到列車裡頭。他們順著飛翔的氣勢衝向窗戶，輕盈地採取護身倒法後一躍而起——是群熟練的戰士。

他們用頭盔和護目鏡遮蓋住臉部，來歷不明。他們在梅莉達與愛麗絲屏氣凝神注視的前方，環顧了車廂裡頭一圈。確認沒有出現死傷者——當然不可能是這樣，他們立刻一臉焦躁地大叫。

「是一般車廂！」

「目標在最後方！動作快！」

LESSON: II ～必然的旅行者～

入侵車廂的八人動作流暢地兵分兩路。其中四人再次從窗戶跳到車頂上，另外四人則直接在車廂內飛奔而過，前往後方車廂。粗暴的腳步聲橫跨梅莉達等人所在的包廂座位旁。

「這是怎麼回事？」

通往後方車廂的門扉開啟，身穿軍服的幾名騎士飛奔而至。位於前頭的是在卡帝納爾茲學教區的車站阻擋了觀眾，蓄著八字鬍的男性。

他一看到一般車廂的慘況，立即率先拔出了軍刀。

「列車強盜嗎？究竟是從哪裡潛入的！」

黑蝙蝠沒有回答，各自俐落地拔出武器，是從不曾見過的形狀。具備機械性構造，刀身一瞬間滑動了起來，隨即噴出猛烈的蒸氣。

那宛如龍之呼氣的蒸氣，卻並非瑪那的火焰。警備隊長發出怒吼。

「他們並非瑪那能力者！驅散他們！」

「「「遵命！」」」

應聲的年輕騎士走上前。他們從全身解放出瑪那，用常人甚至無法以肉眼捕捉的速度揮動劍。但前頭的黑蝙蝠準確地擋住了那熟練的劍術。雖然身體能力略遜一籌，但能藉由豐富的戰鬥經驗預測攻勢。

在那之後，發展出讓人更懷疑起自己眼睛的光景。一般認為被迫陷入刀刃交鋒姿勢的黑蝙蝠，理當會順勢被壓制住。瑪那能力者與非瑪那能力者、纏繞著瑪那的武器與一般的武器相較之下，存在著鑽石與薄冰般的差距。黑蝙蝠的機械劍也霹哩地產生龜裂。

但隨後沒多久。從機械劍內側響起了野獸般的驅動聲，又再次冒出猛烈的蒸氣。那一瞬間，梅莉達看見了有奇妙的東西嵌入滑動的刀身內側。是散發出激烈光芒，粗暴地被削出來的石柱——結晶。

那究竟是什麼？更猛烈的衝擊吹飛了片段的疑問。黑蝙蝠居然才將騎士的豪腕反推回去，又順勢敲斷了騎士的軍刀。被敲斷的劍有一半刺進天花板，瑪那的火焰空虛地被風吹熄。

「嗚……嗚哇！」

然後年輕騎士一屁股跌坐在地上，一臉難以置信的表情。他作夢也沒想到身為瑪那能力者不斷鑽研的自己，竟然會敗給連貴族都不是的盜賊吧。

騎士只能一臉震驚地仰望對方，拎著超常機械劍的黑蝙蝠走到他面前。

「這是必要的犧牲——要阻擋的話，就去死吧。」

「噫……！」

黑蝙蝠揮起劍時，隨後跟上的騎士接二連三地撲向他。但結果仍然一樣。每當機械

LESSON: Ⅱ ～必然的旅行者～

劍響起野獸般的咆哮，瑪那能力者理應以壓倒性優勢為傲的武器，便從中間被斷成兩半，飛向遠方。

「怎……怎麼回事？這是什麼情況！阻止他！快阻止他！」

蓄著八字鬍的警備隊長口沫橫飛地大吼大叫。但同伴的數量愈來愈少。最終所有騎士被打倒在地，黑蝙蝠之一走近被留到最後的警備隊長。

他隨意揮出反手拳，打向中年男性的鼻頭。黑蝙蝠將劍指向噴出鼻血倒地的警備隊長面前，命令背後的同伴。

「我有事情要問這傢伙，你們先走吧。」

了解——這麼簡潔回應的三人拔出同樣的機械劍，飛奔到後方車廂。

梅莉達趴在包廂座位當中，同時先確認女僕並沒有受傷。然後，就在她下定決心打算挺身而出時，一隻纖細的手抓住了她的肩膀。

愛麗絲面色凝重地蹙緊眉頭，同時連連搖頭。

對了。無論是她或自己，此刻都沒有武器！

壓根沒想到會被捲進這種狀況，梅莉達與愛麗絲將愛用的模擬劍放在宅邸裡。不，追根究柢，就算有武器，還是學生的自己等人也不曉得能辦到什麼。擔任王爵警衛隊的騎士無庸置疑地是騎兵團的精銳吧。能夠輕易壓制他們，甚至並非瑪那能力者的這群黑蝙蝠，究竟是何方神聖呢……——

黑蝙蝠將劍對準流著鼻血的警備隊長，冷酷地問道。

「你最好謹慎且誠實地回答我的問題——**你知道多少**？」

「你……你……你說什麼……？」

「你被委任負責王爵的警衛，應該有什麼理由吧？那傢伙跟你說了多少事情？他有向你們敘述自己的展望嗎……？」

「注……注意你的用詞，粗俗之輩！王爵的期望是排除你們這種異端！守護弗蘭德爾的安寧！除此之外還有什麼！」

「那麼——**關於春天號呢**？」

不光是警備隊長，就在梅莉達和愛麗絲也對敵人的意圖蹙起眉頭時。

後方的車門吹飛，鐵片四散的同時，黑蝙蝠之一翻滾了過來。剛才先走一步的三人當中，剩餘兩人也慌張地飛奔回來，架起武器。

「是王爵！不好對付……！」

原本在威脅警備隊長的黑蝙蝠，也迅速地將劍尖轉向。

有個穿著禮服的人影，從變成通風處的後方車門緩緩現身。跟在卡帝納爾茲學教區的車站遠看時一樣，幾乎遮蓋住面貌的華麗帽子也依然不變。但看到他毫無破綻的站姿

LESSON Ⅱ ～必然的旅行者～

那瞬間，一種直覺閃過梅莉達的腦海。

「那個人是……」

梅莉達不禁轉頭看向愛麗絲，她也同樣露出察覺到什麼的表情，兩人四目交接。

王爵讓禮服衣襬隨風搖曳，邁出步伐，一步、兩步。黑蝙蝠集團繃緊全身神經，從頭盔底下迸出氣勢。

「喝啊──！」

砰──兩人強烈地讓地板震動，發動突擊。論身體能力比不上瑪那能力者，但他們擁有非常神奇的機械劍。穿戴在全身的鎧甲噴射出宛如龍一般的氣息，黑蝙蝠的肉體猛然加速起來。

但王爵以更快的速度輕易動了起來。他宛如迅雷般地拔出武器，像反擊似的橫掃第一人，收刀時順勢劈開第二人的手臂。第一擊是用刀背砍。包括一開始翻滾過來的敵人在內，他似乎有手下留情，避免殺掉他們。

看似隊長的黑蝙蝠，儘管無意識地往後退，仍同時呼籲同伴：

「別……別驚慌失措！我們有『仙饌密酒（Ambrosia）』的庇護！」

不過，就連這樣的呼籲也為時已晚。在慣用手受傷的第二人弄掉武器的同時，從刀鞘裡拔出來的刀身縱橫自如地攻擊敵人。全身遭到刀背毆打，第二人沒一會兒就倒落在地板上。

燈光犀利地反射在王爵手握的漆黑刀上。

「……怪物！」

黑蝙蝠隊長立刻試圖採取下個對策。換言之，他領悟到從正面進攻是打不贏的，而打算抓人質。他瞬間掃視車廂內，立刻將視線停留在一旁的包廂座位上。

他似乎是判斷小孩子比較有用，朝梅莉達與愛麗絲伸出手。安傑爾姊妹立刻試圖解放瑪那，在那之前颳起了一陣黑色暴風。立刻插進雙方之間的王爵，彷彿威嚇似的揮刀橫掃。

「別碰她們。」

「可惡……！」

他迫不得已揮動的機械劍勾到王爵的帽子。只見花瓣飄落，鳥羽毛碎裂，帽子高高飛舞到天花板。從帽子底下現身的閃亮黑髮，讓梅莉達發出摻雜著驚嘆與感慨的吶喊。

「庫法老師！」

他任憑風玩弄的黑髮點綴細長的眼眸，同時輕舞飛揚著。他身穿的禮服給人一種與

LESSON: II

～必然的旅行者～

平常瀟灑穩重的軍服截然不同的印象，且將愛用的黑刀擺在腰部，狠狠地瞪著敵人。黑蝙蝠一邊舉起機械劍，一邊顫抖地往後退。

「怎……怎麼可能！不是塞爾袞．席克薩爾……居然是冒牌貨！」

黑蝙蝠步履蹣跚，一臉混亂地後退兩三步。但隨後有什麼東西潑到他後腦杓上。伴隨著「嘩啦」的水聲，水滴飛濺到黑蝙蝠的全身。

「你……你竟敢……把我家老爺……！把我們難得的家族旅行搞砸……！」

是頭上流著血的一名女乘客，勇敢地將水壺摔向黑蝙蝠。雖然感覺那完全是種無謀的行動，但黑蝙蝠卻表現出乎梅莉達預料的反應。

「……可惡，失算了！」

他俯視整個濕透的全身，不知為何宛如脫兔般飛奔而出。他全神貫注地撲向窗戶，順勢逃到車外。

目瞪口呆地目送黑蝙蝠離開後，梅莉達猛然緊抓住眼前的背影不放。

「老……老師！你怎麼會在這裡？還有，你那身打扮是……！」

但還不能放心。隨後響起像是衝撞事故的轟隆聲響，激烈的震動搖晃車廂內。原本勉強要站起身的乘客都一齊跌落在地板上。

「小姐們請留在這裡，不要移動。」

庫法淡淡地這麼告知後，推了推梅莉達的肩膀，將她壓回包廂座位上。然後他自己一腳踩在玻璃被弄破的窗框上，以後翻上槓的訣竅輕快地跳到外面。

以絕妙的平衡感往上跳的庫法，在行駛中的列車頂上著地。他重新拔出黑刀的同時，幾抹絢爛的蒸氣帶伴隨著爆炸聲從前後左右一擁而上。

「那就是王爵嗎？開槍！開槍！」

似乎連容貌也無法辨認的黑蝙蝠，從四面八方不顧一切地將槍口對準這邊，開槍射擊。庫法俐落地一蹬地板，穿越槍林彈雨，以完美的軌跡揮刀一閃。他用刀身斜向彈開從正面飛來的子彈，反彈到後方的黑蝙蝠身上。那一發跳彈伴隨火花分毫不差地直接命中，敵人呈螺旋狀旋轉，下降墜落。

「殺掉他！無論如何都要解決他！」

其中一人似乎是急於立功，只見他拔出機械裝置的短劍衝了過來。不過，在超近距離下，他不可能比得過庫法的反射神經與攻擊速度。突擊列車的黑蝙蝠在車頂上與庫法交錯，順勢飛過之後——爆裂飛散。

他穿戴在全身的鎧甲灑落著機械碎片，身體遭到蒸氣與火焰灼燒，同時墜落到幾千公尺遠的地上。剩餘的黑蝙蝠畏縮地拉開距離。

緊接著，一個漆黑身影從遙遠的天上飛來，垂直地穿過列車旁邊。同時響起轟隆聲

LESSON II

～必然的旅行者～

響與一陣衝擊。隨後是遮蓋住庫法視野的猛烈蒸氣。

「這群蠢蛋！仔細看清楚敵人的戰鬥方式！」

宛如猛禽類般發動一擊的，是同樣身穿飛行鎧甲的黑蝙蝠。她以女性的聲音怒斥周圍後，從背面噴射出驚人的大量蒸氣，同時急速上升。

她在飛過時又揮出一閃。列車的支架伴隨著金屬聲響彈開，與鐵軌摩擦，迸出彷彿會灼傷眼睛的火花。上升到充分的高度後，女性蝙蝠再次發動突擊。宛如從天上射出的弓箭一般，瞬間的閃光穿過列車旁。

庫法好幾次試圖迎擊，但抓不到時機，踩了個空。從急速降落換成急速上升，絲毫不給反擊空隙的一擊脫離，空中戰的熟練度遠勝於其他襲擊者。照這樣下去，列車可能會被逼入無法行駛的困境。

庫法瞬間做出判斷，他收起刀，噴射出爆發性的蒼藍火焰。

「『拔刀術──……』」

在拔刀的同時，超過數十的瑪那刀刃伴隨著堅硬的斬擊聲響擴散開來。

「『空葬蓮華』！」

銳利發亮的蒼藍火焰以庫法為起點，呈放射狀飛散。那些火焰直接命中描繪著亂七八糟的軌道在半空中飛舞的黑蝙蝠，將好幾個人一起擊落。那是巨大的蒼藍煙火膨脹起來，連鎖性地引發深紅爆炎的光景——

其中一記瑪那刀強襲女性黑蝙蝠。但她揮動手上拿的機械矛，解放出不輸給庫法的高壓力瑪那。被抵銷的火焰瞬間在半空中熄滅。

「別礙事，影武者！」

女性黑蝙蝠從護目鏡底下發出怒吼，瞬間將打亂隊伍的屬下統率起來。那是經過磨練的統率力與忠誠心。全身濕透的黑蝙蝠借用同伴的肩膀，從敵陣當中飛了出來。是剛才入侵列車那群傢伙的倖存者。

「**小姐**！那傢伙並不是塞爾裘·席克薩爾。是冒牌貨！」

「我知道！暫且先撤退吧，各位！」

女子的號令讓黑蝙蝠一齊噴射出閃耀的蒸氣。他們在半空中滑行後退，三五成群地飛向鐵軌另一端。缺乏追擊手段的庫法，只能從列車上目送他們離開。

一直殿後壓陣的女性黑蝙蝠，最後轉頭看向這邊。即使隔著護目鏡也能清楚地感受到一股灼熱般的怒氣貫穿庫法。

「你遲早會後悔的！別忘記了，我們才是正義！」

她從背面噴出龍之氣息，急速地飛往上空。她彷彿威嚇似的在列車上頭盤旋，沒多久後與部下同樣飛離到天空的彼端。

庫法目送她離去，直到那身影變得像豆子一樣小，才總算收起了黑刀。

他俯視外殼損傷嚴重的列車，回想車廂內的慘狀，蹙起眉頭。

「……將無辜的乘客牽扯進來在先，還自稱是正義嗎？」

他凝視自身的黑刀，緬懷滲入其中的眾多鮮血。

「我們沒有正義可言。只有生存或死亡。」

庫法刻骨銘心似的低喃，轉過身去，禮服衣襬隨風搖曳。

†　†　†

「你說暗殺巡王爵的計畫……？」

幾星期前。在王宮的辦公桌前，塞爾裘·席克薩爾對不禁露出驚訝表情的庫法點了點頭。他悠然地橫跨室內，用宛如演員一般有抑揚頓挫的美聲敘述。

「正確來說，應該說是**暗殺我**吧。到目前為止，也有過幾次那樣的徵兆，但他們每次都以失敗告終。真是一群學不乖的傢伙呢。」

「那些所謂的刺客，究竟是……？」

「是席克薩爾分家那一派——這麼說你能明白嗎？」

LESSON II
～必然的旅行者～

年輕公爵對不禁啞口無言的庫法露出隱隱散發著哀愁的笑容。
「也就是說成天忙於權力鬥爭的，不是只有安傑爾家而已。」
「……換言之，他們想殺掉身為席克薩爾家現任當家的你，藉此將王爵之冠變成分家的東西嗎……？」
「大概是那樣吧。總不可能在公開場合直接質問他們。」
公爵若無其事的態度，讓庫法大口嘆出一直悶著的氣息。
「……所以才會叫我擔任巡禮中的影武者是嗎？」
「你真是聰明。沒錯，他們到目前為止暗殺失敗了好幾次，正覺得不耐煩。他們知道等我登上巡王爵的寶座就為時已晚了，因此一定會在巡禮過程中發動最後的攻勢。而且是用相當強硬的手段——但考慮到席克薩爾家的將來，或者該說為了弗蘭德爾的將來著想，那樣的行為實在不能說是聰明的選擇。你知道為什麼嗎？」
庫法迅速地動腦思索，於是公爵像是要捷足先登一般開口說道：
「梵皮爾小弟。你聽說過身為人類天敵的夜之眷屬（藍坎斯洛普）也分成好幾個派閥的事情嗎？『現在立刻進攻殲滅人類吧』、『不，應該慎重行事』、『反倒應該讓少數人生存下來比較好吧』、『別管人類了，反正他們不過是風中殘燭』……我們的弗蘭德爾雖然也沒資格說**別人**，但藍坎斯洛普的社會也絕非團結一致的喔。」

不知為何，公爵看來有些開心地津津樂道，揮動食指。

「王爵的巡禮蘊含好幾層意義。為了增廣見聞，為了讓國民認同，還有最重要的就是**為了讓國內外認知到弗蘭德爾的國力萬無一失**。假如演變成最重要的王爵在這個巡禮過程中遭到殺害的狀況，可能會給此刻也在伺機侵略的藍坎斯洛普強硬派一個名正言順的藉口……我不打算插嘴干涉戰鬥的勝負結果，但至少可以肯定弗蘭德爾的國民中會出現大量犧牲者吧。」

庫法沉重地點了點頭。想到在這個被夜晚封閉的世界中，弗蘭德爾被逼入絕境的狀況，我們可沒空在這時起什麼內訌。

關於這點，塞爾裘似乎也持相同意見，儘管他感到有趣似的揚起嘴脣，細長的眼眸仍閃過犀利的光芒。

「分家那群傢伙可能巴不得早點殺掉我，但**現在應該避免那麼做**。對吧？」

「所以才要我當替身嗎……」

「就是這麼回事。倘若根本沒有要殺害的對象，他們也不得不收手。」

年輕公爵抖動肩膀呵呵笑著，庫法對他提出最後的疑慮。

「但要是那麼做，在巡禮期間，身為正牌王爵的您也無法明目張膽地配備護衛。不能說完全沒有風險吧。」

LESSON: II ～必然的旅行者～

「用不著擔心我喔，因為我有非常優秀的『警犬』。」

公爵用神祕的微笑一邊迴避問題，同時豎起食指比向庫法這邊。

「問題還是在於『影武者』這邊。這個任務不能交給一般騎士。需要能輕易擊退襲擊者的強度，也需要能騙過民眾的演技力。此外身高體格要與我相似，且是個能夠信任的人物——要符合這些條件，我只能想到一個人選。」

塞爾裘再次回到庫法面前，從相同高度的視線將手心放在庫法肩膀上。

「我們應該能成為好友吧。你願意接受我的請求嗎？白夜的死神小弟。」

對於從爽朗笑容底下滲出宛如泥濘般惡意的他，庫法能回應的話語只有一句。

† † †

「——就是這麼回事，所以我被委託擔任席克薩爾公的影武者。」

庫法省略重點的說明，讓金髮與銀髮天使甚至無法點頭回應，只能陷入沉默。

在擊退黑蝙蝠襲擊者，總算恢復平靜的長距離臥鋪列車裡，他們目前正在列車最後面的包租車廂。庫法趁著混亂，將兩名公爵家千金帶到原本應該由警備隊嚴密防守的這個場所。

梅莉達輕咬嘴脣後，與坐在隔壁的愛麗絲緊握著手。

「就算再怎麼想要王冠，居然企圖殺害堂兄弟，這實在是……」

「哎呀。充滿血腥的權力鬥爭，不是很常見的故事（主題）嗎？」

像是在看好戲似的這麼說的，是拉·摩爾家的千金，與梅莉達同年的繆爾·拉·摩爾。她以彷彿女演員般的優雅動作蹺起二郎腿，妖豔地笑著。

「我聽說愛麗絲家的奧賽蘿女士也曾對梅莉達做很過分的事呢？——不過最近好像比較安分了。」

「那是…………」

梅莉達說不出話，於是第四名公爵家千金挺身探向桌上。

「對不起，梅莉達同學。明明是席克薩爾家的問題，哥哥卻把庫法老師捲入……」

「沒……沒關係的！又不是莎拉夏同學的錯……」

那麼是誰的錯呢？梅莉達不曉得盤旋在單薄胸口內的焦躁該向何處發洩才好，再度低頭看向自己的大腿，陷入沉默。

貴賓車廂設置了豪華的休息室，兩張沙發隔著長桌面對面。王爵等人在卡帝納爾茲學教區的車站向民眾揮手的房間，碰巧就是這裡。繆爾與莎拉夏挾著正中間的庫法坐在其中一邊的沙發上，梅莉達與愛麗絲姊妹則是坐在對面的沙發上。為什麼庫法身旁的不

LESSON: Ⅱ
～必然的旅行者～

是自己呢？這種無可奈何的感情閃過梅莉達的胸口。

庫法身上並非平常的軍服，而是穿著假扮成塞爾袞・席克薩爾的高貴禮服。大概是因為室內沒有其他人影，帽子一直是拿下來的狀態。但經過剛才那場騷動，說不定一般乘客也知道王爵的真面目了。

庫法將帽子放在腿上，碎裂的羽毛裝飾讓他蹙起眉頭。

「原本並不是會苦戰到這種地步的任務。雖說是席克薩爾家的人，但大半是並非瑪那能力者的傭人。無論是襲擊方法或規模，理應都完全在預測範圍內——但沒想到他們居然會搬出『仙饌密酒』。」

「老師，敵人使用的那個奇妙的裝備是什麼呢？」

梅莉達抬起頭，試圖透過提出疑問來轉換心情。庫法將帽子放在桌上，取而代之地從地板拿起粗糙的金屬塊。那不是別的，正是從俘虜到的黑蝙蝠身上沒收的飛行鎧甲，以及機械裝置的劍。

「所謂的仙饌密酒，就是將『Nectar』壓縮到極限，加以結晶化的燃料。這些裝備的動力爐中，灌滿了豐富的仙饌密酒。」

「說到 Nectar……」

「就是照耀都市的提燈光芒……也就是被稱為『太陽之血』的液體燃料。散發出讓我們這些生物能保持身心健全，還有植物生長不可或缺的光輝，無庸置疑地是弗蘭德爾的生命線。一般認為我們能力者的火焰，也跟這個太陽之血是同質的東西。」

庫法拿起機械劍確認構造後，慎重地滑動算是刀身的部分。剛才那場襲擊時也曾目睹到的，石柱的耀眼光芒照亮休息室。

「然後，將太陽之血的神聖力壓縮到極限的東西，就是這個仙饌密酒結晶。這個在液化的同時會以猛烈的速度蒸發，那股壓力會產生出龐大的動力能源。而且像這樣被迫啟動的兵器，會散發出跟太陽之血同樣的神性……！作為跟瑪那並列的對抗藍坎斯洛普的手段，在發明當時備受矚目，但遺憾的是，這個仙饌密酒有三個致命性的缺點。」

「三個缺點？」

「一個是裝備的耐久性。」

庫法再次滑動刀身，隔絕結晶激烈的光輝。他慎重地將機械劍放在桌上，用犀利的視線眺望四名公爵家千金。

「正因會產生出非比尋常的壓力，利用這點的兵器也需要有相符的耐久性能。光是一條配管產生龜裂，都很有可能連鎖性地引起大爆炸——還有另一個缺點就是『水』。」

「水？」

「仙饌密酒會過度跟水產生反應，散發出極為誇張的高熱。而且這些裝備為了給排

LESSON II ～必然的旅行者～

氣，有時會讓汽缸來回移動吧。那一瞬間仙饌密酒會裸露在外……那恐怕是為了小型化的必要措施，但這樣一來，在雨中的運用等等會變成自殺行為吧。」

梅莉達回顧在車內的戰鬥。突擊部隊那個看似隊長的黑蝙蝠，最後只是被潑了水壺的水，就慌忙地打算逃跑。也就是說他無法在全身濕透的狀態下繼續戰鬥吧。

庫法點了點頭，用彷彿能撼動人心的低沉聲音更進一步告知：

「還有最後一個致命性的缺點——仙饌密酒在製造方法上，會消耗數量龐大的太陽之血。換言之，就是會讓理應守護都市的燈光枯竭相對的量……有一說是每精製一個仙饌密酒，弗蘭德爾的壽命就會縮短一年。」

「一……一年份的太陽之血……」

「結果這成了反對派的致勝關鍵，現在研究已經遭到凍結，被命名為『仙饌密酒之鎖』的這種技術，被指定成最大級的禁忌。」

梅莉達看見講完漫長台詞的庫法，「呼」一聲地微微嘆了口氣。他看向愛麗絲，用彷彿想裝作若無其事的聲音開口詢問：

「愛麗絲小姐，蘿賽蒂小姐她怎麼了嗎？一般車廂裡好像沒看見她的身影……」

「蘿賽老師正在休假中。她說要『返鄉』。」

「噢。這麼說來，她曾一副苦瓜臉地說過……家人寄了信給她呢。」

「……」

梅莉達敏感地察覺到一臉事不關己的家庭教師，略微失望地垂下了肩膀。即使平常總是在吵嘴，但著名的「一代侯爵」蘿賽蒂，是少數能與庫法並肩作戰的戰友。如果現在這個瞬間，她能在現場的話——不曉得能成為庫法多可靠的支柱。

梅莉達無意識地握緊拳頭，用力咬了咬嘴脣。難以言喻的焦躁感在內心盤旋時，位於後方的休息室大門喀嚓一聲地打開。

接著聽見的是踩踏地毯的複數腳步聲，以及用女性用詞講話的男性聲音。

「慢著慢著，**冒牌王爵大人**，突然就發生了意外不是嗎！」

梅莉達與愛麗絲回頭一看，忍不住嚇到肩膀僵硬起來。

雖然覺得這樣很失禮，但那人就是如此奇特。亮晶晶的長褲與高領的禮服襯衫，點綴脖子的裝飾品異常地刺激眼睛；高挑的身材有著略像女性的小蠻腰，加上五官深邃的容貌，更顯得不真實。那男人就像激進的時尚設計師用喝醉的腦袋作出的假人。

他用漂亮的模特兒台步不客氣地走近之後，一臉無趣似的一瞥忍不住僵硬地互相依偎的安傑爾姊妹。

「……小鬼頭又變多了。是學校的朋友還什麼嗎？照這樣下去，人家的舞臺就要變成小孩子的遊藝會啦。」

LESSON II ～必然的旅行者～

看來他似乎沒注意到梅莉達她們是地位高貴的人。那挖苦人的說法讓姊妹倆不禁火大地蹙起眉頭，於是坐在對面的繆爾開口搭話了。

「兩位，我向妳們介紹一下。這位是以聖王區為據點活動的劇團，德比劇團的團長先生喔。還有團員兼負責服飾、化妝師的露西爾小姐與萊拉小姐。」

「「你們好～」」

跟隨在團長身旁的兩名少女，以如出一轍的聲音與動作朝這邊揮手。從那非常相似的容貌來看，說不定是雙胞胎。褐色肌膚與風格有些獨特的民族風衣裳打扮，果然還是有些不食人間煙火，但遠比團長更人性化且友善。

梅莉達輕輕地點頭回應，同時不由得提出疑問。

「為……為什麼王爵一行人會跟劇團的人員……？」

「因為王爵的巡禮會變成戲劇。」

莎拉夏這麼回答。因為哥哥的關係，將這麼多人牽扯進來，果然讓她感到有些愧疚的樣子。

「因為不是所有國民都能看到王爵的身影，所以按照慣例，巡禮會有劇團人員以說書人身分同行，盡可能將事實原封不動地改編成戲劇。直到三年後的王位更替為止，會重新公演好幾次，據說每年都以驚人的動員數為傲呢。」

「然後，這次被選為光榮說書人的，就是我們德比劇團——雖然是冒牌貨的巡禮。」

團長像是在炫耀似的說道，不客氣地抓起庫法的頭髮。是因為女性化的印象較為強烈嗎？梅莉達不禁從喉嚨發出「啊」一聲。

「原本雀躍地以為能將美麗的**塞拉大人**的身影化為戲劇，結果卻是這副德行。嗳，你要怎麼解決我這種熱情的落差？為什麼偏偏是今年呀？啊，還是說因為這會是冒牌貨的巡禮，才挑上我們這種無關緊要的劇團呢？」

「席克薩爾公說他非常仰賴德比先生等人……」

「我個人不是很喜歡黑髮呢~而且你又很少笑，跟塞拉大人的形象相差太多了。你懂嗎？你的行動明明會變成塞拉大人的行動，但這樣子絲毫無法讓人湧現靈感呀！」

「我會改進。」

梅莉達代替冷靜沉著的庫法火冒三丈起來。就在梅莉達想說些什麼反駁時，快嘴的團長「啊」了一聲，鬆開了手。

「你這麼懶散沒關係嗎？跟打從一開始就被迫大失所望的我們不同，直到途中都被矇騙的傢伙會怎麼想呢——終於穿幫了呢。」

粗暴的腳步聲與團長的話尾重疊，逼近休息室。連門也不敲就撞開門的，是鼻頭貼著紗布的中年警備隊長。

LESSON: Ⅱ ～必然的旅行者～

他一邊用軍靴弄髒地毯，一邊逼近桌子，視線掃過坐在沙發上的四名少女、露出冰冷眼神的德比團長，最後看向穿著王爵禮服的黑髮青年。

「這是怎麼一回事啊！」

他這麼大聲怒吼，但沒有任何人回答。在鬱悶的氣氛當中，隊長繼續說道：

「我們托古羅尼隊聽說是擔任王爵的護衛而來的。但王爵人在何處？究竟有誰注意到塞爾袞．席克薩爾公並非正牌這件事？」

他依序眺望位於休息室的人們，但每個人都只是一臉尷尬地移開視線。

「身為妹妹的莎拉夏小姐不可能沒聽說吧。負責監察的繆爾小姐，您當然也知情吧——那麼，妳們是什麼人？」

他試探感覺明顯走錯地方的梅莉達與愛麗絲，也不等她們回答，就大動作地點頭。

「帶了漂亮的小姐進來，以為自己在賞花是吧。這表示你根本不在乎我們的護衛是嗎？還真會享福啊！德比修女，你們知道這次的事情嗎？」

「知道喲。」

「原來如此！」

隊長誇張地攤開手臂。簡直就像站在舞臺上一般，表現出他的驚訝。

「也就是只有我們警備隊沒聽說這件事。也就是我們毫不知情地被迫幫冒牌貨抬轎啊！哈哈，想必十分滑稽吧！」

「托古羅尼隊長。」

看不下去的庫法勇敢地發言，承受中年騎士充滿敵意的視線。

「對於之前沒能告知一事深感抱歉。我們需要戰力。」

「倘若遭到襲擊的可能性很高，真希望你能事先告知！託你的福，本隊受害嚴重！名譽掃地，一無所獲。被迫進行了一場無所作為的戰鬥！」

「咦──請等一下。應該有將俘虜交給你們看守吧？」

隊長像馬一樣從鼻子發出哼聲，用自暴自棄的氣勢唾棄地說：

「他們已經死了。自殺了！似乎是事先服了毒藥。還真是了不起的忠誠心啊。襲擊者的真面目究竟是什麼啊！」

「……我不得不說還不清楚。」

「那怎麼可能！你在隱瞞什麼！為何只有我們什麼也沒聽說！」

「據席克薩爾公所說──要欺騙敵人，首先要騙過自己人。」

「我們被騙得很徹底啊！你覺得很愉快嗎？冒牌王爵！」

托古羅尼扭曲嘴唇，轉過身去。庫法以不屈不撓的精神叫住他。

「請留步，隊長，您要上哪……」

LESSON II

～必然的旅行者～

「敵人也知道王爵是影武者這件事了。既然如此，真正的塞爾袞．席克薩爾公就危險了。我們托古羅尼隊會在下個車站下車尋找王爵。尋找**真正的王爵**！」

「等……等……等……等一下，那樣不行呀！」

驚慌失措的是德比團長。他比手劃腳地挽留隊長。

「就說這趟巡禮會變成戲劇呀！要是護衛中途跑掉，根本讓人笑不出來吧！該怎麼解釋這種矛盾才好呀？」

托古羅尼隔著肩膀轉過頭來，一臉麻煩似的從鼻子發出哼聲。

「我們打從一開始就不在這裡！別在那個舞臺上提到托古羅尼之名！」

「太薄情了吧！慢點，等一下嘛！我的舞臺會……！」

隊長無視苦苦懇求的聲音，邁出步伐，發出像是在嘲諷的聲響用力摔門。

憤恨難消的腳步聲逐漸遠離，奢華的休息室裡只剩鬱悶的氣氛。打破寂靜的是德比團長尖銳的聲音。

「又是意外！我的計畫都亂七八糟了啦！」

「十分抱歉，德比先生。都怪我力量不足……」

「追加！總之要追加演員啦！這～～麼空虛的成員怎麼可能是王爵一行人呢！你想讓我成為全弗蘭德爾的笑柄嗎？」

他歐斯底里地大吵大鬧，以駭人的美貌逼近庫法。

「你好歹是騎兵團的騎士吧？請部隊派幾個人來支援你呀！」

「……十分抱歉，我不能說明我方的內情。」

「啊～！既然這樣，就從宅邸拉傭人還什麼過來！是貴族的話，應該能辦到這種程度的事情吧！總之只有人數也好，得湊齊才行——」

「那也是……不可能的。因為我舉目無親。」

「你這人到底是怎麼回事？」

德比將食指比向庫法，毫不客氣地大放厥詞。庫法端正的表情宛如冰塊一般面不改色，但梅莉達並不曉得他內心在想些什麼。

「沒有同伴可以幫你，也沒有家人，你這樣真的是貴族嗎？」

「因為我是瑪那能力者，所以在立場上算是貴族。」

「你隸屬的部隊是哪裡呀？既然被吩咐擔任塞拉大人的影武者，想必是很了不起的家世吧！」

「沒沒無聞……您可以這麼認為也無妨。」

「那不就只是單純的黑衣人嗎！」

找不到空檔插嘴的莎拉夏，戰戰兢兢地舉起手試圖發言。

LESSON: II
~必然的旅行者~

「德……德比先生。侮辱他不太……」

「沒有魅力的小鬼閃一邊去！」

被狠狠地大聲喝叱，莎拉夏不禁反射性地閉上嘴。感覺那實在不是該對公爵家千金所說的話，但德比也氣憤到喪失理智。

德比身體後仰，雙手交叉環胸，彷彿要將所有不滿發洩出來一般扭曲嘴唇。

「雖然我不是隊長先生，但我也差不多要懷疑起你了。如果你希望我們協助，就提出證據吧，一個就行了。看你是要公開家名，或是公開隸屬部隊，還是帶自己人過來！怎樣，辦得到嗎？你辦不到對吧！」

「我來！」

彷彿要炸裂開來的吶喊，吸引了所有人的注意力。

梅莉達像要踢飛沙發似的站在沙發上。室內的所有人各自變了臉色，視線集中在少女高貴的金髮上。梅莉達的眼角餘光瞄到，理應一直保持冷靜的青年眼眸首次微微瞪大起來。

「小姐……？」

在庫法的低喃傳入某人耳裡之前，梅莉達高聲踩響腳步。她像要放鬆似的張開原本不停顫抖著的拳頭，將指尖貼到單薄的胸膛上。

她承受所有人的視線，回瞪團長的眼神，在深紅眼眸中寄宿著火焰——

她用宏亮的聲音這麼放話：

「我是老師的——是庫法大人的隨從（女僕）！是他的家人！」

LESSON：Ⅲ ～從星星之間的車窗～

「啊～啊。明明是難得的旅行，卻得在這裡跟小姐們分頭行動嗎？」

有四名下車走到月臺上的少女，面對著深紅色長距離臥舖列車。她們是在梅莉達的宅邸工作的女僕，各自拎著大型旅行包。

她們眺望著受損嚴重醒目的車身，慌張地四處奔波的站務員和騎兵團騎士的喧鬧聲傳入耳中。負責帶領大家的艾咪露出憂鬱的眼神，開口說道：

「……小姐們果然命運多舛呢。這也沒辦法。雖然擔心，但我們能替她們做的事情很少……從以前就老是感到懊悔呢。」

葛蕾絲「砰」一聲地拍了拍年長的艾咪背後，刻意發出開朗的聲音。

「反正都說了可以在中途會合，我們就自己悠哉地一邊觀光，一邊以聖王區為目標吧！而且換個角度來想，這說不定是個機會。搞不好下次見面時，小姐與庫法小弟的距離就咻咻～！地縮短嘍！」

「庫法先生也在一起的話，小姐一定不要緊的。」

妮采簡潔地這麼說道，其他人爽朗地笑了笑。艾咪也淡淡地回以微笑，儘管如此，還是有種怎樣也無法抹去的預感讓她蹙起眉頭。

「但這次反倒比較擔心庫法先生呢……為什麼他會穿著王爵大人的衣裳呢？」

她沒有特別針對誰地這麼低喃，拉回視線。

雖然沒時間好好交談，但慌忙地從一般車廂將梅莉達與愛麗絲帶走的他，給人一種一反常態，被逼入絕境的印象。在宅邸工作的他因為是唯一的男丁，艾咪等四人也經常忍不住會依賴他。但庫法總是游刃有餘地回應女性的各種任性要求，所以艾咪到目前為止，一次也沒見過他叫苦的模樣。

他其實也只是個跟自己相差沒幾歲的男孩子，卻總是自己在受到他的扶持。身為女僕長，我也還有得學呢……艾咪按住額頭。

「等庫法先生跟小姐一起回來，得幫他們泡杯溫暖的可可亞才行。」

在她說出微小決心的同時，深紅色長距離臥舖列車響起高昂的汽笛聲。

包括艾咪等人在內的一般乘客不用說，不知為何連王爵的警衛隊都突然在這個車站下了列車。僅有在最後方的貴賓車廂載著王爵與少數幾人——

列車再次動了起來。

LESSON: Ⅲ ～從星星之間的車窗～

† † †

喀鏘——在迴盪著規律振動聲的一間客房中，梅莉達掀起身上穿的連身洋裝。她一邊祈禱希望盡可能不要變皺，一邊將洋裝塞入行李箱的同時，有人朝她裸露出來的白皙背後搭話。

「剛才對不起喔～我們家的團長（修女）感覺很差勁。」

位於狹窄室內的是梅莉達與愛麗絲，還有幫忙她們換衣服的德比劇團的露西爾和萊拉。褐色雙胞胎從服飾箱裡拿出裙子和背心，甚至還拿出女僕頭飾和泡泡袖這些裝飾品，以熟練的動作開始幫安傑爾姊妹穿戴。

梅莉達一邊穿上有滿滿褶邊的女用襯衫，同時歪頭露出疑惑的表情。

「『修女』？」

「就是我們家的團長。劇團的成員都叫他修女。我們這些團員都是被藍坎斯洛普奪走家人的孤兒，是修女收留並養大我們的。」

雙胞胎動作俐落地幫忙換衣服，同時用不是很在意的語調說道。十三歲的梅莉達與愛麗絲不曉得該回答什麼才好，只能面面相覷。

不知是為了接續對話，還是為了團長的名譽，萊拉開朗地笑了笑。

「他是個非常重情義的人喔。但是，該說正因為這樣嗎？其實我們德比劇團，目前正陷入相當不妙的狀況呢。」

「……是怎麼一回事呢？」

「有個叫亞莉亞的孩子，原本是我們劇團的偶像，但她受了傷。是在前往下層的公演中受傷的。她暫時無法站上舞臺，德比劇團的人氣跟著暴跌……亞莉亞的治療費也要一筆不小的金額，修女為此感到很頭痛呢。」

所以說——另一位雙胞胎露西爾，用如出一轍的聲音與動作接著說道：

「這次的巡禮是個機會呢。只要能成功演出戲劇，就能喚回之前離開的客人。可以恢復德比劇團的名聲，可以治好亞莉亞的身體，大家又能一起表演——這種奇蹟不會出現第二次。修女原本也充滿幹勁地說這是千載難逢的好機會啊～！但像這樣幹勁十足地來到現場一看……王爵大人的旅程其實是假的，不是嗎？」

雙胞胎互相對望，稍微露出苦笑。

「就算聽說原因，好像還是有無法劃分開的部分。團長很重視我們，因此更難以接受。所以說他絕對不是當真在講你們主人的壞話喔！求求你們，可以原諒他嗎？」

「萊拉小姐等人深愛著團長先生呢。」

「那當然嘍。如果是為了修女和劇團的大家，我什麼都願意做。」

LESSON: Ⅲ
～從星星之間的車窗～

雙胞胎露出並非演技的滿面笑容，讓梅莉達說不出話來。

老實說，看到心上人和朋友莎拉夏當面遭到侮辱，梅莉達才是無法那麼輕易地劃分開來的人。不過，萊拉她們似乎也不期盼只是嘴上說說的回答，她們在最後輕輕整理裙襬後，表情燦爛地站起身來。

「——很好，尺寸剛剛好！哎呀，帶了很多東西過來果然是正確的呢！」

梅莉達與愛麗絲彷彿鏡子一樣確認彼此的模樣，試著轉了一圈。

她們隱瞞身分，假裝是庫法的傭人，為了貫徹那信念(Style)，打扮成女僕的模樣。話雖如此，但能借到的是劇團製作的舞臺裝。裙子偏短，胸口也能看見膚色，比艾咪她們平常穿的女僕服要來得華麗許多。

愛麗絲撩起使用了大量褶邊的裙子，陳述她直率的感想。

「好重。」

「這還真不妙呢，可愛到犯罪了呢。」

「兩人一組這點更不妙呢。這需要展示用的櫥窗呢。」

「還需要附加馬匹呢。」

「要馬匹呢。很不妙呢。」

「很不妙。」

梅莉達斜眼看了一下唸唸有詞地打起奇怪算盤的雙胞胎，悄悄地將嘴唇湊近堂姊妹耳邊。

「噯，愛麗，沒必要連妳都跟著隱瞞身分吧？」

「妳要怎麼說明呢？我們很自然地被當成姊妹了喔？」

「唔……」

美麗的容貌十分相似的兩人，加上距離感很近，經常被誤認為是真正的姊妹。就算扣除這點，兩人也是穿著同樣風格的連身裙洋裝，一直緊握彼此雙手。就算說其中一人是公爵家千金，另一人則是女僕，也絲毫沒有可信度吧。

愛麗絲彷彿想說「所以這也沒辦法」似的，挺起單薄的胸膛。

「如果莉塔是女僕，我也只能扮成女僕了。實在是沒辦法，才會擔任庫法老師的女僕。無論什麼命令都會聽從，因為實在是沒辦法。」

「……為什麼妳好像有點高興？」

「沒那回事。只是沒辦法而已。」

愛麗絲始終冷淡地用若無其事的表情這麼說道，並連連點了好幾次頭。

「能不能請妳們重新考慮一下呢……………」

LESSON Ⅲ

～從星星之間的車窗～

庫法將手肘靠在休息室的桌上，正深刻地感到苦惱。在等待的期間，他一直是這個調調，王爵華麗輝煌的禮服反倒襯托出空虛感。

一旁的繆爾倚靠在沙發扶手上，用指尖妖豔地撫摸庫法的肩膀。

「你死心吧，庫法老師。我也認為這是最理想的角色。」

「我居然讓梅莉達小姐她們……雖說是演戲，但我讓她們當傭人這種事……」

「你擺出這種態度的話，馬上就會穿幫嘍？老師。」

她順勢將嘴脣湊近青年耳邊，「呼」一聲地輕輕吹了口氣。雖然是公爵家千金不該有的下流動作，但她本人似乎對庫法的反應深感興趣。打從巡禮開始之後，她一直看準沒人注意的時候，像這樣縮短與庫法的距離。

貴賓車廂的豪華休息室中，目前只有三個人的身影。身為影武者的庫法、負責監察的繆爾，還有依舊一臉過意不去似的縮起肩膀的莎拉夏。梅莉達與愛麗絲跟劇團的雙胞胎一起去換衣服，德比修女則留下「這隨從跟你真相配呢！」這句挖苦的話後，便躲到展望室裡頭。

無論自己怎麼接近，庫法都不會做出有趣的反應，因此繆爾一臉無趣地縮回上半身。就書上寫的知識來看，據說男孩子喜歡異性主動的接觸。明明如此，但不管自己做什麼，庫法都毫無反應，這究竟是怎麼一回事？畢竟是頭一次做這種事，或許是弄錯方法了？還是說該不會——自己毫無魅力？

那是不可能的——繆爾立刻靠公爵家的自尊讓自己重新振作起來。

「追根究柢，明明是你將梅莉達她們拉到這邊來的吧。」

「這……那真的是沒有辦法。」

庫法也像是試圖重振精神一般，緩緩抬起頭來。

「在剛才的襲擊中，敵人也目擊到我庇護小姐們的場面。敵人應該也預測到我跟小姐們有特別的關係吧。不過，我無法從巡禮中脫身……」

「也就是說為了保護兩人的安全，只能讓她們跟著參加巡禮呢。」

繆爾看來有些無聊地這麼說道，用手托著臉頰。

——特別的關係呀。

她悄悄地這麼低喃時，坐在沙發上的另一名美少女垂下了頭。

「啊嗚……情況好像愈來愈嚴重了……」

「莎拉夏小姐，請振作起來。事情已經不光是席克薩爾家的問題了。」

庫法繃緊神經，用正經的語調說道。要是自己變得軟弱，年幼的少女會更覺得不安。

他重新做好覺悟，認知到自己是一行人的支柱。

庫法優雅地露出微笑，用平穩的眼神看向淚眼汪汪的櫻花少女。

LESSON: III ～從星星之間的車窗～

「我會代替席克薩爾公完美地完成這趟巡禮，梅莉達小姐她們也會從旁協助吧。而且，以她們兩人的角度來看——能在這裡與莎拉夏小姐等人會合，說不定反倒很幸運。」

「這……這話是什麼意思呢……？」

「小姐她們——能跟莎拉夏小姐們一起旅行，似乎非常開心。」

這時，休息室的門喀嚓一聲地打開了。庫法也跟莎拉夏、繆爾同時轉頭一看，自覺到好不容易穩固的決心又動搖了起來。

「讓你們久等了～！」

用雀躍不已的聲音來到房間的，是非常惹人憐愛的十三歲女僕姊妹。看到輕輕搖擺的裙子與宛如尾巴一樣長的緞帶蝴蝶結，異性（庫法）不用說，就連同性的內心也不禁被融化。

繆爾眼睛發亮地從沙發上跳下來。

「哎呀哎呀！梅莉達和愛麗絲都很適合這身打扮呢！」

「嘿……嘿嘿！謝謝！」

「十分惹人憐愛……裝飾品也很多，非常華麗……！」

「很重。每動一下就搖來晃去。莎拉夏也可以試穿看看。」

「咦？不……不行啦，我穿起來……！」

——小姐們，被說傭人的衣服穿起來很適合，不可以感到高興。

庫法勉強將忠告留在內心，同時露出雕像般的面無表情，走近吱吱喳喳地圍住女僕服的少女。

「露西爾小姐跟萊拉小姐呢？」

「啊，她們兩人說要去安撫團長先生，前去展望室那邊了。」

「這樣子啊。」

庫法用視線確認門窗是否關緊，再次對除了自己等人以外沒有別人一事感到安心，同時立刻在女僕服少女的腳邊單膝跪地。

「能不能請妳們重新考慮一下呢……」

「咦！」

「庫法老師，你又回到一開始嘍。」

「啊！——我居然會這麼糊塗。」

猛然回過神來的庫法，搖了搖頭站起身。梅莉達從家庭教師胸口的位置抬頭仰望，窺探他糾葛的表情。

「那個，老師……該不會是我不適合這身打扮吧……？」

震驚到呼吸困難的庫法放棄似的嘆了口氣。他緩緩將手心伸向梅莉達的雙頰，然後捏起那至高無上的棉花糖，搓搓揉揉，拉拉扯扯，一邊享受那感觸，同時盡情玩弄。

LESSON: III
～從星星之間的車窗～

「因為很適合我才傷腦筋啊，可愛無比的小姐？」
「呼呀——你做什喵呀～！」
「好，好。那麼，既然庫法老師也允許了——立刻來特訓吧。」
繆爾拍了拍手，吸引所有人的視線。不光是庫法，連她的摯友莎拉夏也露出疑惑的表情。
「小繆，特訓是指什麼？」
「當然是**女僕**的特訓嘍。現在的梅莉達她們只是穿上女僕服，根本不曉得傭人是怎樣的職業。假如要以王爵一行人的身分參加巡禮，應該先學會最起碼的心理準備吧？」
「——這話也有道理。」
庫法啪一聲地用手心拍打自己的兩頰。那罕見的動作讓金髮學生驚訝得瞠大了眼。身穿王爵衣裳的庫法恢復到平常的狀態，用像在宅邸後院上課的態度豎起食指。
「小姐們，妳們做好覺悟了嗎？從現在開始，要請兩位學習作為貴族的傭人，應具備的基礎技術與知識。公爵家出身的兩位有時會感到屈辱也說不定。如果要打消念頭——就趁現在喔？」
「正合我意！」
完全如家庭教師所預測的，金髮天使充滿幹勁地握緊雙手拳頭。

「你以為我是誰呢？我可是每天不斷跨越老師課程的頭號弟子喔？而且……服……服侍老師根本不是什麼屈辱！」

「我可能會感到屈辱就是了。」

愛麗絲始終維持冷淡的態度，這麼說道。

「但我是『一代侯爵』的頭號弟子。在這裡放棄的話，會有損蘿賽老師的名聲。」

「很好。」

庫法將指尖貼在挺立的鼻梁上。從微笑底下散發出讓人脊背發涼的壓力，不習慣這種氣氛的莎拉夏與繆爾嚇得抽動了一下肩膀。

首次目睹到這光景的她們，將會沉痛地感受到，庫法在宅邸被稱為「殘暴教師」的原因吧——

庫法宛如惡魔一般露出微笑，開口說道：

「那麼，我們開始吧。」

† † †

「沒……沒想到隨從的工作這麼辛苦……！」

LESSON Ⅲ
～從星星之間的車窗～

要不了多久時間，女僕打扮的小姐就這麼叫苦連天了。庫法無情地對將手靠在沙發扶手上，全身癱軟無力的姊妹拍打著手。

「誰說妳們可以休息了？在到達目的地之前，必須整理出像樣的外觀才行。好啦，再來一次！」

「是～……」

「……魔鬼。」

愛麗絲小聲地說著庫法壞話，同時拿起大約二十頁左右的薄薄圖畫書。她將那本書放在頭上，從桌子上拿起托盤。托盤上放著三個玻璃杯。

在這種狀態下挺直背，準備前進。休息室的地板上散落著許多玩具和布偶，彷彿在說「趕快絆到腳吧」一般，好整以暇地等候著稚嫩的銀髮女僕。

「不可以看腳邊和玻璃杯。也要留意別弄掉書本。看看妳，一步也沒有前進喔——別畏畏縮縮的！就憑那種模樣，可是會被主人嘲笑的。」

「唔咕咕……唔……啊！」

列車喀鐺地用力晃動了一下，圖畫書從銀色短髮上滑落。在書本掉落到地板上前，庫法的手心啪一聲地撈起書本。

青年用圖畫書的書角拍打肩膀，一本正經地說道：

「妳還有得學哩。」

「唔唔唔，唔咕～……」

「可是老師，這個還挺困難的喔。」

就連繆爾和莎拉夏也跟著想讓圖畫書安分地待在頭上。但搖來晃去，重心不穩的圖畫書每次都從光澤亮麗的秀髮上滑落。

「啊嗚！嗚……忍不住就會看向頭頂呢。」

「重點在平衡感——梅莉達小姐這邊怎麼樣呢？」

桌子旁邊可以看見瞪著範本照片看的金髮女僕身影。她將五人份的餐具以完全相同的配置，排放到各自的餐桌位置上。她在最後仔細地與照片對照之後……表情明朗起來，將臉轉向這邊。

「老師，我完成了！」

「我看看……」

庫法將身體湊近自信滿滿的梅莉達，大略確認一下餐具的配置。過沒幾秒後。對於一臉渴望獲得稱讚的小姐，庫法和藹地露出微笑。

「根本不像話。」

「咦～～！」

LESSON: Ⅲ ～從星星之間的車窗～

「並不是只要按照順序排放就行了。用來當範本的照片上應該有確實標明數字吧。就連盤子和酒杯、叉子和湯匙的距離都要完美地……」

庫法的雙手咻咻咻地，用彷彿機械的流暢度略微調整餐具的位置。飛奔到餐桌旁的繆爾，拉開捲尺測量。

「……騙人的吧？以公釐單位來看也完美無缺……！」

「重點在平衡感。」

一直氣鼓鼓的愛麗絲「噠噠噠」地踩響地板。那是總是一臉滿不在乎的她很少表現出來，彷彿任性孩子般的動作。

「這種事根本非人力所及，沒有人能辦到。」

呼——庫法刻意地嘆了口氣，緩緩將圖畫書放到頭上。他稍微彎下身，從愛麗絲手中接過托盤後，靈活地轉了一圈。可怕的是圖畫書的書角絲毫沒有晃動。

別說腳邊了，他甚至沒看手邊，就這樣挺直高挑身材邁出步伐。他的鞋尖完全沒踢到布偶的手，玻璃杯的水也是一滴不漏。他毫不在乎列車的晃動，從角落橫跨到另一個角落，「嘰」地踩響鞋子，轉過身來。

「辦不到什麼？」

「「「好厲害～！」」」

梅莉達、莎拉夏與繆爾如出一轍地眼神發亮，只有愛麗絲兀自氣呼呼地鼓起臉頰。

庫法不禁露出有些得意的表情，將圖畫書從頭頂拿下來。

「其實我庫法為了擔任小姐的家庭教師，取得了管家檢定一級的資格。」

「管家檢定！」

「有這種東西……！」

「沒什麼，只是略有心得罷了。」

老師好厲害～少女都一副著迷的模樣，庫法也一反常態地有些得意。總覺得無法接受的愛麗絲眉頭蹙得愈來愈緊，隨後她冷不防地將食指用力比向青年的臉。

「真狡猾。明明總是對我們說教，但老師一點也沒有學好。」

「我……我有什麼地方做得不夠好嗎……」

「如果我們**必須有女僕的樣子**才行——」

愛麗絲用逼真的面無表情逼近，彷彿告死天使一般宣告：

「庫法老師應該也**必須有主人的樣子**才行。」

「唔咕……」

「哎呀，這意見十分合理呢。」

繆爾將手心貼在臉頰上，梅莉達也理所當然地挺身向前。

LESSON: III

～從星星之間的車窗～

「不管我們再怎麼努力，老師的態度跟平常一樣的話，馬上就會穿幫的！」

「……就算妳們這麼說，我也不曉得該改善什麼地方。」

「首先應該是稱呼方式吧？」

莎拉夏含蓄地提出意見，庫法的視線讓她將身體縮得更小。

「啊嗚……那個，我覺得稱呼『小姐』什麼的，不太像王爵的風格……」

「老師，請你試著直呼我們的名字吧！」

來吧——梅莉達漲紅了臉，滿懷期待地等候。雖然庫法已經覺得好像要暈眩了，但這也是為了順利達成任務，而且也是為了守護梅莉達的生命與自己的立場。從家庭教師轉為王爵的庫法做好覺悟，俯視金髮的十三歲少女。

「…………梅……梅……梅……梅莉達。」

瞬間，彷彿有一股桃色電流竄過身體一般，梅莉達的全身顫動起來。

「——是的，主人！」

「……愛……愛麗絲。」

「什麼事，主人？」

「…………………」

靠鋼鐵般的精神撐了僅僅五秒鐘後，庫法膝蓋一軟，跪倒在地。

「請責備我…………」

「為什麼呀？」

「庫法老師，請振作一點！」

看到和平常不同，遭受打擊的完美教師，金色與櫻花色的公主拚命搖晃他的雙肩。

繆爾一邊把玩黑水晶秀髮，同時用輕鬆的聲音斷言：

「庫法老師缺乏的是『主人的虐待狂氣質』呢。」

「虐待狂氣質……是指？」

「『妳們是我的東西。要服從我的命令。不准頂嘴，以為我是誰啊』——說得極端一點就是這種『被服侍者的心態』。必須請老師習慣這種**使喚**梅莉達她們，**讓她們屈服**的立場。」

庫法感到一陣暈眩——相對於當真快昏倒過去的庫法，梅莉達則是愈來愈感動，全身顫抖不停的樣子。究竟是什麼讓她這麼開心呢？只見她率先出聲呼喚。

「老師，我想被老師使喚！我想成為老師的東西！」

「請重新考慮清楚，小姐。不可以隨意講出那樣的話……！」

「啊——」

喀鏘——響起了玻璃杯的聲響。轉頭一看，只見愛麗絲再次挑戰端托盤，那是從她

LESSON III ～從星星之間的車窗～

手邊滑落的玻璃杯被地毯接住的聲響。

瞬間，宛如小惡魔一般眼神發亮的繆爾，咻一聲地繞到庫法背後。

「這是個好機會，庫法老師。出醜的女僕需要的不是說教，而是**懲罰**！對於迷糊的女僕，主人要給予嚴～厲的懲罰！」

「要我懲罰愛麗絲小姐……？」

「哎呀哎呀，真是個不乖的女僕。竟然弄濕了地毯啊。」

繆爾突然變成中性的語調，開始模仿庫法的聲音。雖然是連沒落劇團也會大吃一驚的三流演技，但更令人驚訝的是愛麗絲也跟著她演起來吧。愛麗絲走到庫法面前，沮喪地垂下頭。

「……對不起。」

「為了避免妳重蹈覆轍，讓我這個主人來懲罰妳一下吧。首先把裙子掀起來，讓我看看妳可愛的小褲褲吧？」

「…………」

雖然這要求非常荒謬，但愛麗絲並沒有走下舞臺。她甚至完美演出猶豫的動作。她臉頰泛紅，移開視線，指尖同時撩起了裙子下襬。耀眼的大腿與條紋花樣的內褲裸露出來，內褲緊貼著的胯下緊緊縮起。

「……變態。」

她有些怨恨似的含淚的眼眶，貫穿了庫法的心臟。就在那煽情的姿態讓庫法忍不住移開視線時，有人遞出一枝質感高級的羽毛筆，貼向青年的柳眉。

「來，老師。進行懲罰的時間到了。用這枝羽毛筆挑逗搔癢女僕敏感的部位吧。直到將忠誠心灌輸到那稚嫩的身體內為止……」

「恕……恕難從命。」

「真是的！既然這樣，就讓我來示範給你看吧！」

繆爾不耐煩似的從庫法背後跳出來，在一直撩起裙子的女僕面前跪下。她高舉羽毛筆光滑的筆尖，舔了舔嘴脣後，沿著大腿內側緩緩往上描。愛麗絲表現出明顯的反應。

「呀啊……！」

愛麗絲的膝蓋一軟，仰倒到地毯上。繆爾趁機覆蓋在她身上，拉開她的雙腳，將羽毛筆尖探入。繆爾以纖細的力道四處搔癢著愛麗絲的身體，從大腿內側到鼠蹊部，還有與內褲之間危險的縫隙。愛麗絲一邊抽動著身體，一邊滿臉通紅地發出嬌喘。

「呼啊！請……請原諒我，主人……噫……那……那裡……不行！」

「哎呀哎呀，真是個沒規矩的女僕。對主人的說話方式也沒學過是嗎？」

繆爾讓右手宛如宮廷畫家一般舞動，左手同時又拿出另一枝羽毛筆，讓筆滑入女僕

服的胸口。肌膚直接遭到敏感的刺激，讓愛麗絲從後仰的喉嚨發出「噫咕！」的聲音。女用襯衫好幾次從內側變形，讓庫法的腦海中浮現她挺立的櫻桃被柔軟的羽毛波浪玩弄的光景。

「噫……呀啊啊啊！……嗯……嗯嗯！」

彷彿被注入電流一樣，愛麗絲的腳尖跳了起來。原本卡在前端的皮鞋掉落到地板上，與此同時，女僕的全身也整個癱軟無力。愛麗絲疲憊地垂下雙手，金色姊妹悲痛地飛奔到她身旁。

「愛……愛麗，振作點！女……女僕之路居然如此艱辛……！」

「哎呀，這才剛開始喔！那個殘暴教師會這樣就原諒妳嗎？」

繆爾收起二刀流的羽毛筆，「呼」一聲地朝筆尖吹氣。

愛麗絲大口喘著氣，同時抬起上半身，按住凌亂的女僕服。

「如果是庫法老——殘暴教師不可能就這樣了事。就算我們羞恥到要昏過去，他也肯定會用那殘暴的微笑繼續進行殘暴的課程。」

「啊嗚，不會吧！要是每天遭到這種對待，會變成老師的東西呀！」

「像那樣慢慢地將身心奉獻出去，就是一流女僕的必經之路呢……真令人感慨萬千呀。」

LESSON III
～從星星之間的車窗～

「……小姐們，妳們玩得很開心啊？」

「「「嗚！」」」

雖然慢了些，但庫法總算注意到這點，於是少女們顯而易見地抽動了一下肩膀。「咳咳！」差點被她們的步調牽著走的庫法大聲地咳了兩聲，勉強挽回家庭教師的顏面。

庫法豎起食指，刻意發出充滿威嚴的聲音。

「看來小姐們似乎不夠認真，所以在這邊先向小姐們說明身為隨從最重要的心態吧。請小姐們在那邊排成一列——莎拉夏小姐也是。」

「咦？我……我應該沒做任何壞事吧——」

「不准頂嘴。」

「是……是的！」

庫法發揮出今天最強烈的虐待狂氣質，於是淚眼汪汪的莎拉夏驚嚇得抽動了一下肩膀。惡作劇太過火的其他成員也垂頭喪氣地按照家庭教師的意思行動。愛麗絲拍了拍有些衣衫不整的胸口和裙子下襬，將衣服弄整齊。

庫法滿意地點了點頭，用雙手食指碰觸著嘴唇兩端。

「今天的課程中，小姐們忘記的東西就是這個——笑容。」

「笑容？」

「身為隨從，應時常保持從容的態度。如果服侍自己的人一直皺著眉頭，或是以心浮氣躁的動作來來回回，主人也會感到不安吧。『自己是否不受歡迎？』、『是不是發生了什麼出乎意料的事件？』要是讓主人思考起這種事，就沒資格當隨從。」

「所以才要面帶笑容……」

少女們曖昧地低喃，互相對望。彷彿把對方當成鏡子一般，揑起自己的臉頰，揚起嘴角，擠出不自然到極點的笑容。

「微……微笑～……」、「欸嘿！」、「呵呵。」、「耶！」

「我就覺得妳們會這麼做，但不是這樣。」

庫法直截了當地這麼說道，讓天使停止互瞪大會。

「不是這樣子，而是用更——放鬆的氣氛。」

庫法這麼說道，同時用極為自然的動作柔和地露出笑容。四名少女的眼眸瞬間陶醉起來。只有繆爾慌張地用力搖了搖頭。

泰然自若——彷彿在體現這句話一般，青年將手心貼在胸膛上。

「『我很從容。享受著目前的工作。所以請您也放心地休息』——這就是所謂的『服務精神』呢。」

「服務精神……」

LESSON Ⅲ ～從星星之間的車窗～

「還有另一個不能忘記的心態，就是隨從絕對不可以輕視自己。」

庫法向前踏出一步，將手伸向梅莉達的衣領。他調整歪掉的緞帶位置，仔細地梳理頭髮。雖然衣服完全相反，但那身影正是平常服侍年幼公爵家千金的萬能家庭教師。

「舉例來說，假設有個貴婦裝扮得奢華無比，在她身旁待命的管家卻穿著便宜又鬆垮的西裝，會丟臉的是主人吧。隨從為了襯托主人，不能輕忽提昇自己這件事。還有隨從愈是優秀，主人也會重新審視自己，想當個『夠格讓人服侍的存在』……像這樣成為彼此的好鏡子，可以說是十分理想的主從關係。」

「成為夠格讓人服侍的自己……」

似乎有什麼教訓令她掛心，只見梅莉達用微弱的聲音這麼悄悄低喃。十三歲的小姐感到很耀眼似的瞇細雙眼，抬頭仰望庫法，刻骨銘心似的說：

「這點我非常清楚……」

「是這樣嗎？」

說是這麼說，但庫法自己也還難以說是無可挑剔的公爵家傭人。開始服侍梅莉達的這一年來，也不時會聽到質疑庫法來歷的聲音。就像梅莉達想證明自己擁有公爵家血統一般，庫法也有許多必須學習的事物。

——叩叩，有人敲了後方的門扉。

「有你的信喲，王爵大人。」

拿著一疊紙張前來的，正是對庫法持否定態度的劇團主人德比修女。他將一大疊信封放到桌上後，彷彿事情已經辦完一般地轉身離開。

途中他踢飛滾落在地板上的玩具，一臉感嘆地環顧室內。

「……你跟女僕打情罵俏這種事，我是不會寫進劇本的喔。」

他一臉厭煩地留下這句話，快步離開了休息室。

庫法決定在這邊結束課程，撿起餐具和玩具等道具。梅莉達雙手抱著一堆布偶，同時露出疑惑的表情。

「老師，那一大堆信件是什麼呢？」

庫法從疊了好幾層的信件上拿起一封信，開口回答：

「是邀請函喔。」

† † †

「話說小姐們知道所謂的『聖石』是什麼嗎？」

一行人在餐桌上準備好茶具，品嚐著庫法泡的茶。一邊沙發坐著庫法與莎拉夏。其

LESSON: Ⅲ ～從星星之間的車窗～

餘三人則是擠在另一邊沙發上坐著。碰巧是與巡禮主角「席克薩爾」面對面的形式。

梅莉達一邊與身旁的繆爾肩碰肩，同時拿起了茶杯。

「是王爵大人必須透過巡禮收集的四個石頭對吧？」

「正是如此。不過既然被命名為聖石，自然不是普通的石頭——小姐們到目前為止應該耳聞過幾次『素材』這個詞吧。」

少女們面面相覷。庫法以流暢的語調繼續說道：

「可以製成藥或毒的佩布洛特之葉、紅魔蝶的鱗粉、十分稀有的天獄鳥之羽。愛麗絲小姐去年在頭環之夜穿的遊行衣裳也使用了火焰鳥的編織品和炎精的發火石。」

「真想親眼看看呢！」

繆爾雀躍地說道，另一方面，回想起奧賽蘿女士失控行為的愛麗絲則是一臉苦悶地扭曲了表情。能把那件事當成回憶來聊，讓庫法感慨萬千，同時露出微笑。

「這些物品各自隱藏著特別的效果，當然要經過加工就是了。那麼這類帶有魔力的物品，為何會存在於弗蘭德爾周遭呢……有誰可以回答嗎？」

此時像在學院上課一樣舉起手的，是認真好學的梅莉達。

「舉例來說，就像藍坎斯洛普那樣，夜晚的黑暗會給自然界的各種東西，例如動物、植物、礦物帶來負面影響，與此相同，太陽之血的光也會極為偶爾地帶來正面影響。像這樣誕生的帶有神性的物品就是『素材』。素材各自具備各式各樣的效果，是弗蘭德爾的生活不可或缺的東西。」

「非常棒。」

庫法揚起嘴角露出微笑後，重新開始講課。

「更嚴密一點來說，受到夜晚瘴氣或太陽因子的影響，且對人類生活有用的物品，都被區分為素材——不過，暫且先不提這些吧。那麼，說到這邊的話，小姐們應該也明白聖石是怎樣的東西吧。」

不想輸給堂姊妹的愛麗絲探出身子，表現她優秀的一面。

「也就是受到太陽之血影響的石頭……寶石？」

「回答得很好。隱藏著驚人的魔咒之力，甚至能改變持有者命運的寶石(Power Stone)。不過更值得一提的，是它的美麗……！為了進行這次的任務，席克薩爾公已經將聖石之一的『悠久綠寶石』交給我保管。」

庫法使了個眼色，於是莎拉夏像事先商量好似的將一個包袱放在桌上。

打開包袱一看，比燈光還明亮的翠綠光輝被解放出來，照耀整個房間。是寶石從內側散發出光芒。而且非常大顆。手心有庫法那麼大才握得住吧。

倘若是貪婪的烏鴉，這絕品可能會閃瞎牠們的眼睛，所幸這些千金小姐還是捨華求

LESSON: Ⅲ ～從星星之間的車窗～

實的年紀。她們各自誇張地掩面，發出裝模作樣的哀號。
「好耀眼～好像光之雨淋在身上一樣～！」
「就算想順手牽羊，這麼大也裝不進口袋……」
「快收起來，莎拉！身為黑暗眷屬的我的力量會失控呀！」
「啊哇哇，不得了！」
「小姐們，妳們玩得很開心啊？」
庫法無奈地嘆著氣，同時將再次用布包裹起來的「悠久綠寶石」恭敬地收到附鎖的寶箱裡。
「還剩下三個──『深淵縞瑪瑙』、『不滅紅寶石』、『崇高藍寶石』。距離加冕典禮剩下一星期……我們的任務就是在下星期之前湊齊所有聖石，返回聖王區。至於典禮需要的聖劍，據說席克薩爾公會親自準備。」
「……庫法老師明明得探訪整個弗蘭德爾尋找三個聖石，莎拉夏的哥哥卻只要準備一把劍？」
愛麗絲悶悶地插嘴，莎拉夏一臉過意不去地縮起肩膀。庫法像要打圓場似的露出「這沒什麼」的苦笑。
「畢竟要打造聖劍很費工夫嘛。而且雖說是尋找聖石，但也並非毫無提示。已經從世界各地收到這麼多邀請函。」

這時總算成為話題的，是德比修女拿來的好幾封信件。加上庫法從包包裡拿出來的份，在桌子的一角堆積如山。

梅莉達目不轉睛地眺望各自精心設計過的成堆信封，開口問道：

「老師，這些信上寫著什麼呢？寄件人是哪位呢？」

「這是位於下層居住區的礦山小鎮的代表人寄來的喔。無論哪封信內容都一樣。

『王爵大人，請帶走本鎮的聖石，陪同您進行加冕典禮』……」

「要給我們？聖石嗎？不用錢？」

愛麗絲接連不斷地發問，庫法不禁加深笑容，刻意直截了當地回答。

「因為那麼做可以讓小鎮獲利。」

「明明要免費給我們聖石，卻能獲利……？」

安傑爾姊妹冒出一堆問號，已經知道機制的繆爾與莎拉夏互相對望，會心一笑。庫法優雅地露出微笑。

「簡單地說，王爵經過的地方會有人潮聚集，產生出十分誇張的經濟效果。」

「這話是什麼意思呢……？」

「比方說這個茶杯。」

LESSON: III

～從星星之間的車窗～

庫法將手邊杯子舉到與視線平行的高度，將茶杯上的高貴藍色花紋展示給眾人看。

「加冕典禮結束之後，這個茶杯會被加油添醋地這麼宣傳吧：『這是王爵在巡禮過程中愛用的茶杯！』這茶杯恐怕再也不會被擺到餐桌上，而是捐給博物館之類的地方，招攬大量遊客。大家為了看這茶杯一眼，都會掏錢購買入場券。有錢人可能會試圖收集同一個品牌的同樣花紋的杯子。如此一來，製造商的價值也會水漲船高——雖然這茶杯原本就是超高級品牌啦。」

庫法毫不猶豫地將嘴脣貼上茶杯，啜飲一口紅茶。梅莉達彷彿被震撼住一般，倒抽了一口氣。

「總覺得——所謂的王爵——連隨便打個噴嚏也不行！」

「說得一點也沒錯。那麼，妳們應該也明白這些寄件人的意圖了吧。『那把聖劍使用的聖石，是本鎮的東西！』簡單來說，他們就是想這麼宣傳。觀光客也會從上層的弗蘭德爾湧入，想一探王爵造訪過的小鎮是怎樣的地方。大街上應該會有許多店家販售與王爵相關的周邊精品吧。」

庫法彷彿事不關己般地做了總結，又啜飲一口紅茶。

這時，列車正好來到一個街區。列車絲毫沒有放慢速度，橫跨過陌生的街道，就這樣過站不停。列車從坎貝爾的一角再次奔向高架軌道，莎拉夏俯視著窗外，開口詢問：

「庫法老師。我們從上一站開始，就一次也沒換搭列車過，這輛列車究竟是開往何處呢？」

「請放心，莎拉夏小姐。請一般乘客下車時，這輛列車就已經是我們包下的了。也已經告知車掌要前往的目的地了。」

「我們要去領聖石嗎？」

「畢竟有這麼多可以隨意挑選嘛。」

安傑爾姊妹看著眼前的成堆信件，一臉得意的模樣。庫法淡淡地露出微笑，同時將視線移到一片漆黑的窗外，補充說道：

「……是啊，倘若是本來的巡禮，完全不用費什麼工夫吧。只不過小姐們，請做好覺悟。事情可能沒有這麼簡單。」

梅莉達與愛麗絲互相對望，彼此都露出疑惑的表情。庫法從禮服懷中拿出一封已經開封的信封。

「列車的目的地是下層居住區的更外圍。是弗蘭德爾領地邊境中的邊境……其名為礦山都市迪奧黛珂。」

在空中飛舞的深紅之蛇，隨後吹響高昂的汽笛聲。

LESSON Ⅲ ～從星星之間的車窗～

† † †

從弗蘭德爾隨著列車搖晃，經過整整三天。離開提燈狀的巨大都市，橫跨下層居住區的城鎮，無論早晚都不眠不休地沿著漆黑大地前進的深紅之蛇，總算到達彷彿被留在世界盡頭一般的孤單車站。

王爵一行人走出月臺，等候著他們的是迪奧黛珂居民的熱烈聲援——實際上並非如此，而是僅僅一輛沒有車篷的大型運貨馬車。

一行人跟迪奧黛珂派來擔任車伕的男人簡單地打過招呼，搭上四匹疲憊的馬拉的車子，準備出發。貨架有非常充裕的空間，可惜椅子硬梆梆的。而且道路也沒有好好整修，因此每當木製車輪滾過大石頭，就會喀鐺一聲地用力搖晃起來。

臀部碰撞椅子好幾次後，最先忍受不住的是德比。

「這裡也太鄉下了吧！」

他的哀號彷彿能呼喚山神似的響徹周圍。

這也難怪。一片宏偉的森林在馬車外面拓展開來。包括迪奧黛珂在內的周邊地區，是幾乎沒有人為整修過的山岳地帶。由於路況實在太糟，劇團的雙胞胎忍不住從椅子上站起身，抓住扶手，愛麗絲等人則是一臉理所當然地坐在庫法的大腿上。馬車喀鐺喀鐺地上下用力搖晃，儘管如此，戴著王爵帽子的青年，仍舊用一臉若無其事的表情回答。

「如您所說，這裡是弗蘭德爾的最遠端，因此無人來訪。無論路況有多糟糕，馬車運送的石頭和太陽之血，要比人類多上很多。」

「那想必可以聊得很開心吧！我說王爵大人，明明來了那麼多邀請函，你為什麼偏偏選上這種鳥不生蛋的地方？」

「有幾個理由——您應該也能理解才是？」

庫法若無其事地這麼回道，於是團長沉默下來。梅莉達等人只能面面相覷。

劇團的雙胞胎——露西爾與萊拉將手指貼在嘴唇上，彷彿對照鏡一般露出疑惑的表情。

「話說這裡～」、「究竟是怎樣的地方呢？」

「簡單地說明的話——」

庫法先說了這樣的開場白，同時望向聳立在遠方的險峻山嶺。

「這個山岳地帶以前作為豐富的太陽之血與素材的寶庫，是個備受矚目的地方。雖然距離弗蘭德爾十分遙遠，但為了尋求資源開拓邊疆，並不是什麼稀奇的事情。只不過有一點失算，就是採掘量沒有期待中那麼多……據說在整修陸路之前就耗盡了資金，實在沒有餘力鋪設軌道到所有開拓區。」

LESSON: Ⅲ ～從星星之間的車窗～

「所以才會在這種前不著村後不著店的森林裡設置車站……」

「然後像這樣搭馬車往返各個城鎮呢。」

看到聖德特立修女子學園的千金理解了原因，庫法肯定地點了點頭。

坐在庫法身旁的梅莉達抬頭仰望他，提出仍未徹底化解的疑問。

「可是老——主人。距離加冕典禮明明已經沒多少時間了，為什麼要特地選中這麼遠的地方呢？」

除了安傑爾姊妹以外，已經知道內情的其他成員，表情蒙上一絲陰霾。庫法瞥了一眼窺探車伕的動靜，同時將臉湊到女僕的中間。

「……其實打從我們開始巡禮後，在我們前往的目的地，接連發生聖石的持有者離奇死亡的事件。」

「──咦？」

「收藏家、教會相關人士、寶石商……無論哪個都是與我們進行交涉，可能會將聖石轉讓給我們的人物。他們持有的聖石也遭到某人破壞，或是被奪走……在某間宅邸，也發生過我們留宿時，聖石突然被偷走的案例。」

庫法環顧位於貨架內的成員。少女緊張地吞了吞口水，德比修女一臉無趣似的面向馬車外，從鼻子發出「哼！」的一聲。

一直啞口無言的梅莉達，戰戰兢兢地找回話語。

「那該不會是……那群襲擊者……黑蝙蝠搞的鬼……？」

「肯定是那樣沒錯吧。這是我失算的另一點。我沒想到那些傢伙會不顧一切到這種地步……就在我像這樣袖手旁觀時，距離加冕典禮已經只剩一星期。不能讓旅途繼續延遲下去了。恐怕下次就是湊齊聖石最後的機會吧。」

「所以才會選中這麼遙遠的地方呢。因為敵人可能也無法出手。」

庫法隨即將視線從有些強調語尾的學生身上移開。

「只能祈禱是那樣了。」

小小的褐色屋頂與石造街景映入他望向道路前方的眼眸中。

貨架內的所有人都轉過頭看。以極具特色，紅得像是火災痕跡的山為背景，逐漸接近迪奧黛珂的街道了。正門附近有什麼黑色固體蠢動著。馬車更往前進之後，總算能分辨那是什麼——是穿著深褐色長袍的大量人群。

所有人都拉下兜帽，將全身整個覆蓋住，因此連各自的年齡和性別都無法確定。看到他們彷彿冥界看守者般圍住門的模樣，梅莉達與愛麗絲忍不住緊抱住庫法的兩邊。

儘管在帽子底下抿緊嘴唇，庫法仍輕輕撫摸她們的肩膀。

「小姐們請放心。他們並沒有什麼特別的。下層居住區的居民在外出時都愛穿那件

LESSON: Ⅲ
～從星星之間的車窗～

防護長袍。」

「防護長袍？——原來如此，也就是說只要穿上那個，就能抵擋夜晚的瘴氣呢！」

「不是的。」

庫法知道這樣很矛盾，仍斬釘截鐵地否定，讓少女的眉頭蹙得更緊。

「那塊布沒有那種力量。只是安慰自己罷了。」

梅莉達驚訝地張大嘴時，馬車總算到達在正門前開拓出來的空地。前頭的馬匹鑽過拱門的同時，在廣場待機的幾百個長袍身影一齊大爆發了。

「「「塞爾裘・席克薩爾王爵大人！萬歲～～～～～！」」」

那聲音大到讓人以為他們是否跟訪客的鼓膜有仇，還有彷彿見到仇人還什麼一般扔過來的成群花瓣。五顏六色的色彩眨眼間填滿石版路，拉著馬車的四匹馬一臉困惑地停下腳步。

已經受夠僵硬椅子的王爵一行人連忙與貨架道別。朝全方位散播客套的笑容，等了一陣子後，有兩個人從成群長袍中走上前來。

「王爵——塞爾裘・席克薩爾公！」

用大到不行的聲音這麼吶喊的第一個人，是年紀大約二十幾歲後半的男性。他並非長袍打扮，而是有些過時的西裝造型。雖然他一副彷彿要順勢擁抱的氣勢，但在撲上來之前踩了煞車。他忙碌地低頭望向腳邊，鞠躬行禮。他在測量與王爵（庫法）的距離。看來他似乎練習了好幾次這種場面。

就算這樣，態度也太誇張了。梅莉達等人只能驚訝得瞪大了眼。

「我們由衷地期待您的來訪！我是迪奧黛珂鎮長的兒子，名叫賽瑪斯・迪奧路克！我和所有鎮民都打從心底期盼王爵的到來！請您慢慢觀光……幾天都行！請儘管留宿吧！」

「喔，好……謝謝。」

庫法很明顯地口齒不清，是因為對自己身為王爵的立場感到困惑嗎？還是被賽瑪斯青年的熱情給嚇到了呢？德比修女則用沒人能聽見的音量喃喃自語：「是典型的鄉下貴族呢。」

就在這時，隨後跟上的第二名男性拍了拍賽瑪斯的肩膀。

「還不快住手，賽瑪斯。長途旅程讓席克薩爾公很疲憊了。」

換了個打扮質樸，但蓄有八字鬍且散發著威嚴的中年紳士上前。他似乎比較習慣接待貴族，自然大方地向王爵要求握手。

LESSON Ⅲ
～從星星之間的車窗～

「好久不見了，席克薩爾公。上次見面是閣下十五歲的時候呢。您還記得威爾迪．迪奧路克這名字嗎？我現在一邊治理迪奧黛珂小鎮，一邊教導這個還年輕的兒子鎮長為何物。」

「記……記得。好久不見了。」

「……哎呀？」

庫法不禁變得吞吞吐吐，威爾迪一臉疑惑地窺探帽子底下。不過在那之前，看來興奮到沉不住氣的兒子插了進來。

「別鬧啦，王爵大人怎麼可能記得爸爸呢！——來來，席克薩爾公。我們已經準備好歡迎會了！請搭這邊的馬車！」

這邊請——賽瑪斯這麼指示的前方，有六匹馬噠噠地走了出來。儘管德比等人臉色難看地心想怎麼又是馬，但這次的馬車是兩匹馬拉的，而且各自裝備著精美的馬具。一行人的目光都不禁集中在三輛馬車的其中一輛上。

很明顯地只有中央那輛特別豪華，灌注的心力和其他輛不同。柔軟隆起的椅子是金黃色，坐起來的感覺讓人聯想到羽毛。車頂附設長檐代替天花板，兩端有宛如扇子般的樹葉隨風搖曳——「神轎」這個詞彙閃過腦海。

從賽瑪斯滿懷期待的眼神來看，庫法必須搭上這輛馬車，在眾人環顧下緩緩前行吧。決心很快就差點萎縮起來的庫法，試圖向同乘者尋求救贖。所幸馬車擁有大約兩三人份的空位。

然而德比劇團的三人，一對上視線便立刻別過臉去，一副打死不肯與庫法四目交接的態度。那麼，就找繆爾看看吧。庫法尋找繆爾的身影，只見黑水晶妖精早已經精明地搭上其他馬車。可以窺見拉．摩爾家說什麼也要避開庸俗事物的強烈自尊心。

既然如此，能不能拜託莎拉夏呢？對於含蓄的她可能有些殘酷，但席克薩爾家兄妹同乘的構圖，或許從旁人眼裡看來也很自然。不過在庫法這麼心想，正要伸出手的瞬間，一道金色光輝閃入庫法的視野呼喚著他。

「……」

是一臉焦急地握緊裙子的梅莉達。身為女僕的立場讓她無法主動發言，但如果是她的家庭教師，對她內心的想法可說一目了然。

庫法朝低著頭的少女遞出一度要放下的手。

「來……來這邊，梅莉達。一起搭乘吧。」

梅莉達立刻綻放出彷彿能聽見音效似的燦爛笑容，宛如小狗般欣喜地飛奔過來，緊緊包住庫法遞出的右手。

「我來了，主人！」

LESSON III ～從星星之間的車窗～

就在那過於耀眼的模樣讓庫法的腦袋有些暈眩時，他注意到另一名女僕的身影。愛麗絲像是一個人被留下一般，在大型馬的包圍下孤伶伶地低著頭。

在庫法這麼呼喚的同時，白銀的美貌猛然抬起頭來。愛麗絲踩著小碎步飛奔過來，

「愛……愛麗絲也過來。」

臉頰磨蹭著庫法遞出的右手臂。

「實在是沒辦法，我才來的。」

愛麗絲一臉滿足地從鼻子哼了一聲，率先拉著庫法走向馬車。被迫看到這一幕的德比修女，伴隨著嘆息拿出筆。

「這橋段也要刪掉。」

王爵與女僕並肩坐在豪華椅子上的身影，讓另一個人表現出奇妙的反應。就是準備了馬車的罪魁禍首，鎮長的兒子賽瑪斯・迪奧路克。

「您要讓隨……隨隨……隨從也搭上馬車嗎……？」

只見他臉頰抽搐，眼皮痙攣著。那表情就彷彿通宵熬夜的殭屍。

「您是想說在這種荒涼的土地，沒必要講究規矩嗎……？」

「那個王爵大人在很多方面都少根筋呢。太在意的話，身體會承受不住的喲。」

「…………！」

就連德比修女的聲音，也不曉得是否有傳入他的耳裡。德比劇團的三人，還有繆爾與莎拉夏兩人分別搭上馬車，不過賽瑪斯遲遲無法振作起來。看不下去的父親威爾迪親自踏上王爵的馬車駕駛座。

「好，我們出發吧！大家都等不及了！」

準備了歡迎會——所有鎮民都——等不及——

一行人很快就被迫體認到這些話並非誇大其詞。

「來，請到這邊！接著是這邊！所有居民都出來迎接王爵了！」

鎮長的兒子賽瑪斯・迪奧路克硬逼自己轉換心情。

庫法一行人原本以為就算這裡什麼都沒有，他們也會先帶自己到飯店。一行人在鐵箱裡連續搖了整整三天，疲勞早已經逼近臨界點，倘若是在這個被大自然包圍的土地上生活的當地民眾，應該更會顧慮到就算只是從車站到小鎮的行程，旅行者也在消耗忍耐力這件事吧。

然而。大概是熬夜想了整晚歡迎計畫的鎮長的兒子，似乎完全沒有考慮到來訪者的狀態。在化為黑色牆壁的居民包圍下，被推入馬車貨架上的一行人無路可逃，對於騎馬走在前頭的賽瑪斯的觀光導覽，只是左耳進右耳出。守護礦山入口的飛龍像、能夠將山

脈一覽無遺的「寶物山丘」、開拓時代建造的歷史悠久的教堂……原來如此，每一樣都很出色，非常了不起。不過遺憾的是，庫法一行人現在完全不感興趣。德比那可怕的表情明確地述說著：「先別管這些了，快給我床跟飯！」

從後半開始完全無法聽清楚導遊快如機關槍一般喋喋不休的內容——

「愛麗絲小姐，這樣未免太失禮了，請起來。」

「唔嗯……」

庫法必須好幾次捏一捏靠在自己胸口的睡美人臉頰。

迪奧黛珂的街道有高低差，坡道也很多。就在被拉著逛遍每個角落，一行人再也無法徹底掩飾疲憊不堪的表情時，一直交互觀察兒子與王爵一行人表情的鎮長威爾迪・迪奧路克，總算從馬車駕駛座上出聲。

「賽瑪斯，你該適可而止了吧。王爵大人他們很疲憊了。這樣他們之後想起這小鎮時，只會記得馬車坐起來很不舒服喔？」

「啊，說……說得也是呢……」

一直興奮不已的兒子似乎也終於恢復冷靜。真是的，總算能到飯店了嗎——庫法一行人正覺得鬆了口氣時，賽瑪斯用一臉過意不去的表情轉過頭來。

然後，以小孩般的快活態度告知：

LESSON Ⅲ ～從星星之間的車窗～

「那麼，接著帶各位到你們期待已久的，本鎮的『寶石堂』吧！」

「他有沒有常識呀！」

總算從馬車上獲得解脫的德比，一邊搓揉酸痛的臀部，一邊這麼咒罵。即使是跟他合不來的庫法，也不得不在內心感到同意。因為公演而習慣坐馬車的劇團三人不用說，就連繆爾和莎拉夏看來也難掩疲勞。

愛麗絲「呼啊～」地大口打著呵欠，至於梅莉達則是——

「跟老師的馬車約會……簡直就像前往蜜月的新婚專用車（Bridal Car）……欸嘿嘿。」

例外地一臉幸福的樣子，因此庫法決定目前先別打擾她。

所謂的「寶石堂」，似乎正如其名，是保管從迪奧黛珂礦山採掘到的寶石的地方。

外觀像是一座低矮的塔，入口有一扇看來很牢固的門。

裡面完全沒有窗戶，狹窄的室內並沒有燈光。因為沒那個必要。

擠滿在架子上的七色寶石，從內側散發出光芒。是帶有神性的魔咒光輝。眾人一時間忘了疲勞，於是鎮長父子看來也有些得意的樣子。

「那麼各位！請看這邊……」

在房間最深處，準備了一個用細支柱撐起來的台座。王爵一行人聚集到台座周圍後，蓋在上面的布蓄勢待發，氣勢洶洶地被掀起來。

從裡面溢出的，是應該形容為「暗色之光」，宛如幻想般的光輝。放在台座上的是顆漆黑寶石，描繪出非常優美的橢圓形。它吸收了所有色彩，在寶石內側使其反射，只有邊緣部分會因為角度不同改變顏色。

最重要的是它非常大顆。應該也不輸給**真正**的席克薩爾公交給庫法保管的「悠久綠寶石」吧。賽瑪斯得意無比地挺起胸膛，介紹小鎮的驕傲。

「這是我們在信上提到的『深淵縞瑪瑙』。無論色彩、透明度和尺寸，應該都十分夠格裝飾王爵大人的聖劍……」

「哎呀，真是出色呢。」

「「好漂亮～！」」

德比修女在記事本上奮筆疾書，劇團的雙胞胎如出一轍地眼神閃閃發亮。繆爾與莎拉夏若無其事地互相對望，像是鬆了口氣似的點了點頭。總算到手一個！彷彿能聽見她們這樣會心的吶喊。但是——

「…………」

從布被掀開的瞬間開始，庫法便一言不發，將指尖貼在下顎。因為帽子幾乎遮住他的臉龐，所以沒有人能看出他的表情。

LESSON: III

～從星星之間的車窗～

花了很多時間讓眾人沉浸在餘韻裡之後，賽瑪斯挺身說道：

「王爵大人，您還滿意本鎮的寶石嗎！您應該覺得很出色吧？」

「——是……是啊。」

「就是說嘛！」

彷彿咬住紅蘿蔔的馬匹一樣，賽瑪斯神情激動。他從懷裡拿出記事本，以猛烈的氣勢奮筆疾書。他用彷彿要戳破內頁的筆壓，寫下「王爵稱讚本鎮的寶石」。

得意忘形的賽瑪斯更積極地拉近了距離。

「王……王爵大人！請您務必把這邊的戒指跟深淵的縞瑪瑙一起帶走！然後在加冕典禮時戴到手指上！希望您可以清楚地表示這個戒指是迪奧黛珂的東西！」

「那……那個……賽瑪斯閣下……？」

「這之後也安排了當地報社的採訪！能請您接受採訪嗎？記者也已經在待命了！沒什麼，不會耽擱您太多時間。您只要非常簡單地表達對本鎮的印象就行了！」

「如……如果是留宿期間內，應該沒什麼問題吧——」

「這樣子啊！那麼，方便的話，請在這張簽名板上簽名！」

庫法還沒回答完畢，賽瑪斯就塞了厚紙板與鋼筆過來。雙手都被塞滿東西，即使是庫法也不禁啞口無言。賽瑪斯的熱情則成反比，停不下來。

「我以前曾在雜誌上看過席克薩爾公的簽名。請您留下跟那個一模一樣的簽名！嗯，我會裱框放在迪奧黛珂的紀念碑前裝飾！」

「賽……賽瑪斯閣下。那個……呃……」

庫法無法拔開鋼筆的筆蓋，事已至此，他終於找不到可以回應的話語。他像要逃避似的轉頭環顧寶石堂，確認這個地方只有僅僅幾人——也就是只有威爾迪與賽瑪斯這對鎮長父子是迪奧黛珂的人這件事。

「……威爾迪閣下。」

然後庫法用摻雜著放棄的視線看向威爾迪。一直默不作聲的中年紳士無奈地點了點頭，將臉湊近身體向前傾的兒子，在他耳邊講了些悄悄話。

「咦，什麼事啊，爸爸——………啥？」

聽完悄悄話的賽瑪斯發出呆愣的聲音，茫然地將臉轉回面向眼前的人。

他從上到下地凝視穿著禮服的高個子，將視線停在遮掩住容貌的大帽子上——

用毫無生氣的聲音喃喃自語：

「他不是王爵…………？」

† † †

LESSON: III ～從星星之間的車窗～

「這種侮辱叫人怎麼受得了啊！」

驚人的怒吼刺穿了眾人的鼓膜。

跟進入寶石堂之前猛然一變，在宛如葬禮般的氛圍下被帶到鎮長宅邸的王爵一行人，就這樣被迫直接前往接待室。

王爵一行人被集中在一邊的沙發上，梅莉達與愛麗絲則站在庫法的背後待命。雖然德比修女一臉滿不在乎的樣子，但其他少女的表情十分憂鬱。

這也難怪。至今為止友善到讓人吃不消的鎮長的兒子，以駭人的表情大聲怒吼著。歡迎人的聲音高分貝，痛罵人的聲音自然也小不了。倘若能摀住耳朵是最好的，但庫法誠實地拿下帽子，從正面承受賽瑪斯的視線。

話雖如此，賽瑪斯噴火的氣勢也不可能減弱就是了。

「冒牌貨是怎麼搞的啊……！我們『鼴鼠』明明這麼拚命地為了弗蘭德爾在挖洞，王爵卻在這種關鍵時刻也不肯來露個面嗎？」

另一方面，較為冷靜的是坐在他身旁的父親威爾迪。

「你別說了，賽瑪斯。席克薩爾公是大忙人啊。」

「大忙人？意思是我們下層的『鼴鼠』就很閒嗎？」

「我不是那意思……你有些拚命過頭了。」
「爸爸太沒有危機意識了！」
看到鎮長父子在眼前開始沒完沒了的爭吵，公爵家的四千金悄悄地互相將臉湊近。
愛麗絲依然面無表情地提出一個疑問：
「『鼴鼠』是指？」
「呃……在礦山都市工作的人們，對自己的模樣感到自卑，會這麼稱呼自己。」
「原來如此呀。我明白庫法老師選中這小鎮的原因之一了。」
繆爾接在莎拉夏後面這麼發言。「是什麼原因？」引起了梅莉達的關注。
「為了接收聖石，必須直接進行交涉。也就是沒辦法在不暴露底細的情況下了事。而且，假如影武者這件事可能會被弄成醜聞時，盡可能離弗蘭德爾遠一點，會比較容易操作情報呢。」
天啊——梅莉達重新對家庭教師的周到感到佩服。的確，如果是位於這種偏僻地方的小鎮，即使有居民想要到處宣傳，說不定也能將消息傳遞到外部的風險壓抑到最低。
然後不出所料，這小鎮的領主無法輕易地接受影武者這件事。賽瑪斯臉色蒼白到讓人同情，激動地抓著原本整齊的頭髮。
「可惡，可惡，王八蛋！我還以為這是千載難逢的好機會！希望都泡湯了！計畫都

LESSON: Ⅲ ～從星星之間的車窗～

落空啦！可惡！」
庫法面不改色，從懷裡拿出一封書簡，放在桌上。
「席克薩爾公有託我帶了口信。他表示『為了地區活化，可以儘管使用我的名字無妨』。」
「……！」
賽瑪斯有一瞬間內心動搖起來，但立刻以烈火般的感情覆蓋過去。
「別開玩笑了！你以為這樣我們就會接受嗎？」
「還有王爵之妹莎拉夏．席克薩爾小姐，也代理王爵前來此地……」
庫法瞄了一眼示意，於是莎拉夏有些緊張地挺直了背。
賽瑪斯瞥了莎拉夏一眼，但當然不可能就此壓抑住砲火。
「那又怎麼樣！妹妹根本沒什麼寶貴的！」
「賽瑪斯！你適可而止吧。沒禮貌也該有個限度。」
莎拉夏一臉過意不去地垂下頭，繆爾佯裝不知，什麼也沒說。梅莉達與愛麗絲則是面面相覷，內心也不得不感到疑惑。
——這個叫賽瑪斯的青年，對於借用王爵之名一事，會不會拚命過頭了？
在這個疑問化解之前，庫法用冷淡無比的表情插嘴。

「那麼，賽瑪斯閣下，我想確認一點。」

「確……確認什麼啊！」

「也就是說閣下不打算把剛才那個聖石——『深淵縞瑪瑙』讓給我們對吧？」

這番話讓沙發上的其他人也不禁驚訝地瞠大了眼。「慢點，你在說什麼呀？」德比這麼逼問，但庫法看也不看他那邊。

從意料之外的地方挨了記刺拳的賽瑪斯，像是無法退讓似的點了點頭。

「……沒……沒錯，正如你所說！不能把鎮上的寶物給什麼冒牌貨！想要的話，就自己去挖吧！」

「那麼，就照閣下說的辦吧。」

庫法邊說邊站起身，這讓所有人都不禁懷疑起自己的耳朵。

庫法對著宛如魚類一般顫抖著嘴脣的兒子，與緊緊蹙起眉頭的父親——理所當然似的伸出手，斬釘截鐵地告知：

「我會親手去採掘聖石。能請您給予許可嗎，鎮長？」

迪奧黛珂

被盡頭山脈圍繞的礦山小鎮

■交通／ Access

從弗蘭德爾搭列車約三天。從波多普夫轉運站搭馬車約五小時。

■導覽／ Commentary

昔日是出產豐富太陽之血的礦山都市。開拓當時被期待或許能成為世界三大礦脈之一，但關鍵的迪奧黛珂礦山採掘量很快就出現衰減的傾向，成了山岳開拓團苦境的起頭。

存在於標高兩千公尺的石版路街景有必看的價值。只不過險峻的坡道相當多，加上位於高地，徒步行走很快就會喘不過氣。不得不說這地理條件對觀光有些嚴苛。

觀光景點
Tourist spot

假如你有機會造訪這個世界的盡頭，推薦你登上聳立在高山小鎮頂點的貝羅尼可塔。可以從塔頂上將紅色屋頂連綿不絕的迪奧黛珂街道，以及昔日被視為「寶山」的礦山一覽無遺。

隨著礦脈枯竭，發展的夢想跟著崩潰的最遠端小鎮。讓人聯想到「空白珠寶盒」的這片風景才是自然的寶物——像這樣試著沉浸在詩情畫意的感傷中，或許也是一種樂趣。

LESSON：Ⅳ　～偽王爵的戰鬥～

「不管在哪方面都是麻煩不斷！這趟巡禮真是棒呆了呢！」

說著女性用詞的男人聲音響徹了坑道每個角落。

迪奧黛珂礦山擁有豐富的太陽之血礦脈。還沒時間喘口氣，就從小鎮出發的王爵一行人，按照宣言踏入像是鼴鼠通道的坑道。

路上沒有半盞燈光，一行人也沒有攜帶照明器具之類的東西。儘管如此還是完全不成問題，是因為坑道的牆壁本身就閃耀著淡淡的七彩光芒。像這樣的光景，在太陽之血的礦山也不是多稀奇的事情。

德比團長用尖銳的聲音，對著快步走在前頭的禮服背影繼續說道：

「你到底打什麼主意？我從未聽過有王爵自己去挖石頭的呢！」

「既然對方沒有要轉讓的意思，這也無可奈何。」

「說……說不定有更高明的做法呀！像是請那個看起來很和善的鎮長大叔說服他兒子之類的！」

LESSON Ⅳ
～偽王爵的戰鬥～

「…………」

庫法依然一言不發，即使會弄髒亮麗的鞋子也不在乎，繼續前進。沒有一句怨言跟著他前進的露西爾與萊拉，還有公爵家的四千金當中，穿著女僕服的金髮少女踩著小碎步並肩到庫法身旁。

「那個，老師……你不要緊嗎？」

「怎麼了嗎，小姐？」

兩人小聲地互相低語。梅莉達緊握著手心，繼續說道：

「打從趕跑那些黑蝙蝠之後，老師就完全沒有休息到不是嗎？老師是不是累了？有沒有在勉強自己？」

「感謝妳的關心，小姐。我沒問題的喔。」

「可是……」

梅莉達轉頭瞄了一下後方。劇團的雙胞胎安撫著還是一樣抱怨個不停的德比，三個朋友也貼心地保持距離。然後該說理所當然嗎？迪奧路克父子和其他小鎮居民，沒有一個人跟過來。

梅莉達勾住庫法的手臂，更緊密地貼近心上人的體溫。

「那……那個，老師，我……」

「什麼事？」

「我……我很喜歡老師的黑色頭髮！」

彷彿要將振動直接傳達給肌膚一般，梅莉達將嘴脣貼近禮服，繼續說道：

「無論是老師端正的容貌、纖瘦卻強壯的身體，還有低沉的聲音，我覺得全部都很棒！雖然大家都說什麼『冒牌貨』，但我覺得——庫法老師是一位真正的王爵大人也絕不會感到羞恥的傑出人物……！」

「小姐……」

庫法俯視位於自己胸口位置的高貴金色。呼——他像是鬆了口氣似的露出微笑，用另一邊的手心揉捏著梅莉達的臉頰玩。

「我也很喜歡小姐的金髮喔？」

「呀啊！不……不會吧……」

「這是雙方頭髮的兩情相悅，沒錯吧？」

「啊嗚~……！」

就在庫法像這樣被害羞的棉花糖療癒心靈時，彷彿已經忍受不了的德比修女出聲斥責。

「喂，你們在聽嗎？我不是說女僕登場的部分全部會刪掉嗎！」

LESSON Ⅳ ～偽王爵的戰鬥～

「那麼，要揭露內幕的話——」

感覺庫法的語調似乎輕鬆了點，他這麼告知：

「他剛才讓我們看的『深淵縞瑪瑙』**並不是真的**。」

「啥！……這……這是怎麼一回事呀？」

「正確來說，應該說是品質惡劣吧。要稱為聖石，純度有些不夠。無論怎樣，要是帶那個回去，會讓席克薩爾公蒙羞吧。」

在一時間難以置信的眾人當中，繆爾與莎拉夏互相對望。

「跟『悠久綠寶石』相比，確實是有些異樣感……」

「原來不是錯覺呢。」

「雖然是非常細微的劣化，但要作為加冕典禮使用的聖石十分致命。話雖如此，那種差異就連專業鑑定師也難以辨別吧——但**我的眼睛**看得出來。」

庫法神祕地這麼說道，將手指貼在眼皮上。梅莉達更深入地探討他真正的用意。

「你對寶石變成這樣的原因有底嗎？」

「是啊。我之前就耳聞過從這個地區輸出的太陽之血和寶石品質變差的報告，踏入寶石堂之後，我更確信了——各位，請多加留意。這條坑道恐怕棲息著藍坎斯洛普。」

「「「什麼！」」」

身為一般人的德比劇團驚訝地瞠大眼，繆爾與莎拉夏反射性地拿起愛用的模擬劍與模擬矛。沒有武器的女僕姊妹更緊密地貼近主人身旁。

「慢著慢著！我們劇團對戰鬥一竅不通喲？」

「請放心——小姐們也是。只要有我在，絕不會讓牠們對各位出手。」

庫法以堅定的語調這麼保證，自己也將左手貼到腰部的黑刀上。

「打從因為巡禮而選中這小鎮時起，我就已經做好覺悟了。確認現況、調查礦脈汙染之謎、根絕源頭——這也是我這次預先設想過的任務喔。」

一直安靜聽著庫法說話的梅莉達，從意料外的方向踏入心上人的內心。

「老師……主人明明被賽瑪斯先生說了那麼過分的話，儘管如此，也會默默地為了小鎮而戰嗎？」

「這就是我們騎兵團的使命。而且到頭來，這麼做也對弗蘭德爾的——對我們的生活有益。」

「…………」

庫法溫柔地撫摸在感情與理性之間搖擺的十三歲少女髮絲。

他會靜候答案。畢竟兩人能在一起的時間還有兩年。

「——不過，另外還有一件事讓我很在意。」

LESSON IV

～偽王爵的戰鬥～

庫法切換語調，稍微轉頭看向後方。

「德比先生，你對迪奧黛珂小鎮有什麼感想？」

「咦……熱鬧到嚇死人呢！為～什麼他們那麼有活力呀？」

「沒錯，就是這點讓我覺得不可思議。」

德比摻雜著諷刺的回答，讓庫法立刻點頭同意。

「所有鎮民都團結一致，沒有什麼太大的差距。我上街巡視了各個角落，也沒看到極端貧窮的狀況──既然如此，賽瑪斯閣下那麼拚命的理由是什麼呢？」

這似乎是每個人都很在意的地方，視線集中在庫法身上。他沒有特別針對誰地補充道：

「我總覺得他有比振興城鎮更特別的動機。」

他話剛說完沒多久，前方的轉角便有個巨大的身影瞬間蠢動了一下。

庫法猛然豎起食指，制止眾人。德比劇團不用說，就連公爵家的四千金，也因為這很少碰到的與藍坎斯洛普的實戰，表情緊繃起來。

庫法慎重地將一行人聚集到陰影處，從轉角偷偷觀察。

在轉角後方的通路上──賓果。跟預料中一樣，有個不可能是自然生物的異形怪物，把這裡當自己地盤似的胡作非為。

輪廓很接近蜥蜴嗎？長長的脖子與尾巴，以及短短的手腳。但前端長著銳利的鉤爪。頭部巨大到不平衡，凶狠的雞冠刺向天花板。尾巴前端是鋸子狀的的利刃，不斷將黏滑的紫色液體排放到坑道中。

——就是那個。從那條尾巴滲出的毒液，就是汙染迪奧黛珂礦山的真凶。

儘管這麼確信，那身體也巨大到讓人猶豫是否不該隨便出手。體長輕鬆超過五公尺吧。緊接著的障礙是密密麻麻地覆蓋住表面的鑽石狀鱗片，還有最大的威脅是彷彿注入了大量新鮮血液一般，那雙爬蟲類的眼眸。

在縱向裂開的瞳孔凶狠地轉向這邊前，庫法迅速躲藏起來。他背靠著牆壁，像是感到有趣似的告知屏住呼吸的一行人：

「真令我吃驚。出現不得了的重量級角色嘍——那是蛇尾雞。」

「你說蛇尾雞……！」

率先做出反應的是知識淵博的繆爾，所有人的視線都集中到她身上。

繆爾搭配著肢體動作，儘管壓抑住音量，仍用緊迫的語調告知：

「我記得那是非常高階的藍坎斯洛普喔。寄生在太陽之血的礦脈，吃寶石維生的魔物。聽說牠肚子裡儲蓄著至今吞過的寶石，讓身體表面變質成媲美鑽石的硬度。跟體格相符的荒唐耐久力(HP)也很棘手，但最可怕的是——牠擁有一擊必殺的異能(咒力)。」

LESSON: IV ～偽王爵的戰鬥～

「一……一擊必殺？」

「就是那雙『眼睛』。」

繆爾將手指也貼在自己的眼皮上，喚起大家的注意。

「那個紅黑色眼球發出的光芒具有麻痺對象的力量。甚至能強制停止心跳和呼吸，如果是毫無抵抗力的一般人，據說只要幾秒就會致死——原本應該是由兩到三個部隊來應付的對手。庫法大人，要暫且撤退嗎？」

「妳真愛說笑。」

庫法一派輕鬆地回答，從刀鞘裡俐落地拔出黑刀。

「要是在這裡袖手旁觀，會趕不上加冕典禮的。」

在順勢邁出步伐前，他悄悄地對女僕服打扮的姊妹說道：

「小姐們，請仔細看清楚我的戰鬥。妳們會覺得蛇尾雞很難對付吧。請仔細看我如何掌握攻略的線索……也就是要『一邊觀察，同時並肩作戰』。」

啊——梅莉達發出聲音時，庫法已經從陰影處飛奔而出。在後方一起目送庫法離開的繆爾，一臉佩服似的說道：「老師真是認真教學呢。」

蛇尾雞似乎在享受點心時間，只見牠啃食著淡淡發光的坑道牆壁。也因此周圍被牠咬出一塊很適合戰鬥的廣闊空間。到目前為止沒有被迪奧黛珂的居民發現，也沒有出現犧牲者，是奇蹟嗎？——雖然這一帶很接近坑道最深處，已經被挖光資源，看起來很久沒人整修過的模樣。

庫法故意用出鞘的刀挖起地面，一邊發出聲響一邊前進。他「轟！」一聲地解放瑪那的蒼藍火焰，於是蛇尾雞的頭部瞬間往上彈起。

「你不像平常那樣躲躲藏藏嗎？膽小鬼。」

代替打招呼的挑釁，讓既長又大的蜥蜴彷彿在說「正合我意」似的飛撲過來。牠發出轟隆聲響並反轉身體，一邊揮灑唾液，一邊發出咆哮。類似超音波的陣風穿越坑道，玩弄著庫法的黑髮。

可以聽見後方的觀眾發出「啊！」的哀號。蛇尾雞扭動尾巴，從頭頂將前端的鋸子摔向庫法。沒有一絲多餘動作的快攻，還有跟巨大身軀不合的敏捷度。

唯一的失算是面對的獵物具備比牠更快的速度吧。還來不及眨眼，快到看不清的人影便潛入蛇尾雞懷裡，在擦身而過時揮刀一閃。在空中勾勒出黑刀的軌跡，同時飛過牠身旁。

然而。纏繞著瑪那的名刀尖端，卻被鑽石鱗片給彈開了，連一道淺淺的割傷也沒留下。更令人驚訝的是，蛇尾雞在那一瞬間捕捉到敵人位置後，看也不看這邊地揮出鉤爪橫掃。庫法像特技表演般地扭動身體，鑽過爪子與爪子之間，連幾公分誤差也不能有的空間。

他立刻一蹬地面，拉開距離後重整態勢。

大概是透過剛才的短暫攻防領悟到彼此的力量吧，庫法宛如格鬥術一般架起雙臂，反手握住黑刀。蛇尾雞也用難以想像是面對僅僅一名小獵物的壓迫感，緩慢且慎重地估算著攻擊距離。

「慢著慢著！根本一點用也沒有嘛！」

庫法一邊聽著德比團長的奚落，一邊動腦思索。蛇尾雞的硬度確實如傳聞所說。雖然只是目測，但牠的防禦力大約八百五十到九百左右……！倘若想穩紮穩打地討伐牠，應該帶好幾個軍團前來，靠劍士位階製造出人牆，同時用武士位階擾亂對方視野，再透過鬥士位階的一齊攻擊，踏實地削減敵人的耐久力——需要這樣的戰術吧。

不過在這裡——庫法等「白夜」的戰鬥，經常是孤軍奮戰。將瑪那集中在武器上的話行得通嗎……？但那樣會增加防禦的風險，不是很聰明的做法。

既然指導了徒弟「仔細看清楚」，庫法就必須進行一場夠格當範本的戰鬥。

隨後，蛇尾雞先忍耐不住了。牠宛如被解放的弓箭一般，脖子以上的部分以驚人的速度逼近，啃食坑道。在被咬住前側翻的庫法，即使發現破綻，也沒有展開反擊。因為已經實際證明了一般攻擊不管用。

蛇尾雞流暢地發動兩方向、三方向的追擊。用鉤爪橫掃、用毒尾突刺、用凶狠的獠牙大膽咬住。庫法在一線之隔避開所有攻擊。從旁人眼裡看來，應該覺得他只能一直防守吧。雖然因為風聲而傳遞不到，但德比修女尖銳的聲音有時會迴盪在坑道的牆上。

庫法虎視眈眈地等候反擊的機會。怎麼樣？既然敏捷度相差這麼多，你也不得不用那招吧——來啊！

不曉得這念頭是否與牠心意相通了，蛇尾雞有一瞬間放鬆了猛攻的步調。牠的眼球充血變得更紅，隨後以彷彿會響起音效般的氣勢，猛然發出激烈的閃光。

就在這絕妙的時間點。庫法的手以音速跳起，用刀腹防禦自己的眼前。致命的視線被宛如鏡子般磨亮的刀身反彈，以完美的角度反撲蛇尾雞的眼球。嘎啊！蛇尾雞發出尖叫，既長又大的身軀往後倒下。

蛇尾雞彷彿遭到雷擊一般吊起頭部，全身抽動不停。牠正拚命地用自己的咒力抵銷自身致命的麻痺力。彷彿在表現體內驚人的糾葛一般，牠全身的皮膚忙碌地重複萎縮與膨脹。

但在強敵面前暴露出這模樣，才是真正致命的破綻。庫法立刻收緊黑刀，在撼動空間的同時一蹬地面。猛烈的風穿過蛇尾雞身旁，這次終於在空中迸出一抹鮮血。

「「成……成功了！」」

LESSON: IV ~偽王爵的戰鬥~

德比劇團的露西爾與萊拉互相擁抱並發出歡呼。但她們大概無法連戰鬥的細節都看清楚吧。就連騎士公爵家的梅莉達等人，對於庫法這種頂尖級戰士的行動，目前也只能捕捉到殘影。

庫法瞄準密密麻麻並列著的鱗片縫隙，看準伸縮的瞬間，將刀尖刺入。刀尖不留情地挖起根部的皮膚，在切開皮膚的同時穿過身體。庫法流暢地將刀反轉，接著又是一刀，再補一刀——

每次目睹他的戰鬥都會被迫體認到，在強敵之間的對戰中，就算只有一瞬間，暴露出來的破綻都會成為致命傷，分出勝負。公爵家四千金明顯看出蛇尾雞已經「完蛋」了。敵人為了從麻痺狀態恢復所需的幾秒鐘，足以讓庫法砍光敵人的生命力(HP)吧。

梅莉達無意識地將手放到腰部，對那裡沒有愛用的模擬刀一事感到焦躁。每次體認到家庭教師深不見底的實力，在感到驕傲的同時，也會覺得自己很沒用。感覺自己還在遙遠遠不及心上人的遙遠後方奔跑著。

好想早點追上他。想支撐他的背後。想並肩在他身旁，成為他信賴的戰士……自己能在剩餘兩年內達成這目標嗎？

不，不管要花多少時間，總有一天要到達他等候著的——

遙遠的巔峰！

斬擊聲更高聲地響起，將一片鑽石鱗片挖起彈飛。蛇尾雞的喉嚨迸出尖叫，吐出宛如噴泉般的鮮血。無論由誰來看，全身被刻下刀傷的敵人都已經到達極限。只要再幾秒，牠的身體大概就能恢復自由，但為時已晚。

「『極地拔刀……』」

庫法暫且收起刀，噴出宛如業火般的蒼藍火焰。他要解放出必殺的攻擊技能。六名少女清楚地確信了勝負的結果。

但是，就在他將手心放到刀柄上時。

「卡～～～～～～！」

一個大到嚇人的聲音介入戰場，讓庫法的動作猛然停住。蒼藍火焰四散，庫法立刻一蹬地面往後跳。

同時，總算掙開束縛的蛇尾雞痛苦地翻滾著全身。牠的鮮血四濺，用充血到極限的眼球散發憎恨的視線。

庫法小心翼翼地架著刀，同時也不得不看向德比開口詢問。

「德比先生，你為何阻止我？」

LESSON: IV ～偽王爵的戰鬥～

似乎是對單方面的戰況有些放心，德比修女從陰影處跑出來。他攤開記事本，用筆尾咚咚敲著白紙內頁。

「這樣湧現不出靈感呢……」

「啥？」

「塞拉大人才不會用像你這樣的戰鬥方式！不會有小心眼地在地面上四處奔走，反過來利用對方能力這種卑鄙的戰鬥！」

「你……你說卑鄙？」

梅莉達發出變調的哀號，但德比團長看也不看她那邊。儘管被蛇尾雞的敵意（壓力）刺激著神經，庫法仍慎重地反問：

「簡單來說，我該怎麼做才好？」

「請你換個戰鬥方式。首先要多一點空中戰，畢竟你目前的角色是『席克薩爾』。還有別搞什麼瞄準鱗片縫隙這種不起眼～的行為。從正面突破敵人的防禦！擊碎牠的鱗片！這才是『武人』席克薩爾家的塞拉大人喲！」

「……這部分的發展，靠想像力彌補不就行了嗎？」

「妳傻了嗎！」

將身分差距遺忘在意識彼端的團長，以認真到駭人的表情反駁繆爾。

「這次的戲劇終究是**假的**！心懷感激前來觀賞的客人，也知道所有人都不及真正的巡禮！而且我們的情況還必須包含相當多的創作——但是！正因為如此！我身為劇本家絕不能妥協！正因為是冒牌貨，才需要有超越正牌的品質！」

「小姐們，不要緊的。感謝關心。」

在德比激動的情緒引起蛇尾雞注意前，庫法面不改色地回應：

「就按照德比先生的意思行動吧。席克薩爾公也交代我要盡可能協助你們。」

「呵呵，你挺明白事理的嘛。」

「…………！」

至今仍無法接受這種發展的，是庫法真正的主人梅莉達。梅莉達對自己目前無法插嘴的立場感到焦躁，同時不停顫抖著拳頭。

——團長先生也好，席克薩爾公也好，為什麼要隨意命令庫法呀。

老師明明是「我的老師」！

彷彿是梅莉達這樣的激動情緒觸發了牠一般，隨後蛇尾雞發出裂帛般的咆哮。庫法從正面忍耐著那甚至讓身體動彈不得的壓力，同時動腦思索。

那傢伙已經不會隨便使出魔眼了吧。不能趁剛才的機會收拾掉牠，老實說很傷。從現在起就是小把戲不管用的正面對決。面對能力值超出人類領域的怪物，這時庫法被迫

LESSON Ⅳ ～偽王爵的戰鬥～

處於相當不利的立場。

舉例來說，在那個蛇尾雞用獠牙展開突擊的情況，各位階的標準應對方式如下：若是劍士位階就防禦；若是鬥士位階就攻擊；然後像庫法這樣的武士位階則是閃避。不過從德比修女的角度來看，他似乎不喜歡以閃避為主的戰鬥方式。話雖如此，考慮到武士位階的資質，要正面承受那激烈的突進力是不可能的。

既然如此，選項只有一個——

在庫法做好覺悟的同時，蛇尾雞的頭部用跟腦內預測分毫不差的速度襲擊過來。大口的下顎與凶狠獠牙散發的壓力，不是大砲能相比的。庫法用堅強的意志壓抑住下意識地想閃避的雙腳。

「——啊啊！」

他迸出很少發揮的氣勢，盡全力揮動黑刀橫掃。刺耳的金屬聲響徹坑道中，過剩的蒼藍火焰燃燒著半空中。

渾身的攻擊力與瑪那壓力，略微超越了蛇尾雞的突進力。巨大頭部往後仰約幾十公分，與此同時，地面在庫法腳邊被盛大地挖起。衝撞的衝擊散成圓環狀，感覺青年的骨頭、肌肉與肌腱都受了重傷。

「呼……！」

庫法壓抑住肉體的哀號，緊接著揮動刀。因為他判斷以敵人巨大的身軀加上離心力和慣性，沒辦法應付好幾次像剛才那樣的突進。不能閃避，但也無法承受。既然如此，就只能片刻不停歇地進攻！就是這麼回事。

黑刀在半空中留下好幾層軌跡，硬質的金屬聲響不絕於耳，響徹周圍。形勢跟剛才相反，變成庫法單方面展開攻勢的構圖。話雖如此，但這邊也跟剛才一樣，攻擊可以說對防禦方完全不管用。

儘管被敵人在周圍奔馳的速度與施加在武器上的瑪那壓力給壓制住，蛇尾雞的鱗片還是沒有留下多大的傷痕。而且牠還靠瞬間的判斷將鉤爪摔向地面，邊挖起地面邊抽出來。踏腳處盛大地隆起，擋住神速的敵人。

從陰影處大膽現身的華麗男子，揮動雙手大喊大叫。

「跳起來！跳～～起來！」

「……！」

庫法雖蹙起眉頭，仍從袖口拉出鋼絲。他將鋼絲扔向天花板，同時按照團長的期望一蹬地面，跳躍起來。他一邊沿著蛇尾雞既長又大的軀體線條前進，同時將宛如矛一般的瑪那收斂在黑刀尖端，刺向蛇尾雞。

嘎嘰——低沉聲音響起，同時終於有一片鱗片碎裂。瞬間，庫法所有的蒼藍火焰（瑪那）從

LESSON IV
～偽王爵的戰鬥～

刀尖爆裂。鮮血與鱗片碎片伴隨著火花被吹飛。

庫法順勢將所有瑪那集中在刺進皮膚的刀上，同時飛過半空中。一條筆直的刀傷從蛇尾雞的軀幹劃向尾巴。幾片鱗片飛散，但與此同時，硬逼自己使勁揮刀的庫法，右手的肌肉也殘破不堪。

就在這個瞬間。蛇尾雞的尾巴彷彿看準這時機似的扭動，前端的鋸子強襲空中的庫法。縱然是庫法也來不及閃避，他勉強扭動身體，只見利刃掠過他的側腹。留下以人類來說實在太嚴重的傷口，還有大量鮮血四濺。

庫法不禁鬆手放開鋼絲，在地面彈起一次的他，第二次採取了護身倒法。他毫不在意從側腹流出的鮮血，將右手手心貼到左手握著的刀上。

一臉無趣地眺望著這場攻防的德比，在記事本上行雲流水地寫下筆記。

「什麼嘛，這不是被敵人打倒了嗎。還真是弱呢——剛才的場景也要刪掉。」

這時梅莉達終於震怒。她早已經散發怒髮衝天的氣勢。

「這還用說！畢竟這又不是老師的戰鬥方式！」

「啥？我對戰鬥可是一竅不通，妳講得太複雜我也聽不懂。」

梅莉達氣憤地跺腳，莎拉夏在她後方用力咬緊嘴脣。莎拉夏朝摯友那邊瞥了一眼觀察，但繆爾整個人決定旁觀。安傑爾姊妹目前裝作是庫法的傭人，而且她們雖有一戰的氣概，卻沒有武器。

能出手相助的只有自己。莎拉夏用力握緊模擬矛，試圖從陰影處衝出去。但在她衝出去之前，眼尖地轉頭看向這邊的德比，舉起了單手。

「妳退下！我怎能在劇本上寫什麼『塞拉大人被妹妹救了一命』啊！」

「可是……！」

「妳能做什麼？小鬼在舞臺上到處亂晃，只會造成麻煩！」

莎拉夏畏縮起身體，用力握緊矛到手指發白的程度。就在那之後沒多久。

「噫……嘎啊————！」

突然有男人的哀號響徹周圍，被攻其不備的所有人轉頭看向聲音傳來的方向。

中間隔著蛇尾雞，在庫法的反方向。通道對面有一名男性嚇到腿軟。對方身穿在下層居民當中也算相當體面的衣服，還有揶揄自己是「鼴鼠」的深褐色長袍。原本整齊的頭髮因為屢次的衝擊與驚愕，早已經凌亂不堪。

「為……為什麼有其他人在這種地方呀！快點從鏡頭中消失！」

德比團長不禁從陰影處探出身體，劇團的雙胞胎立刻察覺到危險。

「不行啦！話說他是鎮長大叔的兒子吧！」

「慢點，那個很不妙喔！」

LESSON IV ~偽王爵的戰鬥~

蛇尾雞要改變目標，只要轉個頭就行了。牠猛然一瞪，讓站在那裡且手無寸鐵的一般人沐浴在詭異視線中。賽瑪斯根本無暇閉上雙眼。

「噫嘎！……啊……啊啊……啊……………！」

身體立刻宛如石頭一般僵硬起來的賽瑪斯，痙攣著嘴唇尋求空氣。他的雙眼充血，指尖顫抖著，無法活動的全身抽搐似的抖動。

蛇尾雞裂開的嘴角上揚，顯露出惡意。牠似乎打算活生生地血祭賽瑪斯，彷彿要用巨大身軀壓扁他似的覆蓋在他身上。

就在這時候。不把負傷當一回事的黑色疾風插到賽瑪斯前方。

那位置從梅莉達等人的角度來看是死角。因此沒有人能清楚確認到他做了些什麼。

首先是稍微能看見的他的頭髮，感覺有一瞬間變白搖曳著。接著從蛇尾雞巨大身軀的影子中迸出紫色閃光。隨後一擁而上的是連梅莉達這些瑪那能力者也為之顫抖的壓倒性壓力。

「別以為擁有魔眼的只有你（蛇尾雞）。」

彷彿生鏽般的扭曲聲音，是庫法發出來的嗎？蛇尾雞的反應激烈到甚至讓人忘了這個疑問。牠將紅色眼球睜圓到極限，巨大身軀不停顫抖著。就連噴出的鮮血也萎縮起來，幾片鱗片擅自剝落。

「『幻刀十二節——…………』」

伴隨著梅莉達熟悉的庫法聲音，爆發性的蒼藍火焰瘋狂肆虐。銳利的十二片小刀連結成一直線，形成一把巨大長劍。超過幾公尺的瑪那長刀與庫法的黑刀連動，宛如鞭子一般彎曲，同時描繪出超速的軌跡。

「『蛇道滅天』！」

庫法的手臂變得模糊，慢了一拍動起來的瑪那長刀，縱橫自如地切碎敵人。長刀流利地粉碎敵人的鱗片，甚至將粗壯的軀體也切片。長刀蹂躪著敵人，直到敵人變成不忍卒睹的碎屑，最後一刀氣勢洶洶地被拔出來的同時，大量濺出的鮮血在半空中飛舞。

蛇尾雞的巨大身軀一邊將坑道牆壁與地面染成鮮紅色，一邊倒落下去。牠發出讓人擔心天花板會崩塌的轟隆巨響與震動，身體撞向地面，一動也不動了。

「…………好……好厲害。」

一般人的露西爾與萊拉不用說，就連梅莉達等人也屢次對庫法的戰鬥技術感到佩服。最重要的是在使出攻擊技能的瞬間，敵人的鱗片已經衰弱到只有等同紙屑的防禦力。庫法看起來像是使出了什麼預備動作，那究竟是……？

叮——聽到刀回鞘的聲響，大家也回過神來。

「老……老師！」

LESSON IV ～偽王爵的戰鬥～

看到庫法側腹流血的身影，梅莉達甚至忘了要扮演主從，飛奔到他身旁。但庫法舉起單手，像是在說「我沒事」一般，然後轉頭看向背後。

「你沒受傷吧，賽瑪斯閣下？」

只見那裡有個膝蓋跪地，氣喘吁吁的長袍打扮男性。他拚命地喘息尋求空氣，同時用仍無法對焦的眼眸環顧周圍。

「究……究竟發生了什麼事……？有個超級大的龍怪，然後……？」

「你的意識混濁了吧，請慢慢地重複深呼吸。」

賽瑪斯照庫法說的大口深呼吸，好幾次更換肺裡的空氣。

他露出總算稍微冷靜下來的表情，將視線上移。

「該不會有藍坎斯洛普棲息在這座礦山裡吧？最近寶石的品質變低落，原來並不是錯覺嗎？是你……幫忙擊退了那傢伙嗎？」

「我們只是為了自己方便才行動的，請不用介意。」

庫法冷淡地回答並折返回頭，從地面撿起一個拳頭大的東西。

那是他本身砍飛的蛇尾雞鱗片之一。他用手拍掉表面的灰塵，於是神祕的「暗色光芒」立刻充滿坑道。看到那東西開始散發出甚至讓人認不出來的光輝，公爵家的少女都驚訝得瞠大了眼睛。

「深淵縞瑪瑙！」

「蛇尾雞堆積的寶石當中，也摻雜著聖石。倘若是這個，純度也無可挑剔——就按照契約，收下這寶石當作巡禮的伴手吧。」

他的手心用力握緊寶石。沒有發出的聲音只傳遞到梅莉達的耳裡。

——總算拿到一個。

庫法將寶石收到懷裡，賽瑪斯看到那模樣，戰慄地瞠大了眼睛。

「是……是因為我拒絕將寶石交給你……？所以你才會受這麼嚴重的傷……」

「並不是那樣的……我才想問你為何會來這種地方？」

「……因……因為坑道……」

賽瑪斯有些猶豫地移開視線，同時小聲回答。

「所謂的坑道很容易崩塌，不是外行人可以隨意踏入的地方。所……所以說……雖說是冒牌貨，但我怕身為王爵一行人的你們有什麼萬一……」

「你是擔心我們的安危呢。感激不盡。」

「才……才不是那樣子！我也是為了迪奧黛珂啊！」

賽瑪斯以相當逼真的氣勢挺身向前。

然後他像是虛脫無力一般，癱軟地跌坐在地面上，悄聲開始告白。

LESSON IV
～偽王爵的戰鬥～

「不能再把小鎮繼續逼入絕境……我們已經沒有退路……」

「……這話是什麼意思？感覺小鎮並沒有那麼貧困啊。」

賽瑪斯目光凶狠地抬起頭。遠比自己年長的男性散發的敵意，讓女僕打扮的姊妹不禁緊抓住庫法的袖子。迪奧黛珂的領主宛如野獸般怒吼：

「小鎮是沒事啊！但你看看周圍吧！都是山與森林，連一條像樣的道路也沒有。就連去車站也要搭馬車走好幾個小時才行。你知道這是什麼狀況嗎？」

「陸地中的孤島……」

「就是這麼回事！……這個山岳地帶有好幾個小鎮。但幾乎都是各自孤立著。要去其他小鎮，必須花好幾天繞遠路通過危險的山路──那樣根本來不及啊！」

賽瑪斯緩緩從懷裡拿出兩個小瓶子。一個裝著混濁的白色液體，另一個則裝著不可思議的紅色花朵。花粉閃閃發亮，就宛如天使的沙粒一般。

「你知道嗎，冒牌王爵？在下層居住區的小鎮，人們接二連三地被夜晚的瘴氣搞壞身體。我那個住在幽蘭小鎮的青梅竹馬也是其中一人……」

他彷彿當成快壞掉的玻璃工藝品一般，用雙手手心包住裝著紅色花朵的小瓶子。

「這東西能成為洗掉夜晚毒素的少數特效藥。這是生長在迪奧黛珂礦山的奧羅拉之花……！但這東西有名的是明明能治百病，自己卻容易生病。花瓣很快就會枯萎凋零，只要兩天藥就會腐爛。為了將藥送到青梅竹馬手上……我需要錢！我需要更多更多的錢！」

賽瑪斯以認真到駭人的表情滔滔不絕地說道，庫法只是冷淡地繼續俯視他。

「只要有資金！就能夠在山上的每個角落鋪設鐵路！就能夠把特效藥送給青梅竹馬了！就能夠拯救那傢伙！這次的巡禮是吸引資金流入迪奧黛珂的難得機會……原本應該是這樣的……！」

穿著深褐色長袍的男人放掉了手裡的小瓶子，崩潰地跪倒在地面上。泥土弄髒了他的額頭，苦澀的淚水不斷滴落。

「可惡，混帳……為什麼偏偏是這次啊……照這樣下去，那傢伙會死掉的……再也不能相見……我不要那樣……不要啊……！」

鬱悶的氣氛充斥坑道。男人毫不掩飾的哭聲在四周迴盪，無論是公爵家的少女，還是劇團的露西爾和萊拉，都只能一臉同情地面面相覷，什麼也說不出口。

在這當中，庫法面不改色地單膝跪地，然後將手伸入懷裡。

他拿出一個裝滿液體的小瓶子，神奇地是那跟賽瑪斯拿的瓶子很相似。

「這給你。」

「……這……這是什麼啊？」

LESSON IV
～偽王爵的戰鬥～

「這是將某種樹脂加工並使其酸化，被稱為安樂香的防腐劑。我之後會將製作方法交給你……只要把這個摻入藥裡，保存期限就會變長一點吧。」

賽瑪斯猛然抬起上半身。不過庫法暫且收回小瓶子。

「只不過，要注意別用過頭。因為這具有中毒性，一個搞不好，可能會變成比遭到夜晚瘴氣殘害更悲慘的狀態。」

「你說中毒……簡單來說，這不就是服毒嗎！」

在背後聽著的少女也驚訝地抽動了一下肩膀。儘管如此，庫法的態度依舊沒變。堅定不移的語調述說著他經歷過的地獄有多嚴酷。

「說得沒錯——你知道被稱為素材的東西，有受到太陽因子影響的良性素材，和受到夜晚瘴氣影響的惡性素材嗎？安樂香就是後者。但有時不連這種東西都加以利用，就無法在下層存活下來。」

賽瑪斯的眼眸像是察覺到什麼似的緩緩瞠大。

「該……該不會你也是下層小鎮的……——？」

「你要怎麼做？賽瑪斯閣下。倘若你能告訴我對方的地址和名字，第一次的藥就由我來送達吧——畢竟是順便嘛。」

「…………」

賽瑪斯只有糾葛了僅僅幾秒。

然後他拿起剛才弄掉的兩個小瓶子，深深低頭鞠躬並交給庫法。

「拜託你了……！也請你告訴我安樂香的製作方式……！」

「好的。方便的話，請盡可能把製作方式也流傳到附近的小鎮。」

「等……等一下！還有一件事……」

賽瑪斯慌忙地摸索懷裡，拿出一封皺巴巴的信封。

「這是給我的青梅竹馬——賽拉姆的信。只要帶這封信去，就知道肯定是我派去的使者。你們還必須尋找其他的聖石對吧？」

「對，正如你所說……該不會你心裡有底吧？」

「有！——不，不對，我不確定就是了。賽拉姆之前寄來的信中，提到幽蘭小鎮發現了**疑似**聖石的東西，好像還成了當地的新聞。請轉告賽拉姆這是我的懇求，請她協助你們……！」

庫法轉頭看向一行人，確認各自充滿期待的視線之後，點頭同意。

「老實說，我們完全沒有下個線索，這真是幫了大忙。可以借用你的力量嗎？」

「那當然了……只不過，說是代價也許不太妥當……」

賽瑪斯一邊用顫抖的手遞出信封，同時深深垂下頭，一心一意地祈願。

LESSON: IV

～偽王爵的戰鬥～

「麻煩你們轉告真正的王爵大人……轉告塞爾衮．席克薩爾公。請他打造一個我們這種下層居民也能安心生活的世界……」

庫法伸手接過比外觀還厚重的紙包。

「一定會。」

周圍陷入沉默，庫法伸出另一隻手，抓住賽瑪斯的手腕，拉他站起身。他轉頭環顧一行人，用讓人感受不到剛才那場激戰的開朗態度呼喚：

「好了，我們暫且回小鎮一趟吧。至於蛇尾雞的屍體，請立刻找騎兵團來處理。」

「庫法老師，你得趕緊包紮傷口才行……」

莎拉夏踩著小碎步飛奔靠近，但庫法的回答是和藹的微笑。

「請不用擔心，莎拉夏小姐。我的體質可以不用太在意傷口。」

「咦？呃，這不是在不在意的問題，啊嗚……」

一行人各自前往出口時，孤伶伶地佇立在最後頭的梅莉達，開口向繆爾搭話。

「……噯，繆爾同學。妳知道剛才那個叫『安樂香』的藥嗎？」

「我是首次聽說。下層小鎮也有各種智慧呢。」

「我也完全不曉得。」

梅莉達垂下有著金色秀髮的頭，與輕鬆回答的繆爾形成對比。

「我對老師經歷過的世界，真的是一無所知呢……」

只能微弱聽見的那低喃，讓繆爾蹙起眉頭。但就在這時，在坑道牆上迴響的叫聲刺穿她們的鼓膜。

「哇～～～～～！修……修女！」

「才……才想說他什麼時候不見人影了，這是怎麼回事呀？」

劇團的露西爾和萊拉聲音都嚇得變調了。梅莉達與繆爾互相對望後，飛奔前往，只見其他成員都聚集在庫法剛才與蛇尾雞纏鬥的戰場遺跡上。

梅莉達撲向庫法的左手臂並停下腳步，然後她也看見了。

打扮華麗的纖瘦男子翻白眼倒在地上，口吐白沫的模樣……

「振作一點，修女！修女——！」

「不要啊！求求你，修女，請睜開眼睛——！」

「到底為什麼會變成這樣……」

眾人議論紛紛，其中只有一個人理解了真相。

就是庫法。從旁人眼裡看來很難察覺到，但有一抹冷汗流過他臉頰。

「……大……大概是因為太靠近蛇尾雞，受到了魔眼的影響吧……」

「修女大傻瓜！就叫你突擊取材要適可而止嘛！」

「…………」

青年無法說出另一個可能的原因。

也就是德比受到的影響或許不是蛇尾雞，而是**吸血鬼的魔眼**……

庫法一邊向左手的天使體溫尋求歸宿，同時努力保持平靜地補充道：

「總……總之藍坎斯洛普已經消失了，只要安靜休養，很快就會恢復了吧…………大概。」

「「修女————！」」

雙胞胎悲痛的吶喊，更高聲地響徹在坑道內。

幽蘭

貴族子女也獲得療癒的祕境溫泉

■交通／ Access

從波多普夫轉運站徒步、搭馬車約六小時～兩天。

依照路況會有劇烈變動。

■導覽／ Commentary

倘若沒有從山脈表面裊裊升起的煙霧，說不定永遠沒人會發現這塊自然的瑰寶。不過現今作為當地人和弗蘭德爾的富裕階層無人不知的療養地，廣為人知的就是這個名叫幽蘭的小鎮。

從弗蘭德爾搭列車要花三天的行程不用說，加上它的地理位置不佳，交通方式會因山路狀況和天候有劇烈的變動，因此很難說這裡適合觀光。不過據說一度造訪此地的旅客，都會異口同聲地表示「這裡的寶物值得付出辛勞」。推薦您也僱用一個可靠的嚮導，試著造訪這個山谷中的小鎮一次。保證您平日的疲勞和內心的紛亂都能立刻獲得洗滌。

觀光景點
Tourist spot

前往幽蘭的交通之不便，神奇地創造出一個名勝。那就是人稱弗蘭德爾最豪華的集合住宅「三日月之館」。

富裕階層為了在這個小鎮逗留，合資買下土地，在狹窄的領地內開始讓各自的別墅鄰接，這便是此處成立的由來。如今有三層樓高的建築物彎曲著橫向相連的外觀，非常適合冠上「三日月（新月）」之名。

就連精心設計的前院也大方地開放給一般人觀賞，但請各位觀光客千萬別忘記，館內可能有弗蘭德爾的名人正在休養中。

LESSON: V ~熱氣竊笑著~

LESSON：V ～熱氣竊笑著～

從在礦山小鎮迪奧黛珂的激戰很快地過了兩天——

一行人現在造訪位於從迪奧黛珂跨越好幾座險峻山嶺後的山谷小鎮——幽蘭。往返此地需要先搭馬車到車站，然後再等人來迎接。照這種距離來看，從迪奧黛珂無論怎麼趕路，的確都要花上好幾天吧。

賽瑪斯一直很擔心的奧羅拉之藥，藉由庫法帶來的安樂香效果，毫無問題地維持著鮮度送到了他的青梅竹馬手上。青梅竹馬送的禮物讓躺在病床上的那名女性非常驚訝，她看了隨禮物附上的信，眼中浮現淚光。

女性的名字是賽拉姆．幽蘭。巧合的是她跟賽瑪斯同樣是領主的繼承人。她從信上的內容理解到王爵一行人的內情，立刻派人把在當地成為話題的那個**疑似**聖石的東西搬運到病房。

眾人圍繞住嚴密上鎖的盒子，親眼確認賽拉姆纖細白皙的指尖小心翼翼地打開蓋子。四千金都想像著即將從內側溢出炫目的光芒——

但公開出來的「內容物」讓所有人都傻眼地半張開嘴。

「這……這真的是聖石嗎……？」

彷彿要代替所有人說出心聲一般，梅莉達這麼低喃。

那是大約一小時前的事情——

離開領主宅邸的一行人，此刻正造訪蓋在深邃山谷縫隙裡的「樂園」。

† † †

「好大的澡堂——！」

可愛少女的歡呼聲被吸入漆黑的天空裡。大理石圍繞的天然溫泉，吐出非常貼近地面的熱氣，遮掩住公爵家千金高貴的肌膚。

說到幽蘭，就想到它是在弗蘭德爾的富裕階層之間以隱居處般的人氣為傲，著名的溫泉小鎮。因為某些理由有熱源存在於地下，在岩場各處湧現豐富的天然溫泉。據說這塊土地原本就是有人為了調查地熱的真相而聚集起來，然後打造出來的小鎮。

寬敞的浴池與來自高處的絕景。而且這奢侈的空間，是由十三歲的公爵家千金獨占

……黑水晶妖精用手心掬起一匙熱水，感觸良深地說道：

LESSON V

～熱氣竊笑著～

「這裡也沒什麼變呢。該說賽拉姆小姐萬萬歲嗎？」

「小繆之前也住過這間旅館嗎？」

「是啊。跟母親大人一起來調查地熱——但實際上是來保養那時。」

像是要在回憶上激起漣漪一般，繆爾將手心裡滿滿的熱水流入浴池。

巡禮也已經過了折返點，一直搭列車旅行的一行人正好也累積了不少疲勞。不過與耗費的勞力相反，獲得的聖石只有「悠久綠寶石」與「深淵縞瑪瑙」這兩個而已……企圖阻礙王爵加冕的勢力——席克薩爾分家一派的威脅也並未消除，必須在所剩不多的巡禮期間內尋找另一半聖石的一行人，原本根本沒有放鬆休息的餘裕。

在這樣的前提下，她們仍然優雅地在泡溫泉療養，是有原因的。

起因當然是在領主宅邸被公開出來，偶然發現的「內容物」。

「這……這真的是聖石嗎……？」

梅莉達不禁冒出這樣的感想，這也難怪。領主千金賽拉姆．幽蘭保管的盒子裡面的東西，是隱藏著黯淡紅色的難看石頭。煤煙般的汙垢十分醒目的外觀，就宛如燃燒殆盡後的木炭，讓人聯想到喪失熱情的心臟。

少女面面相覷，只有庫法注意到那被煤煙燻黑的石頭的價值。

「原來如此，所以才會說**疑似**、**像是**……這是『不滅紅寶石』的原石嗎！」

「正如您所說，王爵大人。」

儘管知道庫法的真面目，賽拉姆依舊在床上抬起上半身，深深點頭。

「從地下挖出來的這塊石頭，確實沉睡著作為聖石的資質。但與此同時，夜晚的咒力彷彿鐵鏽一般覆蓋住表面。很遺憾的，我們並不曉得活用這塊石頭的方法——或許會讓各位期待落空，但各位願意收下這原石的話，請帶走它當作特效藥的謝禮吧。」

庫法恭敬地行禮後拿起紅色石頭，對著天花板的燈透光觀察。密密麻麻地浮現在表面的煤煙十分黯淡，拒絕大部分的光芒。倘若能在這裡順利拿到「第二個」就省事不少，但現實果然不會這麼美好。

繆爾像在挑戰難題似的蹙起眉頭，將手指貼在下顎。

「我曾聽說要將原石昇華成聖石，需要按照石頭的種類採用特別的手法。我記得不滅紅寶石的情況應該是——」

在繆爾從記憶之泉撈出答案前，庫法率先接著說道：

「如果是曖昧的情報，我也略有所知。只能嘗試看看了吧。所幸幽蘭這裡似乎正適合研磨不滅紅寶石。」

不光是四千金，就連領主賽拉姆也觀察似的抬頭仰望庫法。庫法再次補充說明：

LESSON: V
~熱氣縈笑著~

「根據我聽說的內容，一邊用能力者的瑪那琢磨原石表面，一邊用礦泉清洗似乎是最好的方法——剛好幽蘭是個溫泉小鎮呢。」

庫法用指尖把玩著滿是煤煙的原石，啪一聲地將原石收在手心裡。瞬間，梅莉達看見原石的中心亮起微弱的光輝。

「小姐們，我會慢慢試著與石頭對話，請妳們趁這段期間去療癒旅途的疲勞吧。賽拉姆小姐，可以麻煩妳幫忙安排溫泉旅館嗎？」

「包在我身上。盡可能找個沒有人打擾，各位能放鬆休息的地方比較好呢。」

她立刻呼喚隨從，指示了些什麼。庫法重新檢查石頭，女僕裝扮的姊妹倆期待地漲紅了臉。「說是溫泉耶！」、「……好期待。」

「…………」

在這當中，繆爾仍然以嚴肅的表情將手指貼在下顎。她敏銳聰慧的摯友一邊觀察其他成員的模樣，一邊悄悄將櫻花色頭髮湊近。

「怎麼了嗎，小繆？」

「……那個不滅紅寶石的昇華方法，跟我聽說的解釋不一樣呢。」

「咦？」

「這裡是溫泉小鎮一事，搞不好是在其他意義上『正適合』呢……看來我們必須在很多方面做好覺悟。」

即使友人愈發感到疑惑，年幼的魔騎士仍然一個人不斷思索著。

無論如何，賽拉姆安排的就是這裡，蓋在幽蘭最高山谷中的高級旅館。據說在弗蘭德爾也是最高階的富豪愛好的這間「樂園」，目前沒有其他住宿客，很奢侈地幾乎是一行人包下整間旅館的狀態。

要說這間旅館的套房有多豪華，可以列舉每間客房附設專用的露天浴池這點吧。劇團的露西爾和萊拉住在其他房間，照護還沒有恢復到平常狀態的德比修女，這段時間，梅莉達、愛麗絲、莎拉夏與繆爾四人可以獨占無比幸福的天然溫泉。

愛麗絲拍打著白皙的大腿，面無表情地說道：

「可是，穿著衣服洗澡感覺好奇怪。」

「這種習慣也是從之前來的時候開始，就絲毫沒變呢。」

雖然身在澡堂，少女卻穿著非常薄的白色衣服。這是所謂的沐浴服。話雖如此，但似乎只是形式上的東西，布料薄到極點，長度也短到毫無意義。一旦被水弄濕就會輕易變透明，幾乎跟裸體沒什麼差別。

「這裡的溫泉因為不曉得地熱的原因，從發現當時開始，就被視為神聖的存在呢。

LESSON V ～熱氣竊笑著～

簡單來說，在這裡沐浴的宗教性意義較為強烈。到現在還是必須穿上沐浴服的規定，似乎是男女可以混浴的時代留下的影響。」

繆爾掀動宛如空氣一般輕盈的下襬，笑著說道。

「可是這麼毫無防備，就跟露出裸體沒兩樣呢？」

「小……小繆妳真下流！」

「哎呀？小莎拉明明是我們當中身體最下流的人呢。」

兩顆果實在繆爾的視線前方搖晃了一下。愛麗絲彷彿獵人一般擦亮雙眼。「呀！」驚叫一聲並遮住胸部的莎拉夏，連忙走向洗身體的地方。

呵呵——繆爾像是在尋找新玩具的小孩一般，環顧周圍。

然後，她注意到一個強烈地吸引視線的存在。

「…………」

是坐在浴池邊緣，將腳泡到溫泉裡的金髮半裸天使。她待在高度大約是成年人身高的圍牆旁，簡單來說就是露天澡堂的角落。她沒有加入聊天，茫然地眺望著浴池，散發出有些憂鬱的氛圍。

那就宛如一幅圖畫。已經完全無法移開視線的繆爾，像是被花朵吸引的蝴蝶一般悄悄靠近，嘴脣「啾」一聲地吻向少女濕潤的肩膀。

「呀啊！」

瞬間回過神來的梅莉達，看到友人惡作劇般的笑容，露出驚訝的表情。

「繆……繆爾同學！這麼突然會嚇到人吧！」

「呵呵，對不起喔？因為有種很香的味道，我在想是不是很好吃呢～」

「討……討厭，妳真是的……！」

繆爾毫無愧疚之意地坐到梅莉達身旁，梅莉達不知何故，忍不住藏起胸部。這套叫沐浴服的傢伙幾乎沒有穿著的意義，能夠清楚看出身體的曲線，讓人有些難為情……就能看見故意遮掩住的肌膚這點來說，應該會比裸體更讓人覺得羞恥吧。

相較之下，繆爾則是光明正大。搞不好她的胸部可能比梅莉達還小，但不知為何卻散發著成熟的氛圍。簡直就彷彿不是相同的人類女孩一般，她的肉體美夢幻且危險，卻又隱藏著妖豔的魅力。

一意識到自己正與她兩人獨處，梅莉達總是會臉頰發燙。像是幻想般的黑髮、或是成熟的舉止，她極為自然地散播梅莉達怎樣也得不到的東西，讓梅莉達無法將視線從她身上移開。梅莉達坐立難安地尋找其他兩人的身影，只見愛麗絲和莎拉夏目前都正在清洗身體。

「為什麼要藏起來呢？梅莉達。」

LESSON V

～熱氣竊笑著～

繆爾用看好戲般的語調將身體湊近，然後鬆開梅莉達的手臂。儘管知道藏起來很奇怪，梅莉達還是忍不住進行無謂的抵抗。

「這……這是因為……總覺得很害羞……」

「啊，我知道了。妳在想庫法老師的事情對吧？畢竟妳臉上寫著『好想現在立刻去見老師～』呢。」

「是……是那樣沒錯啦！但託繆爾同學的福，都搞砸啦。」

「妳在想『真想幫老師洗背～』」

「我才沒想到那種地步！」

「那麼，就是『真希望老師幫我洗背～』嘍。」

「我才不是那麼色的女孩！」

繆爾呵呵笑了笑，沒有再多說什麼，梅莉達才總算注意到她是在捉弄自己。像這樣的對話也經常發生，梅莉達不滿地鼓起臉頰。

不過唯有這次，梅莉達對繆爾投以有些責怪的眼神。

「倒不如說繆爾同學，為什麼妳在巡禮過程中一直什麼也不做呢？」

「這話是什麼意思呢？」

「就算蛇尾雞出現，妳也沒有要戰鬥的意思，最重要的是莎拉夏同學明明遭到侮辱，妳卻佯裝不知！妳並沒有身體不適吧？」

「因為我這次只是個負責監察的人呀。」

繆爾還是一樣用若無其事的表情撩起頭髮，性感地蹺起二郎腿。

「簡單來說就是只要觀察然後報告。巡禮終究是王爵的使命。」

「妳明明會像這樣跑來捉弄人！」

「這是因為梅莉達很可愛呀。」

繆爾彷彿任性的貓，絕不會讓人抓住她的尾巴。「我不懂妳的意思！」梅莉達氣呼呼地這麼說道，只見繆爾將肩膀貼了上來。

「先別提這些了，我非常在意梅莉達喔。看妳一臉悲傷地垂下眉毛，究竟是在煩惱什麼呢？」

雖然大致能想像到——繆爾沒有把這句話講出口，等候對方的反應。

梅莉達彷彿想說些什麼似的動著嘴脣，低頭看向浴池。她像是泡到腦充血一般，眼看臉頰愈來愈紅。

「……其……其實我很在意老師，在意得不得了。」

「畢竟妳一～直用視線追逐著他嘛。可是，那妳是為什麼傷腦筋呢？」

「……因為我重新體認到，我對老師一無所知。我在想我跟老師其實是站在距離非常遙遠的地方。」

哦——繆爾將手指貼在下顎，思索一陣子後，咚一聲地敲了敲手。

「——那不是很棒嗎！」

「啥？妳……妳有在聽我說嗎，繆爾同學？」

「當然有在聽呀。噯，梅莉達，妳知道這樣的故事嗎……——？」

繆爾將食指宛如指揮棒一般揮動，在溫泉的熱氣裡描繪出幻想的光景。

「這是根據真實事件改編的某個悲劇喲。故事中的男女主角誕生在一天到晚發生血腥抗爭的兩個家庭中，他們在不曉得彼此立場的狀況下墜入情網。雖然雙方家族想要拆散他們，但這兩人居然捨棄家名私奔，偷偷地舉辦只有兩人的結婚典禮。但最後兩人領悟到他們還是無法逃離命運，於是發誓要在天國長相廝守，服毒自盡。這期間只有短短五天。」

「五天！」

看到梅莉達驚訝地發出變調的聲音，繆爾呵呵地回以微笑。

「沒錯，五天。相逢之後僅僅五天，就以永遠的愛締結連理的兩人，妳覺得他們真的對彼此無所不知嗎？」

「這……這個……」

「簡單來說，即使連對方的名字都不曉得，也是能談戀愛的。」

繆爾感覺很舒服似的闔上眼皮，像在唱歌一般述說著。

「無論用什麼名字稱呼，花朵的芳香都不會變——這是那個故事著名的台詞。噯，梅莉達，**假如庫法老師是用化名**，妳怎麼想？會失去對他的興趣？」

「咦，那是不可能的！」

「當然是那樣吧。畢竟妳們不是被他的頭銜給吸引的嘛。」

梅莉達纖細的肩膀抽動了一下，敏感地產生反應。

「妳……**妳們**是指……？」

繆爾瞥了一眼洗身體的地方。視線前方有個在銀色髮絲上搓出泡泡的天使身影。那名少女是裸體跟梅莉達如出一轍的堂姊妹。

繆爾將視線移回眼前的友人身上，妖豔地露出微笑。

「就是妳要跟庫法老師締結連理，會有很多障礙呢。不過，換個角度來看，那也絲毫不壞喔。」

「什麼意思？」

「舉例來說，假如梅莉達的宅邸來了個像奧賽蘿女士一樣的教師，訂立一條『不可以跟庫法老師說話』的規矩，妳會怎麼做？」

LESSON V
～熱氣竊笑著～

「咦！我才不要那樣！」

「妳會想辦法跟老師說話對吧？但是白天有奧賽蘿女士監視著，所以只能趁晚上見面。妳會小心地避開四處巡邏的奧賽蘿女士，偷偷造訪老師的房間。『萬一被抓到怎麼辦？』、『總算能見到他了！』、『可是居然挑這種時間，我真是不知羞恥』——心臟一定會噗通跳個不停呢。」

繆爾忽然將手心放在梅莉達小巧的胸部上，並將身體湊近。一想到繆爾會聽見自己的心跳，梅莉達的臉就不由分說地發燙起來。

「妳會像這樣將臉湊近跟老師說話，以免聲音流到外面。畢竟只有一丁點時間，梅莉達也想感受他的體溫對吧？」

「嗯……對……我不想離開他。」

「他一定也是同樣的心情。在一起的期間會一直抱緊梅莉達，在妳耳邊低語他有多麼思念妳。然後在道別時，梅莉達說了『我還不想分開』這種任性的話，於是他溫柔地吻向妳，給妳一天份的勇氣……」

「啊嗚～……！」

梅莉達像是無法忍耐似的呻吟，按住紅通通的柔嫩臉頰。

「光是用想的，腦袋就好像要發狂一樣……！」

「是吧？這情境應該不壞吧？就算有障礙，情侶也不會因此放棄。反倒會為了跨越障礙，更激烈地燃燒起來呢！」

「可……可是那是老師也喜歡我的情況吧！」

梅莉達猛然抬起頭，像是固執起來一般，將手心貼在胸口上。

「雖然不甘心，但從老師的角度來看，我還是個小孩子。我一點也不覺得老師有把我當女孩子來看。而且要是無法讓老師轉頭看我——」

「這方面的喜好，只能直接向他本人確認了呢。」

「咦？」

「——噯！庫法老師，你是怎麼想的呢？」

繆爾突然對圍牆這麼高聲說道，因此梅莉達驚訝地眨了眨眼。

然後更令人驚訝的是庫法的聲音從對面傳回來這件事吧。

「十分抱歉，繆爾小姐。突然只問這麼一句，我也很難回答。」

「老……老師！」

梅莉達毫無意義地猛然用雙手遮住肌膚。愛麗絲和莎拉夏也同樣對青年的聲音感到驚訝，正準備進入浴池泡澡的她們，嚇一跳地抬起頭。

在女澡堂裡唯一態度從容不迫，而且毫無愧疚之意的是繆爾。

LESSON: V ~熱氣竊笑著~

「哎呀，我沒說嗎？這裡的旅館原本是家族澡堂呢。雖然因為禁止混浴而製作了隔間，但畢竟是家人一起住宿的房間，所以沒有很嚴密地區隔呢。不過也只有庫法老師在，沒什麼關係吧？」

「……小繆，妳是故意的吧。」

莎拉夏一臉怨恨地這麼說道，她按住沐浴服，浸入溫泉泡到脖子處。

當然，這裡原本是四千金的私人房間，是繆爾拜託賽拉姆更改房間配置，以便跟庫法共用澡堂。雖然沒有人能察覺到她真正的意圖，但向大家提議跟庫法在同個時間點泡澡的也是她。

話雖如此，唯有這次並非對友人的惡作劇，也不是對那個厚臉皮（庫法）的挑戰——

只是將沐浴服稍微套上的愛麗絲，嘩啦地推開熱水浸入溫泉。

「……老師該不會一直豎起耳朵在偷聽這邊的聲響吧？」

「別……別講得這麼難聽，這是誤會。我想說稍微泡個澡休息一下，就聽見繆爾小姐的聲音——」

梅莉達鬆了口氣，同時再次俯視自己的裸體，滿臉通紅。隔板並沒有多高，的確沒有很嚴密地做出區隔。一個搞不好，可能庫法只是站起來，梅莉達等人就會被看光了。

「老……老師。我們現在打扮很驚人，你不可以偷窺喔！」

「我懂得分寸，請放心。只不過，請小姐們也多加留意。這裡的隔間似乎真的很隨便，有好幾處跟那邊的溫泉是相連的。」

「啊嗚——！」

「小……小繆～……嗯……噗咕噗咕噗咕……」

友人發出悲慘的聲音，連嘴角都泡到熱水裡，繆爾則是瀟灑地移開視線。

「庫法老師，話說不滅紅寶石的昇華進行得還順利嗎？」

「……老實說，不是很順利。」

響起有人從浴池裡站起來的水聲，接著有一隻強壯的手臂從隔板上探出來。

那纖細卻又粗壯的指尖，握著宛如黯淡心臟的紅黑色石頭。

「我已經琢磨將近二十分鐘，但暗沉沒有想像中那麼容易清除。照這種步調下去，感覺會花上以幾天為單位的時間……」

「我就覺得會這樣——各位，麻煩聚集起來。」

繆爾啪啪地拍了拍手，將女澡堂裡的三名友人叫過來。少女從圍牆充分地拉開距離，繆爾環顧著各人冒出問號的眼眸。

「庫法老師在嘗試的『研磨』，以原石的昇華方法來說是很正統，卻非常耗費時間。只是踏實地從表面弄掉汙垢的話，到昇華成聖石為止，當真要花上好幾天時間。」

LESSON: V

～熱氣竊笑著～

「那樣加冕典禮就要結束了！」

梅莉達發出小聲的哀號，繆爾也用緊迫的表情點點頭。

「所以我們只能採用另一個昇華方法了。那就是『精錬』。」

「精錬？」

「也就是不是從外側消除咒力，而是讓神性力從石頭內側爆發，藉此甩掉不潔物的做法。如果用這種方法，只要進行得順利，花一個小時就能得到聖石。只不過，呼喚『不滅紅寶石』的方法，有一點問題……」

繆爾難得地愈說愈小聲，友人蹙起眉頭。

神祕的美貌染上羞恥的色彩，黑水晶妖精自暴自棄似的滔滔不絕起來。

「就……就是要讓距離感很近的男女將瑪那重疊起來，產生熱情的意志能量，讓那股能量與不滅紅寶石共鳴。只有這個辦法。」

「咦？呃～也就是說……？」

「也就是我們當中的某人，要跟庫法老師卿卿我我！」

繆爾直截了當地這麼說道，友人反倒像被攻其不備似的愣住了。

平穩只有一瞬間而已。

「──跟老老……老老老老師卿卿我我……？」

穿著沐浴服的少女砰！一聲地一齊從色彩鮮明的頭髮中爆發出桃色熱氣。她們毫無意義地抱住自己妖豔地濕透的裸體。

「這……這裡可是澡堂喔！我們現在是這麼難為情的打扮喔！」

「至少等洗完澡再說吧，小繆！」

「不行啦。我說過了吧？『必須在很多方面做好覺悟』。讓那個不滅紅寶石昇華不是庫法老師的工作，而是『我們的考驗』。」

繆爾以堅決的語調這麼說道，率先轉身走向圍牆。就像剛才聽到的一樣，四處有沒隔開的地方，倘若想跨越羞恥心的境界，馬上就能辦到吧。

繆爾用綽綽有餘的態度掀起下襬，露出描繪危險曲線的大腿。

「而且，這種情境比較熱情不是嗎？」

然後，大約五分鐘後——

「……小姐們，這塊矇眼布究竟是什麼懲罰遊戲？」

庫法被少女用毛巾矇住眼睛，拉到女澡堂來。

他被迫坐在洗身體區的椅子上，儘管穿著男性用的沐浴服，但宛如鋼鐵般結實的上半身則是一絲不掛。梅莉達在青年面前跪地，輕輕揮了揮手。庫法輕易地抓住在臉部前方往返的影子。

LESSON: V
～熱氣竊笑著～

「啊嗚！你你……你看得見嗎……？」

「我只是透過氣息察覺到而已……倘若看得見，即使是我也無法保持冷靜。」

聽到庫法的低喃，梅莉達驀地漲紅了臉，同時按住穿著沐浴服的胸口。她像在求救似的環顧周圍，只見包括愛麗絲在內的友人都待在有些距離的地方，打定主意在旁觀戰……莎拉夏雖然用手心摀住臉，但仍從張開的指尖縫隙緊盯著庫法的胸膛看。

「那麼，各位究竟找我有什麼事呢？」

心上人性感的聲音傳入耳中，梅莉達猛然回神，回頭仰望庫法的美貌。

「呃……那個，就是……其實我想拜託老師幫我按摩……！」

「按摩……是嗎？」

「我……我在旅館的小冊子上看到的。據說一邊泡溫泉一邊讓人按摩會非常有效。老師不是精通各種技藝嗎？所以想請老師以我的家庭教師身分協助我……！」

這就是十三歲的公爵家千金絞盡腦汁想出來的會心策略。

首先，太過激烈的行為會關係到梅莉達等人的尊嚴。所以準備了矇眼布。想說庫法看不見就還好，所以能沒什麼抗拒地把他拉到女澡堂也是僥倖。

此外，不能讓庫法察覺少女的目的。倘若被知道這是為了精鍊不滅紅寶石所必要的行為，紳士的他會堅持拒絕公爵家千金為此拚命吧。別說讓他小鹿亂撞了，反而很有可能會造成反效果——

因此梅莉達等人的答案，就是「**身為家庭教師的職責**」。始終是作為教育的一環，讓他碰觸學生的肌膚。若是這樣，認真教學的他很有可能會積極地動手，以梅莉達的立場來說也能替自己找藉口——畢竟目前這種接近裸體的打扮，根本是在挑戰少女羞恥心的極限啊。

「噯……那個，果然還是必須現在就行動嗎……？」

在作戰即將開始前。很難下定最後決心的梅莉達不死心地這麼問。但堵住退路的三名友人只是無情地搖了搖頭。這是大家討論一番後的結論。

「能讓那個老師感到最小鹿亂撞的是莉塔，一直從旁觀察的我可以明白這點。」

聽到堂姊妹這麼斷言，梅莉達也覺得有點開心。儘管如此，她還是磨磨蹭蹭的，於是繆爾接著使出祕藏的寶刀。

「算了，用莎拉的火辣身材強硬地讓他爆發也行呢。」

她這麼說，並從下方往上撫摸友人豐滿的果實。果實彷彿大波浪一般搖晃躍動，被迫看到這光景的梅莉達急速露出冰冷的眼神，立刻做出決定。

「讓我來。」

事情就是這樣，然後到了現在。不管怎麼說，還是很喜歡被心上人的大手觸摸的梅

LESSON V

～熱氣竊笑著～

莉達抬頭仰望，看起來像在猶豫的庫法輕輕點了點頭。

「既然這樣，可以讓我試試看『曼托按摩』嗎？」

「他……他說曼托按摩？」

叫聲來自洗身體區的角落。是位於觀戰席的繆爾發出的。愛麗絲轉頭看向旁邊。

「妳知道嗎？」

「簡單來說，就是瑪那的整骨。也就是用自己的瑪那去矯正身為瑪那器官的曼托與菲波萊塞。但據說肩負正確技術的人，十年都不曉得會不會出現一人呢！」

「妳真是博學多聞，繆爾小姐。沒錯，我從之前就很想幫小姐進行曼托按摩，但還是覺得有些不妥。不過，既然是小姐懇切的希望，這樣正好。在成長期把這個當成習慣的話，能有效率地增強瑪那。」

「增強瑪那……！」

莎拉夏從跪立的姿勢挺身向前，愛麗絲的臉也猛然轉過頭去。勤勉的梅莉達也一樣，她像是突然被勾起了興趣似的仰望自己的老師。

「可……可是所謂的按摩，那個……是需要勇氣的行為嗎……？」

「請放心。倘若有那個意思，也可以按遍全身每個角落，但如果是初步的按摩，頂多就是碰觸脖子和腋下，還有雙腳的膕窩。」

「如果這樣就行的話，真希望老師能早點幫我按摩！」

「我……我也請老師幫忙按摩好了……」

「我也有興趣，莎拉夏之後換我。」

少女很快就像在排隊似的排起隊來。

不過，只有一個人例外。只有聰明的魔騎士制止了左右的兩人。

「等……等一下！首先是梅莉達！我們在旁守護她的奮戰吧……！」

她露出一反常態的駭人嚴肅表情。不禁被她震撼住的友人，戰戰兢兢地回到左右兩邊的觀戰區。儘管覺得她的反應有些異樣，但梅莉達已經十分起勁。

「老師，我該怎麼做才好呢？」

「那麼，請小姐仰臥平躺。請將手放在頭上，以免礙事。」

老實的學生照庫法所說的行動。她以幾乎沒有穿著意義的沐浴服打扮，在青年面前不修邊幅地將肢體倒向鋪在浴室地上的布上。如果是女用睡衣打扮也就算了，倘若心上人的雙眼沒有被毛巾矇住，絕對無法擺出這種大膽的姿勢吧。

庫法依靠視覺以外的感覺，穩穩地跨在學生的腳邊。他宛如一流陶藝家一般高舉雙手，指尖啵一聲地亮起淡淡蒼藍火焰，隨風搖曳。

看到宛如情侶一般重疊起身體的主從，繆爾咬著指甲在旁守護。

「小繆，妳究竟在擔心什麼呢？」

「……我也是第一次親眼目睹曼托按摩，但庫法老師大概不曉得，女孩子被那樣按摩會變成什麼樣子吧。」

莎拉夏與愛麗絲只是更感到疑惑，繆爾並沒有用話語表示太多。

她彷彿在說必須自己親眼確認一樣，凝視著終於開始動起來的矇眼青年。

「那麼我要開始了。因為我幾乎看不見，如果手碰到奇怪的地方，還請多見諒。」

「欸嘿嘿，不要緊的。只……只是一下子的話，故意碰到也沒關係喔……？」

「呵呵，小姐真愛說笑。」

與構圖的危險程度相反，這對主從實在非常和睦且感情融洽。

——不過，十三歲的少女還能擺出比較從容態度的時間，到此為止。

「小姐，方便的話，請把我的手牽到脖子那邊——嗯，感謝協助。那我開始嘍。」

青年的指尖被梅莉達稚嫩的手拉起，帶領到天使的鎖骨窩。從食指到無名指的三根手指。左右兩邊的手心像在溫柔撫摸鎖骨似的動了起來。

——隨後，異常變化立刻貫穿少女的中樞。

「呀……！」

梅莉達的身體抽動了一下。她驚訝地睜開正要闔上的眼皮。青年的手指沒有停下來。彷彿用羽毛輕輕撫摸般的輕觸，蹂躪著鎖骨凹陷處。

「啊嗚！呀……啊……呀……呀啊……！」

梅莉達忍不住發出帶著鼻音的甜膩聲音，滿臉通紅地摀住嘴角。儘管如此，宛如波浪般一擁而上的衝動，仍將嬌喘從手指縫隙推出。

「呼咕……！呼……咕嗚……！」

「我明白的，小姐，**會痛**對吧？但這是為了成長，請小姐加油吧。」

指導學生時的家庭教師，毫不留情到無愧於「殘暴」之名。左右六根指尖撥弄著像是用海綿構成的耳朵內部。彷彿在抹乳霜似的上下撫摸著後頸。梅莉達終於忍耐不住，雙手從嘴角彈開。

「──嗯啊！那樣……那樣不行……！」

「小小……小繆，那到底是怎麼回事呀……？」

在旁觀看的莎拉夏滿臉通紅。她提出疑問，只見平常冷靜沉著的摯友也用手心摀住嘴角，試圖掩飾臉頰的羞恥。

「……看起來不像是覺得痛對吧？那是當然的。我不曉得男士會怎麼樣，但對女孩子而言，接受曼托按摩──是一種『獎賞』。」

「獎……獎賞……？可是梅莉達同學剛才只是被碰到臉而已喔……？」

「菲波萊塞是瑪那的通道——也就是說與全身相連喔。而且庫法老師非常……有一套的樣子。被意中人的瑪那刺激著全身的敏感部分，現在的梅莉達大概感覺像陷入大海嘯一樣吧……」

「——呀啊啊！」

不雅的嬌喘證明了繆爾的預測。矇住眼睛的按摩師俐落地開始搓揉腋下。原本頂多會覺得有點癢而已吧。但現在是愛慕的青年用熟練的指法將瑪那搓揉進來。

梅莉達已經顧不得要壓抑聲音，十三歲的美貌下流地融化開來。

「這……這什麼呀！這什麼呀——！」

跟剛才被碰到臉那時無法相比，梅莉達的肢體在地板石頭上扭動著。沐浴服從胸口敞開垮落，微微隆起的雙丘搖晃起來，將水滴甩到青年的手臂上。

感覺看到了非常不該看的東西，莎拉夏不禁別過臉去。

「庫……庫法老師沒發現嗎？」

「如果有發現，應該沒辦法繼續按摩吧。他大概是第一次幫女孩子按摩。因為自己被按摩時很痛，以為梅莉達也是同樣的感覺呢。」

「——妳……妳們快看那個！」

目不轉睛地凝視堂姊妹奮鬥身影的愛麗絲，伸出了食指。

在主從旁邊，「不滅紅寶石」的原石放在桶子裡用布包住。只見它慢慢從內側閃耀光芒，開始彈開鐵鏽。莎拉夏和繆爾也驚訝得瞠大眼。

「要變成聖石了！」

「熱情在兩名能力者的……在梅莉達與老師之間逐漸高漲呢！」

「……庫法老師看起來跟平常一樣耶。」

愛麗絲純粹地露出疑惑的表情。從被矇住眼睛的庫法角度來看，梅莉達只是覺得痛而已。假如他注意到真相，應該會立刻中止按摩吧。

實際上，此刻仍接著將手滑向梅莉達下半身的青年，舉起描繪出極致腳線美的右大腿。他將手指鑽入膕窩，甚至還露出淺淺的微笑。

「這跟從外側磨練肉體又是不同的感覺對吧？不過像這樣直接給予瑪那器官負荷，能夠獲得不可估量的效果。雖然會出現不習慣的痛楚，但我懂得何時該收手，請小姐試著再努力一下。」

「不……不……不是……這不是覺得痛……呼呀！」

手指背推進敏感的膕窩，順勢像在鑿井似的上下往返。少女的脊背猛然往後仰，從天使的喉嚨迸出嬌喘。彷彿在呼應一般，原石發出光芒——

繆爾一邊用指尖摸著嘴脣，同時稍微找回從容的笑容。

「……原來如此。他明明裝得一副紳士樣，卻是個不折不扣的男孩子呢。」

「這這……這話什麼意思……？」

「因為搞了半天，他還是在碰觸可愛女孩子的裸體喔？而且還以弄痛對方為樂，看來庫法老師是個十足的『虐待狂』呢。」

「——呀啊——！」

格外尖銳的嬌喘拉回觀戰席的關注。

按完右腳後，接著換左腳。左腳從小腿被舉起來，敏感的膕窩被庫法用指腹摩擦好幾次。最後用力推擠中心點，壓迫的力量忽然離開了。

庫法用讓人看入迷的謹慎態度放下梅莉達的腳，以爽朗的表情抬起上半身。

「辛苦妳了，小姐。大致上按摩完畢嘍——小姐？」

「……啊……呼……噫……呼喵……」

回應的聲音理所當然地已經甚至構不成話語。

此刻的梅莉達癱軟無力地垂下雙手，從敞開的沐浴服縫隙可窺見向上挺立的櫻桃雙丘。

雙腳膝蓋虛脫無力地張開，被弄得心神蕩漾的未成熟美貌不成體統地半張著嘴唇。

「……我自認有控制力道，但還是會痛成那樣嗎？」

庫法試探似的說道，伸手想卸下矇住雙眼的毛巾。

LESSON: V

～熱氣竊笑著～

在千鈞一髮之際，從觀戰席衝出來的三人撲向庫法。

「「「不行——————！」」」

「唔哇！小……小姐們，這是什麼姿勢啊……」

「別管我們了！總之你現在絕對不能拿下矇眼布！」

繆爾拚命地抱住庫法肩膀，愛麗絲則壓在庫法的膝蓋上，制止他的行動。

「這是為了莉塔的名譽……！」

「請請……請你暫時維持這樣，不要亂動！」

莎拉夏從背後撲上，用極樂的果實柔軟地壓扁青年的背後。被穿著沐浴服的三人緊密貼住，庫法就算想動也動不了，他的臉頰發燙起來，隨後。

「不……不滅紅寶石有反應！」

從桶子裡面迸出激烈的光芒，將原本纏繞在原石上的黑色煙霧一口氣吹散。溫泉的顏色染成燃燒般的赤紅，彷彿能聽見聲響的神聖光輝充斥周圍。

公爵家的少女依舊抱住青年的全身，露出欣喜的表情。

「萬歲！我們成功昇華聖石了！」

「莉塔，了不起。妳很努力了……！」

「……小姐們？我完全無法掌握狀況，這股光輝是什麼呢？」

青年輕鬆地拉下毛巾，少女的巴掌立刻摑向他的雙眼。

「「就說你不可以看啦————！」」

「……總……總之至少告訴我梅莉達小姐的情況吧。」

完全放棄抵抗的庫法將臉朝上，愛麗絲轉頭看向後方。

總算稍微恢復理智的梅莉達，用顫抖的手心拉緊沐浴服。儘管使不上力的下半身仍躺在地上，但沐浴到紅寶石的光芒，她「呵」地笑了一聲，

「只……只是普通的按摩嘛……我一點也不要緊…………呼喵。」

她的頭咚一聲地倒落，銀髮堂姊妹慌忙地飛奔到她身旁。「莉塔——！」

繆爾依然將雙手懶散地纏繞在青年的脖子上，嘴脣這麼低喃：

「……好……好像是睡著了呢。」

突破了羞恥心極限的梅莉達，正確來說是像睡著一樣昏了過去。

† † †

「果然曼托按摩對小姐來說還太早了嗎……不過，趁現在先習慣絕不會有損失。唔嗯……」

LESSON: V
～熱氣竊笑著～

沐浴後。庫法在旅館的休息室陷入沉思，順便冷卻寶石。

在按摩的時候。雖然庫法的解釋完全搞錯方向，但另一方面，那也是為了保持理性而無法避免的事情。一旦掉以輕心，即使是隔了一段時間後的現在，也會忍不住回想起讓人聯想到天使羽毛的肌膚彈力、宛如蜂蜜一般融化青年腦袋的甜美聲音——

感覺那感觸彷彿要在指尖復甦，青年連忙甩了甩手。他像要掩飾過去一般，從懷裡拿出硬質的固體。

從庫法的角度來看，那是不知不覺間研磨出來的不滅紅寶石的聖石。庫法費盡苦心仍難以恢復光輝的這個固執傢伙，究竟是如何在眨眼間變得讓人認不出來的呢……之後可能有必要再一次逼問少女。

「總算兩個了嗎……」

庫法深深地坐進沙發裡，將頭靠在椅背上。高舉到頭頂的聖石始終散發著高貴的光芒，照亮青年精悍的美貌，投射出影子。

到目前為止的旅途中，獲得的是「深淵縞瑪瑙」和這個「不滅紅寶石」。包括席克薩爾公寄放在這邊的「悠久綠寶石」，也只有三個。

「搭列車到迪奧黛珂花了三天，移動到幽蘭花了兩天。考慮到加冕典禮已經是三天後的事情，這場巡禮已經……——」

青年沒有把話說到底，噤聲不語。可能的話，很想湊齊四個聖石再回到聖王區，但這也沒辦法。畢竟這次接連發生意料之外的事件。

雖然不確定成功率有多少，但自己也只能賭一賭「次佳的可能性」吧。

就在庫法摻雜著嘆息下定決心，將紅色光輝收回懷裡時。有個宛如蝴蝶般的氣息闖進隨時警戒著周圍的知覺領域，腳步聲也輕輕靠近。

「——啊，庫……庫法老師……」

來到休息室，是櫻花色秀髮濕潤且散發著光澤的莎拉夏。她穿著住宿客用長袍，微微露出的頸項飄散著花朵般的甜美芳香。

沒看到其他三人的身影。庫法從沙發上站起身，以完美的角度鞠躬行禮。

「妳好，莎拉夏小姐。剛才驚動妳了。」

「別……別這麼說！我才該道歉，因為是我們找老師來的……！」

重新回顧剛才的事情，與異性在澡堂緊貼身體度過，肯定是頭一次經驗吧。只見少女漲紅了臉頰，含蓄地揮動著手。

那惹人憐愛的動作，讓庫法不禁想起金髮主人，嘴角露出微笑。

「梅莉達小姐的情況如何呢？我沒想到她會敏感成那樣……」

「應……應該已經不要緊了。在房間看護一陣子後，她剛才醒過來了……雖然她覺得非常害羞，但看來好像有一點幸福。」

「什麼？」

「沒沒……沒什麼！——先，先別提這些！」

才想說莎拉夏氣勢十足地挺身向前，只見她垂下眉尾，壓低聲音。

「……這趟巡禮也是，把庫法老師給捲進來，真的很對不起。」

「這是我跟席克薩爾公的交易，莎拉夏小姐不需要在意。」

「不只是哥哥的事情而已！……即使有人對庫法老師說了很過分的話，我也一次都無法幫忙護著老師。就算希望自己能幫上什麼忙，也找不到任何我能做的事情……」

一個人承擔太多事情，是誠實且責任感強烈的她的優點，但可能也是個壞習慣。庫法將手放在她彷彿會折斷的肩膀上，慎重地詢問：

「……關於令兄的理想和信念，莎拉夏小姐聽說過什麼嗎？」

莎拉夏緊咬嘴唇，左右搖了搖櫻花色秀髮。

「他什麼也不讓我知道……不管我問什麼，都只說『這全部是為了莎拉夏』，不肯告訴我任何事。總覺得哥哥他變了個人。正好是從爸爸和媽媽因為長期任務不在家，哥哥繼承席克薩爾家的當家地位那時開始……」

「……哦。」

「可是，只有一點我很清楚！」

莎拉夏猛然抬起頭，用求助般的語調訴說著：

「哥哥他並沒有騙我！就算哥哥有什麼不能告訴別人的祕密，那也一定是為我好！哥哥溫柔的地方從以前就絲毫沒變……他現在一定也是為了弗蘭德爾的民眾……」

「我也這麼認為。那位人物對莎拉夏小姐的愛一定是貨真價實的吧。」

庫法乾脆地表示肯定，於是莎拉夏像被攻其不備一般，驚訝地瞠大了眼。

「妳願意相信哥哥嗎……？相信把庫法老師捲入麻煩的他？」

「恕我直言，我相信的不是他，而是我本身的直覺——席克薩爾公的本性確實是守護弗蘭德爾的英雄吧。否則他不可能吸引到這麼多人。但最近的他隱瞞著什麼……不過，無論他的企圖是什麼，他的行動都是基於守護莎拉夏小姐和弗蘭德爾民眾這個信念——縱使那跟我無法相容。」

突然的敵對宣言，讓莎拉夏驚訝地瞠大了眼。儘管如此，庫法依然面不改色，筆直地注視年幼龍騎士的翡翠色眼眸，這麼勸告她：

「莎拉夏小姐。說不定之後席克薩爾公會與這國家的許多人為敵。但就算演變成那種情況，也請妳一定要像剛才那樣相信他——妳可不能會錯意喔。『所謂的信任是什麼？』這是我給妳的唯一一個功課……因為我為了梅莉達小姐，可能無法站在他那邊。」

LESSON: V
~熱氣竊笑著~

「……庫法老師為什麼能這麼毫不迷惘地愛慕梅莉達同學呢？」

「這跟莎拉夏小姐愛慕令兄的心情……大概是同樣的原因吧。」

庫法輕輕放開手，邁出步伐。在擦身而過時，他留下這番話：

「如果妳很介意巡禮的事情，我有一件事想要拜託妳。」

「什……什麼事呢？」

「請妳之後也跟梅莉達小姐融洽相處，因為小姐似乎很喜歡莎拉夏小姐。」

那我先告辭了——看到庫法優雅地準備離去，莎拉夏不知何故，下意識伸出了手。

她在庫法即將離開前，抓住庫法強壯的手挽留他。

「請……請留步，老師！方……方便的話，請再待一會兒……」

「莎拉夏小姐？」

「再一會兒就好，無論什麼事都行，我想跟老師聊聊天——我剛才這麼想……希望老師可以告訴我更多更不一樣的事情……啊……啊嗚……」

看到聲音變得愈來愈小的少女，庫法呵呵地露出微笑。

他彎下身，瀏海底下可以窺見滿臉通紅的未成熟美貌。

「那正好。其實我也有想請莎拉夏小姐詳細指導的事情。」

「咦？」

「方便的話，請陪我聊聊吧。駕馭龍的淑女——………」

同一時刻。在庫法等人留宿的旅館別館，亮起了一盞燈光。

給我一個不會被任何人打擾的地方！這是德比修女這麼懇切希望而分配到的房間。

他在書桌上點亮微弱的燈，專心一意地奮筆疾書著。

「他們根本不懂……那些傢伙一點也不懂所謂的娛樂呀……」

一直喃喃自語的他，突然激動地舉起雙手。

「美麗的塞拉大人！怎麼可能土里土氣地去挖什麼洞呢！」

潦草寫在羊皮紙上的文字串，實在不像是故事的架構。他用紅色墨水修正，畫出箭頭，才以為獲得了滿意的點子，又立刻用黑筆整個塗掉。

已經無法辨識紙上到底寫了什麼，自暴自棄的手將反覆摸索的結晶捏得皺巴巴的。

被扔掉的羊皮紙混在散落一地、彷彿要覆蓋地板的成堆紙屑中，發出乾枯的聲響。

他趴在桌上，激烈地抓著彷彿女性般的光澤秀髮。

「很不妙，很不妙呀……這次巡禮的關注度非同小可……畢竟塞拉大人的女性粉絲數量驚人啊！如果演出什麼糟糕的戲劇，會受到責怪的是我們……！要是那樣，這次德比劇團真的就完蛋啦！」

LESSON V
～熱氣竊笑著～

嗚噗——他大叫一陣後，摀住了嘴角。自從在礦山介入庫法與蛇尾雞的戰鬥後，即使經過了幾天，身體還是沒有完全恢復。雙胞胎一直盡心盡力地看護他，他卻說「會妨礙我創作！」而剛把雙胞胎趕了出去。

「該怎麼辦才好呢……到底該怎麼辦……」

加冕典禮已經迫在眉睫，無法期待會發生更多風波。倘若不能成功演出戲劇，就無法拯救劇團。孩子們會失散各處，無依無靠的他們，當中有幾個人會流落街頭吧——正因為想像力比較豐富，最糟糕的可能性（光景）不斷閃過德比的腦海。

德比不經意地抬起頭，俯視下方，能將幽蘭的街景一覽無遺。土產店街上閃耀著五顏六色的燈飾。他們用便宜的價格銷售從礦山挖掘出來的破銅爛鐵。還真是悠哉呢——德比感到心煩意亂。

被反彈回來的提燈光芒，忽然映入他喪失色彩的眼眸。變成鮮豔色彩的光輝，彷彿火焰一般在眼眸中搖擺，詭異地蠢動著。

「對了……！」

德比彷彿獲得天啟似的瞠大了眼睛。他抽出全新的羊皮紙，以加倍的速度開始動筆。箭頭流暢地相連起來，文章俐落地劃下休止符。隨後，他在意味著「王爵」的文字上，打了個大大的叉。

「我想到好主意了……呵呵，呵呵呵呵呵…………！」

他舉起筆尖，在黑暗中笑著。

就宛如收割剩餘壽命的死神一般——

「如果什麼風波也沒發生……自己主動掀起就行了呢。」

被逼入懸崖邊的蛇咧嘴一笑，在黑暗中描繪出新月。

† † †

「王爵大人要出發嘍——！」

小鎮的行政人員這麼大聲說道，聚集在月臺的居民響起「哇啊！」的歡呼聲。石頭造景的車站彷彿要被聚集起來的人潮塞爆一般。

穿著王爵禮服的青年率先走上車廂階梯，同時朝民眾揮手。呀啊——！婦女驚人的歡呼聲反彈回來，青年連忙按住帽子。萬一帽子被吹走，可就成了大醜聞。

「你愈來愈擅長扮演『國王大人角色』了呢，老師。」

繆爾一邊諷刺庫法，一邊通過他身旁。接著並肩在他身旁的櫻花少女忽然臉頰泛紅，窺探帽子底下。

LESSON: V
～熱氣竊笑著～

「我們走吧，『哥哥』。」

莎拉夏勾起庫法的手指，拉著「哥哥」前進。從旁人眼裡看來，感情十分和睦的席克薩爾家兄妹，讓月臺上的民眾都一臉陶醉似的嘆息。

過沒多久，載著王爵一行人的列車動了起來。在好幾百人彷彿快把手揮斷的目送下，駛動的列車緩緩從石頭造景的車站出發。列車縱貫紅色屋頂的街道，從杳無人煙的郊外衝過玻璃圓屋頂──奔馳到布滿在黑暗天空中，縱橫自如的高架軌道上。

在溫泉小鎮幽蘭得到「不滅紅寶石」的庫法等人，從隔天開始以三天的旅程折返回弗蘭德爾第三階層。儘管每個人都有些牽掛也無可奈何。時間已到──收集三個聖石已經耗盡心力。

每次轉車時都會擠滿車站的小鎮居民，深信不疑地認為王爵的身影是「凱旋」，根本沒考慮到另一種可能性吧──像是這次巡禮正準備以失敗告終。

「至少再多個一天的話……」

跟在最後頭的女僕之一的金髮少女咬了咬嘴唇。每當聽見那不曉得是第幾次的懊悔，庫法總是會淡淡地說服她：

「請放心，小姐。其實關於最後一個聖石，我有些想法。我們先把在期限前平安回到聖王區這件事擺第一吧。」

「你差不多可以公開那個『想法』什麼的了吧?老師。」

繆爾噘起嘴脣,庫法也跟往常一樣左右搖了搖頭。

「要是說出來,恐怕那個可能性會立刻落空。」

「還真是聰明呢。」

繆爾故意露出冷淡的態度別過臉去,離開通道。看來那個妖精明明有很多神祕的地方,卻厭惡別人有事瞞著自己。長年與她的善變打交道的莎拉夏,一臉過意不去地握住庫法的手心。

她在內心慎重地挑選話語,同時抬起頭來,柔和地露出微笑。

「如果庫法老師說不要緊,那我相信你。」

「不敢當,莎拉夏小姐。」

「……別忘記我們也是這麼想的。」

銀髮女僕有些不滿地這麼說道,啪啪地拍打著主人的背後。另一名金髮女僕也是目不轉睛地盯著櫻花色友人看。

「總覺得莎拉夏同學自從在溫泉留宿後,就跟老師異常地親密呢……?」

「啊哇哇!沒沒……沒那回事喔……?」

「——王爵一行人,恕我冒昧。」

LESSON: V

~熱氣竊笑著~

低沉的聲音在通道上響起。帽子壓低到蓋住眼睛的年輕車掌，將手心放在胸前。

「歡迎各位大駕光臨。我會誠心誠意地協助各位前往聖王區的旅程。本列車並沒有包租車廂，所以請到隔間包廂這邊……」

車掌轉過身，快步地離開。庫法不經意地環顧周圍。

「德比先生他們人呢？」

「好像先一步進去個人房間了……因為他看來很忙的樣子。」

莎拉夏抬頭仰望庫法的臉，彷彿有些依依不捨似的將指尖滑過。

「下一站終於就是聖王區了呢。還請關照到最後一刻，『哥哥大人』？」

莎拉夏轉身讓裙子下襬隨風搖曳，輕快地離開。稍微跟她打成一片後，庫法實際感受到愈是了解對方的個性，她似乎就會露出更充滿魅力的表情。就在庫法享受著少女讓人快認不出來的變化時，女僕姊妹像在主張所有權似的抱住他空下來的兩隻手。

「如果莎拉夏同學是『妹妹的角色』……！」

「我跟莉塔就是『女僕』。我們走吧，主人。」

被少女用力拉扯，庫法現在才體認到自己正在經歷一趟無比奢侈的旅行。

庫法讓可愛的女僕姊妹牽著他的左右手，踏進分配給他們的隔間包廂。不愧是許多有錢人使用的車廂，具備一種會嚴密保護隱私權的高級感。不過有個大前提，就是很狹窄。窄到連膝蓋也無法盡情伸直，座位坐三個人就已經滿了。

梅莉達立刻確認架子裡面，她發現茶杯，開始準備泡茶。另一方面，愛麗絲則是讓主人坐在座位正中央，將帽子從他頭上脫下來。總算可以回到原本面貌的庫法揚起嘴角，眺望俐落地工作著的兩人。

「兩位愈來愈有女僕的樣子了呢。」

「欸嘿嘿！畢竟照顧老師一星期了嘛。」

「雖然庫法老師到最後還是一點也不像個主人。」

愛麗絲這麼說道，像在嬉戲似的掀起堂姊妹的裙子。梅莉達發出「呀啊！」的哀號，按住翻起來的裙子。銀髮的調皮女孩不但毫無愧疚之意，反倒自己也掀起裙子，挑釁庫法的視線。

「繆爾這麼說過。所謂的主人會命令女僕做不可告人的服務。」

「為什麼小姐們總是像這樣想讓我背負罪孽呢？」

「可是，老師的確太過含蓄了點。」

梅莉達按著裙襬的褶邊，像要緊貼著庫法似的坐下。

才這麼心想，只見她慢慢掀起自己的裙子，像在誇耀似的露出吊襪帶。從溫泉小鎮出發後，就跟繆爾態度有些尖酸刻薄、庫法與莎拉夏的距離感變親近一樣，金髮女僕的態度也出現奇妙的變化。具體來說，就是對家庭教師的挑釁變得異常性感。

「我現在是女僕，老師明明可以儘管命令我做些平常辦不到的事情……」

她仰望庫法的視線濕潤動人，依偎過來的肌膚微濕發燙。儘管如此，動作還是相當稚嫩，掀過頭的裙襬底下可以窺見內褲陷入股間。

「咳咳！」庫法咳了兩聲清喉嚨，斥責差點被煽動的男人心。

「這……這樣不行喔，小姐們。妳們應該更謹言慎行一點……」

「因為只有現在能這樣……等回到宅邸後，就不能像這樣跟老師撒嬌了。」

「那麼，我以主人身分下令——請結束扮演女僕的遊戲吧。」

真是夠了——姊妹倆憤慨不已，庫法以誠摯的眼神看向她們。

「不，這是挺認真的忠告。可能差不多該公開小姐們身為公爵家千金的立場，這樣比較能自由行動——畢竟發生什麼事情時，不曉得什麼會起作用。」

庫法危險的說法讓姊妹倆抬眼看向他。庫法將視線移向窗外。

「在那之後，黑蝙蝠——襲擊者完全沒有動靜，反倒讓人不安。他們可能打算在這趟最後的列車搞什麼花樣。」

「可是，王爵大人是影武者這件事，應該也傳入敵人耳裡了吧……？」

「儘管如此，還是能想到很多危害我們的動機。尤其是莎拉夏小姐也在。他們可能在觀察趁虛而入的機會。」

細長的眼眸映照出假想的威脅，瞇細單眼。

「還有一件事我實在想不透。他們很準確地襲擊了從卡帝納爾茲學教區出發的我們。這趟巡禮的旅程明明應是機密事項，他們卻彷彿打從一開始就知道一般……或者是說……——」

姊妹們面面相覷，聳了聳肩。她們雙腳併攏，將裙子拉整齊，舉止端莊地重新坐下。

「……現在好像是『工作上的老大』。今天就放過他吧，愛麗？」

「庫法老師總是很忙碌的樣子，很難找到發動攻勢的時機。」

可能的話，真希望她們一直當個明白事理的「乖孩子」，但就算這麼說，感覺也只會造成反效果，因此庫法悄悄閉上了嘴。

叩叩——有人敲了隔間包廂的車門。

「打擾了，王爵大人。還有隨行的小姐們。」

庫法在對方進門前戴上大帽子。從門後露面的是剛才為他們帶路的年輕車掌。他拉下帽簷，恭敬地行禮之後，指了指通道。

「本車預定會在派對房舉辦餐會，不曉得您意下如何？其他乘客也由衷期盼王爵大人的光臨。」

就某種意義來說，出現了比襲擊者更棘手的難題。但這樣也能表現一下庫法拚命練習過的「王爵的一舉一動」，庫法鼓起幹勁，站起身來。

「我們很樂意出席。跟我來吧，梅莉達。愛麗絲。」

從盛裝打扮的婦人到穿著平常服裝的中年男性，搭乘這輛列車的所有人早已經聚集在一等車廂的派對房裡。這是一幕拋開了身分隔閡的罕見光景。他們的目的當然是戴著寬帽簷的帽子、禮服裝扮的青年。

「王爵大人，請務必讓我聽聽巡禮的事情！」

禮服打扮的貴族千金一將身體湊近，拿著扇子的夫人也不服輸地從另一邊插進來。她一邊從大膽敞開的胸口盡情散播香水的氣味，一邊開口說道：

「不！王爵大人，能請您跟我跳支舞嗎？」

「王爵大人剛結束漫長的旅途喲，夫人！」

就連穿著簡便旅行服裝的女性，也不願輸給貴族氣場似的加入包圍王爵的行列。

「得由我們好好款待王爵大人才行呢！」

「我們也要到聖王區旅行！因為親戚很幸運地拿到觀覽券，我們之後要去加冕典禮……沒錯！就是去觀賞王爵大人的加冕典禮！」

「海報上那艘在空中飛行的船……所謂的飛空艇究竟是怎樣的構造呢？」

「等一下，現在是我在說話！是我在跟王爵大人聊天喔，妳們搞清楚！」

「各……各位女士，請冷靜下來，宴會才剛開始而已。」

低沉的聲音從帽子底下響起，端正的嘴角讓女性陶醉地濕潤眼眸。

「我在巡禮中相遇的人，都是很傑出的人物。我由衷感謝能與你們共乘這輛列車的幸運。」

「「「是～！王爵大人！」」」

「……還真是厲害啊，女人都被吸過去了。」

商人打扮的男人正好樂得從沒人的餐桌夾起豐盛餐點。一旁像是他伙伴的纖瘦男子眺望將帽子壓低的禮服裝扮青年，露出疑惑的表情。

「可是啊，為什麼明明在室內，王爵大人卻戴著帽子？」

「聽說是規定啊，好像說在巡禮的過程中，要盡可能不露出真面目。」

「哦～……我沒聽說過就是了。」

然後距離王爵更遠一些的派對房牆邊，可以看見四名少女的身影。是打扮清秀的繆爾與莎拉夏，還有裝成傭人的梅莉達與愛麗絲。因為其他女性客人實在太過強悍，她們

LESSON V
～熱氣竊笑著～

甚至無法靠近王爵。

穿著黑色禮服的繆爾傾斜玻璃杯，同時斜眼看向梅莉達。

「老師被捧成那樣，妳不會吃醋嗎？梅莉達。」

「不會。因為那些人看的是『王爵大人』嘛。」

「喔，這樣啊。那麼，吃醋就是小莎拉的職責嘍。」

「小小……小繆！」

穿著派對禮服的莎拉夏羞得滿臉通紅時，愛麗絲忽然拉了拉堂姊妹的袖子。

「莉塔妳看，艾咪她們在那裡。」

「咦！」

梅莉達面向堂姊妹纖細的手指比的方向，反射性地踮起腳尖。

一看之下，正好就在派對房的對面。不知是否被圍繞王爵的人嚇到，四張熟悉的面孔同樣並列在牆邊。這麼說來，她們也決定自己一邊悠哉地觀光，一邊走其他路線前往聖王區——梅莉達想起這件事。

梅莉達差點不小心跟親愛的女僕長四目交接，她連忙蹲下身。

「為什麼要躲起來呢，梅莉達？」

「因為我現在扮演著老師的女僕喔！要是被她們知道……就好像新學期才開始沒多

久，就提供很適合讓人揶揄的笑話嘛！」

「哎呀哎呀。那麼女僕小姐，能請妳幫我拿一杯新的果汁來嗎？」

「我又不是繆爾同學的女僕！」

就在這時，派對房的門碰一聲地被關上。回過神時，除了服務生外，就連廚房的廚師和客房乘務員也聚集起來，以和藹的視線在旁守護著派對。為了避免妨礙到乘客，他們走向會場的牆壁邊，也就是艾咪她們身旁。然後有兩個人站在被關起來的門前，恭敬地行禮之後，將手放在背後立正。

在會場氣氛更加熱絡時，圍繞著王爵的其中一人開口說道：

「對了，王爵大人，我對『四大聖石』很感興趣呢！」

「我也是！請務必讓我們見識看看好嗎？」

「咦？呃……那是，這個……」

庫法一直設法維持無傷大雅的應對，但他對這樣的要求也不禁有些困惑。就在他開始思索該如何迴避對方追問時，響起了一個聲音。

「哎呀，有什麼關係呢！就先一步公開王爵大人旅途的成果嘛！」

是和平常不同，盛裝打扮過的德比修女。對庫法而言，最令人驚訝的是他手上已經拿著附鎖的珠寶盒。行李的確是共同管理的，不過……庫法不由得發出責怪般的聲音。

LESSON: V

～熱氣竊笑著～

「德比先生。」

「別這麼小氣嘛，王爵大人！又不會少塊肉！」

「…………」

話雖如此，但也不是可以大肆炫耀的東西，而且要是被問到第四個聖石的下落，根本無從回答。就在庫法進退兩難時，有個腳步聲從背後靠近。

「這樣正好。王爵，這裡請交給我來辦。」

雖然不曉得什麼「正好」，但這麼說道並走上前的，是這輛列車的車掌。他登上設置在會場後方的舞臺，以拍手吸引所有人的注意。

「各位乘客！大家過得還開心嗎？」

乘客的視線都集中在他身上，商人打扮的男性高舉香檳杯。車掌在帽子底下揚起嘴角，然後繼續說道：

「這輛列車此刻正運送著好幾種幸福！王爵大人平安歸來的幸福、與各位共乘列車的幸福，還有我們所有人能互相分享這股喜悅的幸福！不過——」

車掌咕嚕一聲地吞了吞口水，繼續說道：

「不過天秤一直往單邊傾斜的話，失去平衡的這輛列車將會脫軌，墜入地獄之中。因此，雖然感到非常過意不去，但我們決定在這輛列車放上跟幸福同樣份量的不幸。」

車掌演講到一半時還和藹地聽著的乘客開始蹙起眉頭。會場的人們一臉困惑地視線相交，車掌環顧眾人，更加笑容滿面地揚起嘴角，然後——

在還沒有人能追上氣氛的變化時，斬釘截鐵地宣告了：

「本列車的駕駛員與司機都已經過世了。」

派對房變得鴉雀無聲。鐵軌喀鐺的聲響重複幾次後，突然響起「哈哈！」的笑聲。

「這是餘興節目吧！」

商人打扮的男性僵硬地擠出笑容，但沒有人接著回應。在大家還難以掌握狀況時，車掌浮現出刻骨銘心般的笑容，繼續說了下去：

「很遺憾的，這是事實。不只是駕駛員而已。在鐵路公司上班的這輛列車的所有乘務員，都由『我們』收拾掉了，因為這是必要的。但這讓我們感到非常過意不去，因此我們代替亡故的他們駕駛這輛列車，運送各位乘客。這頂車掌的帽子也是從滾落在地板上的人頭那裡借來的。屍體都堆積在最後方的車廂，因此各位應該無須在意血腥味吧。」

噫——一名女性乘客發出哀號，但「敵人」還沒有採取行動。

庫法的臉頰冒出冷汗，他暗中繃緊全身肌肉。假冒成車掌的某人，最後在舞臺上又嗤笑了一聲。

「我開門見山地說吧。這輛列車現在由我們占領了。各位的性命都掌握在我們手上。只要這指尖宛如指揮棒一般揮動，列車也可能會開往地獄，請各位先充分地──做好覺悟吧。」

隨後，包圍會場的乘務員一齊動了起來。他們臉上沒了笑容，各自從懷裡拿出武器。其中也摻雜著似曾相識的機械裝置刀劍。

「所有人聽好！站在原地──」

不等他說完，庫法便宛如迅雷般動了起來。他從餐桌上拿起兩把叉子，隨即流暢地投擲出去。兩把餐具勾勒出子彈般的軌跡，插在霸占門前的兩名男人肩上。

「咕啊……！」

男人忍不住弄掉了武器，發出呻吟。庫法立刻呼喚：

「**梅莉達**！」

猛然抬起頭的金髮少女，從庫法的視線中接收到類似電擊的意志。她立刻轉身，抓住啞口無言地呆站在原地的友人的手腕，飛奔而出。

「莎拉夏同學，繆爾同學！這邊！」

三人無視蜷縮在地上、負責監視的男人，飛奔離開派對會場。慢一拍跟上的愛麗絲像用摔的把門關起來。

登上舞臺的車掌憤恨地咬牙切齒。他大喝一聲撼動會場。

「別發呆了！」

被攻其不備的乘務員急忙地再次動了起來。他們毫不掩飾地拿出武器，從背後鎖住附近的乘客，並用刀刃頂住。聚集在牆壁邊的四名女僕，也被凶狠的機械劍尖端對準。

從舞臺跳下來的車掌，也將拿出來的武器對準庫法。

「沒有下次了，冒牌王爵……綁住他！」

乘務員從四方群聚起來，將禮服裝扮的青年反手綁住。周圍的女性乘客至今還無法理解狀況。完全顯露出本性的乘務員之一，飛奔到大概是首領的車掌服男人身旁。

「讓四個人逃掉了。要抓回來嗎？」

「別小看她們，那是莎拉夏小姐與繆爾小姐。只派一兩個人去可能反被打敗，但這邊也不太想分散戰力——現在先別管她們，反正她們不得不主動回到這裡來的。」

他瞥了一眼被鎖鍊五花大綁的王爵，竊笑起來。

他邁開大步向前，從完全被現場氛圍吞沒的乘客當中盯上一個人。他從嘴唇顫抖不停的德比修女手中搶過附鎖的寶盒。

男人的眼眸在蓋住雙眼的車掌帽底下發出冷酷的光芒。

LESSON V
~熱氣竊笑著~

「必要的東西都在我們手上。」

† † †

探頭窺探通道幾次後，梅莉達重新關上貨物室的門。她一邊堆積資材製作即席的防護牆，同時感到疑惑。

「他們沒有追上來，也沒有在找我們的樣子……這是怎麼回事呢？」

「是瞧不起我們呀。他們認為反正像我們這樣的小孩子——根本什麼也辦不到！」

繆爾一邊加重句尾，同時折斷高跟鞋的鞋跟。她掀起派對禮服的裙襬，坐在灰塵有些多的地板上。

「……怎麼會有這種事！沒想到整輛列車都已經落入敵人手裡！」

「可是，他們怎麼辦到的？庫法老師明明故意選了稍微繞遠路的路線。這種大規模的行動，必須正確地掌握我們的預定才辦得到。」

「……搞不好敵人不只是席克薩爾的分家。」

愛麗絲這麼說道，其他人都沉默下來。狹窄的貨物室充斥著沉默。

「——那個之後再說。現在必須思考的是我們要怎麼做。」

一直瞪著門看的金髮女僕用背影這麼說了。櫻花色少女驚訝地抬起頭。

「我……我們嗎……？」

「沒錯。雖然我們逃掉了，但艾咪她們和其他乘客都被抓住——被當成人質了呀！就算老師再怎麼強，他也已經無法採取行動。」

梅莉達轉過頭，依序注視三名友人的眼眸。彷彿在說服自己一般，顫抖的嘴唇編織出蘊含著堅定意志的聲音。

「我們沒辦法再借助老師的力量了。根本不會有同伴前來行駛中的列車裡。必須靠我們四個人想辦法解決這種狀況才行。」

LESSON：Ⅵ ～名為大罪的列車～

派對房現在被比葬禮還憂鬱的氛圍給支配。

餐桌和料理一起被收到牆邊，大約三十名男女老幼被迫跪在空出來的會場中央。彷彿牢籠一般圍住他們的，是攜帶堅硬飛行鎧甲與厚重機械劍的列車乘務員。但他們所有人都用面罩遮住臉龐，將鐵路公司的身分徽章從衣領扯下。

雖然人質無從得知，但襲擊者的真面目是席克薩爾分家一派，為了阻止巡王爵的加冕，企圖暗殺他的人們。在卡帝納爾茲學教區的襲擊失敗後，才想說他們似乎在巡禮過程中銷聲匿跡，結果竟是像這樣以武力占領王爵搭乘的列車，用這種壯烈的手段發動最後的攻勢。

在入口的正對面，彷彿殺雞儆猴一般被迫登上舞臺的，是身穿豪華禮服的英俊青年。他被鎖鍊五花大綁，從寬帽簷的帽子底下只能窺見他緊閉的嘴角。

在人質當中也能看見德比劇團的三人，還有在梅莉達宅邸工作的艾咪等四名女僕的身影。王爵沉默的視線特別注視著他們，他們身旁有個在乘客當中應該是最年輕的十歲左右少女。

「王爵大人……嗚嗚……王爵大人……！」

幼兒的哭泣聲愈來愈大，於是一名在附近的乘務員走上前去。他揮起外觀詭異的機械劍，咚一聲地刺進地毯。

看到利刃挖進雙腳前方，少女的喉嚨嚇得發出「噫！」一聲。

「麻煩安靜點，這樣聽不到王爵閣下說的話啊。」

他從面罩下發出得意洋洋的聲音，其他乘務員不知為何，像贊同似的發出嘲笑。就在乘客疑惑地互相對望時，從舞臺上響起了聲音。

「各位乘客，希望你們能放心。既然王爵已經落入我們手中，諸位將不會再遭到危害。各位就從特等座觀摩他被淘汰的樣子吧。」

是肯定為集團首領，假扮成車掌的年輕男人。他也戴著面罩隱藏真面目，將凶狠的機械劍比向禮服裝扮的青年。

「不過，在這邊還有一件事！有一件令人難過的消息必須告知各位乘客才行。在這裡的王爵塞爾袞．席克薩爾……其實並非正牌的！」

原本低著頭，被當人質的乘客都一齊抬起頭來。面罩首領看準了這大好時機，揮起了劍尖。帽簷被割開的帽子飛舞到派對房的天花板上。

LESSON: VI
～名為大罪的列車～

首先是商人打扮的男性發出「啊！」的聲音。在派對上大力讚揚庫法的女性都說不出話來。然後艾咪等認識他的四人，則用聽不見的聲音發出「怎麼會這樣」的低喃。

那是與塞爾裘．席克薩爾不同傾向的美貌。與宛如春風的塞爾裘形成對比，讓人聯想到冬季天空的伶俐眼眸。最明顯的是那充滿光澤的漆黑頭髮，所有人的視線都盯著那黑髮看。

「跟照片不一樣……」

被當人質的幼兒發出直率的感想，對他的反應感到滿足的首領轉頭看向王爵。

「你要是撒謊我就殺掉一個人——告訴他們，你是真正的王爵嗎？」

「……不是。」

「我只不過是個影武者。真正的王爵……並不在這裡。」

跟塞爾裘截然不同，宛如鋼鐵般的聲音摧毀乘客們的希望。

「你們聽見了嗎？各位！」

身為首領的男性宛如演員一般張開手臂，轉頭看向會場。被當人質的乘客求助般的視線，對他而言比聚光燈還要舒適吧。

「在諸位陷入絕境的這個時候，塞爾裘．席克薩爾將替身當作盾牌逃走躲起來了。多麼卑鄙！軟弱無比！那邊在哭泣的少女啊，妳可以試著再一次求助看看。那傢伙真的會不顧危險地現身嗎？」
「啊……啊………」
乘客再次因絕望而垂下頭，首領露出一臉滿足的笑容。
那麼——他轉過身，重新將武器指向王爵——指向身為影武者的庫法面前。
「接著是下個問題。真正的塞爾袞．席克薩爾現在人在哪裡？」
「他沒告訴我，或許就連這種情況也在他預測的範疇內吧。」
「……你是什麼人？他的心腹嗎？」
「我只是個被僱用的騎士罷了。沒有名字。」
身為首領的男性從戴著面罩的嘴角浮現讓人脊背發涼的笑容。兩名攜帶機械劍的部下從他背後走了出來。其中一方將武器高舉到頭上。
「我應該告訴過你……要老實地講出來！」
咻！武器劈開風的聲響，讓人質忍不住別過臉去。
不過，隨後。碎裂的劍尖伴隨硬質的金屬聲響被吹飛到天花板。「咕哇！」一名面罩男往後方倒落。
一回過神，只見蒼藍火焰的瑪那覆蓋住庫法全身。這麼一來，用一般武器已經無法對他造成傷害。吹過來的瑪那氣息讓乘客再次抬起頭，另一方面，那過於強大的壓力讓

LESSON: VI

～名為大罪的列車～

襲擊者緊張地倒抽一口氣。

看到伙伴被撞飛，另一名面罩男激動地咬牙切齒。

「你……你這混帳……！」

機械劍在他手心滑動，猛烈的蒸氣布滿舞臺。不過在那之前，首領迅速地舉起單手。

「住手，只會浪費仙饌密酒罷了。」

「但是……！」

「很了不起的精神力嘛。」

不知從容與否，他嘲笑著庫法的側臉。庫法斜眼瞥向他。

「我也有一件事想問你——你們是如何正確地掌握我們的旅程？卡帝納爾茲學教區那時也是，還有現在也是。」

首領讓部下放下機械劍，裝出紳士般的態度回答：

「你應該已經猜想到了吧？沒錯，我讓內奸混入了你們一行人中——**妳們兩個**可以站起來了！」

首領對人質集團這麼呼喚。然後一臉不情不願地從中站起來的兩名少女，讓德比修女驚訝地瞠大了眼。

「露西爾！萊拉！是……是妳們……？」

「「…………」」

褐色雙胞胎沒有看向團長那邊，而是將冰冷的視線望向地板。面罩首領從舞臺上輕快地跳下來，搖身一變，用看似親密的態度走近少女。

「妳們就是聯絡我們的內奸對吧？謝謝，多虧妳們，計畫一帆風順。妳們想要什麼報酬？想要什麼都儘管說吧。」

「你別會錯意了！」

這時雙胞胎猛然抬起頭，用彷彿要咬住對方的氣勢回嘴：

「我們只是為了自己方便才做的！並不是支持你們！」

「我們只是告訴你們何時會搭哪輛列車而已，別把我們當成同伴！」

首領把話吞了回去，但看來不是很介意似的聳了聳肩。

「也罷，大概是對塞爾裘·席克薩爾有私人的怨恨吧。這也不稀奇。」

「「……」」

雙胞胎咬了咬嘴唇，至今仍無法接受她們本性的是德比。

「騙……騙人的吧，妳們……為什麼會做出這種傻事啊！」

「修女什麼都不用知道。」

「沒錯沒錯，你就這樣乖乖地等他們釋放人質吧。」

LESSON VI
～名為大罪的列車～

「……！」

首領彷彿在享用大餐似的眺望劇團的分裂，在面罩底下竊笑著。這時，派對房的門打開，三名面罩男謹慎地架著武器歸來了。

「看來已經都準備好了。不過，公爵家的兩人還是不見人影。」

「這也難怪，畢竟是塞爾裘．席克薩爾的妹妹嘛。」

首領哼笑一聲，從另外一人手中接過無線對講機。

他一邊將嘴角貼在堅硬的機械上，同時環顧露出死人般表情的人質。

「既然如此，就讓她們不得不主動現身吧。」

† † †

『在此告知搭乘本列車的莎拉夏．席克薩爾小姐及繆爾．拉．摩爾小姐。本列車的設備和乘客全部！都落入我們手中了。最好放棄無謂的抵抗，這也是為了兩位著想。』

『從現在開始容我進行關於釋放人質的交涉。首先是在十六點之前！請回到剛才的派對房。十六點以後每晚十分鐘，人質數量就會一個個減少吧。』

『也不建議兩位攜帶武器。倘若兩位有自信打贏我們則不在此限。但請兩位理解到在那種情況下，不光是兩位，人質也會犧牲慘重吧。』

『那麼，期待兩位能做出明智的判斷……──』

從車內擴音機響徹周圍的那聲音，固守在貨物室的四千金當然也聽見了。噗滋──

繆爾看準無線對講機的聲響斷掉的瞬間，探出身子。

「我們的優勢在於那些傢伙並沒有意識到梅莉達與愛麗絲喔。因為衣服的關係，他們以為妳們只是普通的傭人，沒發現妳們是瑪那能力者。他們一定壓根沒想到妳們兩人會從某處發動奇襲。」

梅莉達也不服輸地挺身向前，與黑水晶少女額頭相抵，大膽地笑著。

「也就是說，繆爾同學根本不打算乖乖服從那些傢伙呢？」

「那當然。畢竟無法保證那樣人質就會平安獲得釋放。而且我們公爵家四千金明明全員到齊，怎能受得了一直被瞧不起呢！」

「我有同感。讓他們見識一下我們的厲害。」

「啊嗚……大家還真是血氣方剛呢。」

連愛麗絲都加入抗戰派，莎拉夏只能無力地垂下纖細的肩膀。

話雖如此，但她也絲毫不打算就這樣屈服於敵人。「武人」席克薩爾家的炙熱靈魂

LESSON VI ～名為大罪的列車～

寄宿在她眼眸，凜然地抬起頭的櫻花龍騎士，依序注視三名友人。

「既然這樣，基本上由我跟小繆負責佯攻，梅莉達同學等人則負責實行——來制定具體的作戰吧。」

梅莉達弄垮防護牆，慎重地打開門，窺探通道。她確認通道還是一樣沒人之後，轉頭看向室內的友人。

「妳們記得敵人有幾個人嗎？」

三人各自陷入沉思，從想到的人開始依序發言。首先是繆爾，

「假扮成車掌的那個男人是首領對吧。還有三個服務生……」

「穿白色衣服的廚師有兩個。」

「還有七名乘務員。他們不自然地增加讓我很在意，所以數了一下。」

愛麗絲、莎拉夏接著補充，梅莉達沉重地點了點頭。一共十三人……

「所有人大概都使用了老師曾告訴我們，那個叫『仙饌密酒』的裝備。警備隊的人們輕易地被打倒了……就算他們不是瑪那能力者，就憑我們學生也沒有勝算呢。」

「有一個人。」

莎拉夏明確地這麼說出口，讓所有人的視線集中在她身上。她更詳細地重複。

「敵人當中肯定摻雜著一個瑪那能力者。要是跟仙饌密酒組合起來，大概就束手無策了……但事情能按照作戰進行的話，他就由我來對付。」

是意識已經進入戰鬥態勢了嗎？席克薩爾家的年幼龍騎士眼眸中燃起了鬥志。梅莉達連連點頭回應，但她將手指貼在下顎，提出其他擔憂之處。

「但是，除了單純的戰鬥力以外，對方還有好幾個有利的要素呢。畢竟老師大概被抓起來了，而且人質也令人擔心。我們收集到的聖石也是……大概都被那些傢伙拿走了。想要守護所有東西，是不是太奢侈了呢？」

「雖然要看交涉結果如何——」

莎拉夏暫且低下頭，但立刻彷彿在瞪著幻影一般抬起頭來。

「有幾件事可能不得不妥協。這方面也由我臨機應變地應付看看……雖然很擔心我們的作戰會將那些人質牽扯進來就是了。」

「這也沒辦法呀。反正也不是會讓他們受傷，沒辦法制定更複雜的作戰了。」

繆爾連珠炮似的反駁，莎拉夏和梅莉達都露出苦澀的表情，將不安吞下肚。在梅莉達的宅邸工作，對她而言情同家人的艾咪等四名女僕，也在派對房裡被抓了起來，因此她更是加倍害怕會危害到人質。

從旁邊探頭看向通道的愛麗絲，忽然像察覺到什麼似的出聲問道：

「噯，這輛列車是往哪裡前進呢？」

「咦？」

莎拉夏和繆爾也聚集到門旁，四人一起眺望通道窗戶。

列車目前正一邊轉圈描繪著圓環，同時沿著緩緩上升的路線行駛，但在途中的分歧點移動到隔壁的軌道，這次改成緩緩下降。才這麼心想時，列車又找了個時機往上升。總覺得給人一種一邊避免與其他列車衝撞，一邊不停行駛下去的印象。

照這樣什麼都不做的話，這輛列車可能永遠都不會到達任何車站吧。梅莉達感覺脊背發涼，立刻用力搖了搖頭。

「……我忘了，駕駛員和司機都換成敵人的人了呢。」

「目前可以無視他們吧。反正他們大概也無法離開火車頭。」

梅莉達點頭同意繆爾的話，從女僕服的口袋中拿出懷錶。這是接受傭人特訓時，庫法借給她的東西。根據他的說法，能在五分鐘內準備四人份的餐具，才是一流傭人。為了達成他無理的要求，在這裡的四人反覆摸索的事情，如今也能當成旅途回憶回顧。

梅莉達「啪鏘」一聲地闔上蓋子，抬起頭來。

「十五點四十五分——差不多該行動了。」

其他三人雖然表情緊張，但也堅定地點頭。首先由繆爾與愛麗絲各自前往通道左右

LESSON: VI ～名為大罪的列車～

兩邊。然後梅莉達在分開前將懷錶託付給莎拉夏。

「妳帶著吧。畢竟要是晚到就麻煩了。」

金鎖鍊噹啷地掉落到莎拉夏的手心，梅莉達大膽無畏地彎曲嘴角。

「之後要還我喔。因為我要親手交給老師。」

金髮少女輕快地準備折返回頭，莎拉夏下意識地叫住她。

「那個，梅莉達同學！……可以問妳一件事嗎？」

「什麼事？」

「假如庫法老師有不能告訴別人的重大祕密，甚至連對梅莉達同學都保密……就算這樣，妳還是能相信他嗎？」

「我相信。」

梅莉達立刻回答，在被詢問理由之前，宛如可愛花朵般的嘴唇呵呵地綻放笑容。

「在之前的月光女神選拔戰中，整個學院的人都懷疑我時，老師對我這麼說了。『就算全世界都懷疑妳，我也一定會站在小姐這邊』、『所以希望小姐也相信我相信著妳』——莎拉夏同學好像也發現了，老師似乎背負著很多事情。但他絲毫不肯來依靠我，所以我總是被搞得焦慮不已。可是呢，唯獨有一點我很清楚。老師受到很多痛苦、背負很多事情，都是為了我著想的關係……對這樣的他，我能夠回報些什麼呢？」

梅莉達最後發出像是詢問，又像是自言自語的聲音，這次真的轉身離開了。她與銀髮堂姊妹會合，一邊搖晃著褶邊裙，一邊逐漸遠離。

莎拉夏感慨地目送她們離開，黑水晶摯友優雅地將手心放在莎拉夏肩上。

「噯，我們跟她們現在是一種很不可思議的關係呢。很難說是徹底成了同伴，或是徹底敵對……」

「……說得也是呢。」

「就學期間內或許有點困難……但要是有一天，可以四人組成小團體，一起奮戰就好了呢。」

莎拉夏轉頭看向摯友的黑色眼眸，浮現出挑戰般的笑容。

「那樣可能太過無敵，都沒人敢反抗我們了呢？」

「說得好。」

兩人臉碰臉呵呵笑了笑，接著也轉身離開。

素雅的派對禮服裙襬隨風搖曳，兩人前往襲擊者正在等候的戰場——

† † †

LESSON VI
～名為大罪的列車～

在指定時間的十六點整——

派對房的門發出「嘰——」的聲響敞開的瞬間，室內所有人的視線都集中在門邊。首先是變成人質的乘客猛然抬起頭，裝備機械劍的面罩敵人接著悠閒地轉向這邊。最後在舞臺上的兩個人物，也就是被鎖鍊綁住的庫法與襲擊者的首領，同時抬起了視線。

櫻花公主與黑水晶妖精把數十人的視線當作聚光燈一般，在眾人注視下進入派對房。她們一身素雅的禮服裝扮，沒看到武器類的東西。面罩首領俯視了一下自己的手錶，用類似嘲笑的聲音搭話：

「真令人敬佩啊，莎拉夏小姐。我還以為妳會猶豫到最後一刻——」

「請釋放所有乘客。」

先發制人的台詞被無視，首領在面罩底下扭曲嘴脣。

「這就要看妳了。」

他抬起下顎，用那個動作指示著舞臺上。

人質被集中到會場中央，左右兩邊各有五六名裝備了飛行鎧甲與機械劍的面罩人。莎拉夏與繆爾轉一大圈繞過他們，同時前往舞臺。所有人的視線都追逐著兩人毫不迷惘的腳步與高貴搖曳著的禮服裙襬。

面罩首領當然注意到從會場逃走的四人當中，有兩名傭人不見人影。不過，該說就如同少女的期待嗎？他認為梅莉達她們的存在「微不足道」，從意識中趕了出去。他認為區區傭人見習生根本做不了什麼，絲毫不放在眼裡——而且不管她們躲在哪裡，**結果還是不會有任何改變**。

室內所有面罩人的視線，都追隨兩名公爵家千金前往舞臺。莎拉夏與繆爾一邊偷瞄確認所有人都背對派對房入口，同時在舞臺上與裝備格外強大的敵人首領對峙。

人質緊張地在旁觀看，只見首領拿出了附鎖的寶盒。是他從德比團長手上搶來的東西。鎖早已經被解除，他打開蓋子，讓三色彩光顯露出來。

「三個嗎？」

可以看出男人的嘴脣在面罩底下浮現誇耀般的嘲笑。他俯視一旁的庫法，被鎖鍊綁住的庫法也斜眼看向他。首領重新面向公爵家千金，發出甚至讓人顫抖的高壓聲音。

「那麼，莎拉夏小姐。我們準備了兩個選項給妳選擇！」

他從珠寶盒裡拿起綠色寶石，隨意地扔向這邊。描繪出拋物線的綠色軌跡，被吸入莎拉夏的手心裡。

「一個聖石！等於十名人質的性命！妳們應該明白這是什麼意思吧。要救出所有人質，必須犧牲全部的寶石。只不過聖石只要少一個，塞爾裘·席克薩爾就不會被認同為王……妳們必須再次找齊失去的聖石。考慮到要在加冕典禮前找齊的時間限制，要留下

LESSON VI

～名為大罪的列車～

幾個石頭！犧牲幾個人！妳們就仔細思考後再決定吧。」

首領從懷裡拿出收在刀鞘裡的短劍，同樣地扔了過來。莎拉夏單手接住短劍，交互看著右手的刀刃與左手中的「悠久綠寶石」。

看到乘客一臉不安地互相對望的模樣，在舞臺上被綁住的庫法心想「原來如此」。他們任由王爵一行人收集聖石，是為了這麼做。

老實說要是失去聖石，就算只少一個，從現在開始尋找也來不及補充。話雖如此，但為了守護王爵的立場而對人質見死不救的話，民眾對席克薩爾公的信用會一口氣跌入谷底吧。無論選哪邊，王爵都已經「完蛋」了……追根究柢，讓還只有十三歲的妹妹莎拉夏面對這種選擇，公開她感到糾葛的模樣，這種行為本身就是敵人為了貶低他們兄妹名譽的計畫的一部分。

彷彿在證明庫法的推測一般，首領的嘴角勾勒出殘酷的笑容。人質用憔悴到彷彿快哭出來的視線望向舞臺。纖細的全身承受著不合理的沉重壓力，莎拉夏只閉上眼睛幾秒，然後她睜開雙眼。

「我有一個請求。如果你們有意遵守約定，請在我破壞寶石的時候，就釋放人質。」

「我們當然會遵守約定。只不過一個寶石就等於十個人，這點不能讓步。」

「足夠了。」

莎拉夏蓋過首領的話尾，從全身解放出櫻花色瑪那。

彷彿要將會場的鬱悶氛圍吹散的氣息，讓乘客的瀏海飛舞起來。無愧於騎士公爵家之名的強韌，還有映照出沒有一絲迷惘的意志的光輝，讓首領以外的面罩人握住武器的手不禁用力起來。

「……對不起，哥哥。」

不會傳入任何人耳裡的懺悔，微微撼動空氣。

莎拉夏緩緩地將「悠久綠寶石」扔到頭上，然後左手握住刀鞘，右手拔出了短劍。在綠色光輝掠過眼前時，她使勁橫向一揮刀刃，以讓人起雞皮疙瘩的流暢度，將寶石碎成兩半。

面罩首領略微抬起下顎，比了比派對房中央。

「妳可以指定十個人。只不過不能允許他們到會場外面。」

莎拉夏伸出食指，從乘客集團裡面隨機指了幾個人。包括最年幼的女孩子、女孩的家人，還有周圍的人共十人。他們逃離面罩人的包圍，彷彿被風吹似的在派對房的牆邊互相依偎。

面罩首領重新面向莎拉夏。

「原來如此。只是少一個寶石的話，也能輕易地補充吧。但要是少兩個以上，情況就不同了，等於有一半的旅程都歸零了。您接著要怎麼做呢？莎拉夏小姐。」

「把『深淵縞瑪瑙』給我。」

看到莎拉夏當機立斷，首領顯而易見地將嘴唇彎成ㄟ字形。他從珠寶盒裡抓出暗黑寶石，有些粗魯地扔向莎拉夏。

莎拉夏甚至沒有先接住寶石。她在好似流星的光輝朝這邊飛來時，以讓人著迷的優美動作揮舞短劍。銀色刀刃沒有絲毫抵抗地被使勁一揮，漆黑粒子一齊散落到空中。

用不著首領催促，莎拉夏便轉頭看向人質集團，又隨機選了十個人。這下一來，已經是被抓的人數比較少了。雖然她本身完全沒有意識到，但剩餘的人質是包括艾咪等在梅莉達宅邸工作的少女在內的十人。

一直炫耀著優勢的面罩首領的態度，這時終於開始動搖起來。莎拉夏絲毫沒有動搖。在失去大半聖石的這個時刻，她哥哥塞爾袞．席克薩爾的王位加冕明明已經幾乎陷入絕望狀態。

「……這樣啊，我懂了。其實你們尋找聖石這件事本身就是假的！塞爾袞．席克薩爾用冒牌貨掩人耳目，同時親自收集聖石，已經湊齊王爵之證了！你們知道這點，才能若無其事地——」

「把『不滅紅寶石』給我。」

首領終於啞口無言。他不禁懷疑起自己的眼睛，眼前的究竟是何方神聖？

已經四處不見下垂眼的軟弱少女。高貴的龍騎士不等敵人回答，親自邁出步伐，在身高差距大到需要抬頭仰望的敵人面前停下腳步後，揮起短劍。

刀刃垂直地往下揮。

珠寶盒在面罩首領手中被分成左右兩半。被布包著的深紅寶石也從頂點一邊碎裂一邊落下——接著衝撞到地板上，散落成細微的碎片。

莎拉夏俐落地將短劍收回刀鞘，雙手合十，轉頭看向會場。

「這樣各位乘客就自由了。這些人就由我來跟他們協商，請各位回到私人房間，等待列車到達車站。」

「還沒完！所有人都不准離開房間！」

首領立刻揮動手臂，部下的面罩人都架起武器威嚇周圍。

面罩首領毫不掩飾地扭曲嘴脣，從莎拉夏手中搶過短劍。

「……為什麼！妳為何能相信兄長到這種地步？他說過自己的展望嗎？妳不曾懷疑過自己可能受騙了嗎？妳對自己的選擇沒有感到不安過嗎！」

「那跟你盡忠效勞的理由應該是一樣的吧，吉普森・巴雷先生。」

不光是眼前的首領，戴著面罩的所有人都同時倒抽一口氣。被釋放的乘客也面面相

LESSON: VI
～名為大罪的列車～

覷。「家名」也就是他身為貴族的證明。

才心想首領沉默了幾秒鐘，只見他乾脆地脫掉原本戴著的面罩。有著長髮與纖細臉龐，說好聽點是感覺充滿知性，說難聽點是感覺很神經質的男人面貌顯露出來。

莎拉夏與露出原本面貌的他四目交接，微微蹙起了眉頭。

「身為分家管家的你，為何會做出這種事……是庫夏娜姊姊的指示嗎？」

「……不是，跟小姐沒有關係。是我們強硬派的獨斷。」

他——吉普森用比戴著面罩時更加紳士般的態度回答。聽到他清楚的聲音，一旁被綁住的庫法也察覺到了。從卡帝納爾茲學教區出發時，襲擊列車的集團當中，那群闖入車內的傢伙的首領——庫法在千鈞一髮之際沒抓到的其中一人就是他。

大概之前就隱約注意到了吧。莎拉夏一臉難以接受的表情，搖了搖頭。

「吉普森先生，請你別再這樣了……！犧牲許多人的生命，現在也像這樣加深罪孽……有必要為了王爵之冠做到這種地步嗎？」

「妳還什麼也不明白。我應該說過，我們已經跟庫夏娜小姐沒有任何關係……決定為這項使命犧牲小我時，我已經辭去席克薩爾家管家一職，奉還家名了。之後就只管為了阻止塞爾裘．席克薩爾加冕，將這條命燃燒殆盡。這是最重要的事情。」

回神一看，只見會場裡所有的面罩人，全身都洋溢著跟吉普森同等的悲壯決心。脫掉面罩的話，應該有很多莎拉夏認識的人吧。沒有任何不安的幼年記憶忽然復甦，翡翠色眼眸滲出淚水。

「為什麼大家……不惜做到這種地步來排擠哥哥呢……？」

「我要將塞爾裘・席克薩爾之名打入地獄。不管要付出怎樣的犧牲。」

吉普森嚴肅地說完這句話後，朝部下氣勢猛烈地揮動手。

「殺掉人質！一個也不留！」

「咦？等……等一下！跟說好的不一樣！」

「會變成這樣都要怪妳，莎拉夏小姐。明明當個意志薄弱的人偶就好了。」

吉普森像在逞強似的快嘴說道，他依舊面向一旁，滔滔不絕地說了起來。

「要是妳亂了方寸就好了！妳應該遵守哥哥的吩咐，捨棄乘客的生命選擇寶石。如此一來，就能將犧牲壓抑到最低限度！但妳卻毫不迷惘地以民眾的安全為優先。妳成長得十分傑出，實在令人欣喜。但非常遺憾的是，妳這樣子——不符合我們現今的意向。」

面罩人高舉機械劍，揮灑出猛烈的蒸氣。三十名人質發出哀號。

「要請他們成為基礎。在出現三十名以上死者的悲慘襲擊事件中，原本應該在場的王爵塞爾裘・席克薩爾拿影武者當盾牌，閉門不出！這樣民眾會認同他是國王嗎？坐在沾滿鮮血的寶座上的國王？高舉窮酸聖劍的國王？還真是一場典型的悲劇呢。」

LESSON: VI ～名為大罪的列車～

「我不會讓你這麼做的──！」

「不准動！」

吉普森猛然舉起機械劍。劍尖牽制著莎拉夏的鼻頭。身為瑪那能力者的熟練度，也是這個忠誠的管家遠勝莎拉夏吧。

「沒用的，就算妳是龍騎士，也無法阻止。我們透過仙饌密酒獲得了超越騎士公爵家的力量！已經沒有任何東西可以成為障礙了！」

呵呵──

響起了像是在嘲笑男人宣言的聲音。

聲音來自位於莎拉夏後方，穿著派對禮服的另一名公爵家千金。所有人的視線都集中到簡直就宛如優雅貴婦一般突然浮現笑容的她身上。

吉普森看似不愉快地扭曲表情，他依然高舉著劍，開口詢問：

「怎麼了嗎，繆爾小姐？」

「哎呀，讓你不快了嗎？因為實在太滑稽了嘛。」

在莎拉夏弄碎的聖石當中，繆爾撿起寄宿著漆黑光輝的碎片，揚起嘴唇。

「只是拿到那種**稍微會發光的石頭**，就說什麼超越了我們騎士公爵家……一群大人都這麼自以為是，真是笑死我了。明明『那孩子』一直努力不懈，想要靠自己跨越更加困難的巨大障礙。」

「……妳在說什麼呢？」

「很簡單呀。我來替你們施加魔法，從夢裡醒來的魔法喔。」

所有面罩人的敵意都集中在繆爾身上。成為人質的乘客露出困惑的眼神。上前走到舞臺中央的繆爾，就宛如領銜主演的女演員。過剩的肢體動作也愈來愈有模有樣，彷彿歌唱般的高昂聲音響徹派對房每個角落。

「三隻小豬裡面有兩隻在柵欄外，一隻被留在家裡。大野狼各六隻，從玄關與後門監視著——『童話之夜』！」

除了莎拉夏以外的所有人，都難以掌握那神祕咒文的意義——就在那瞬間。

派對房的對開門同時被撞開，兩個壓低姿勢的嬌小人影敏捷地飛奔進來。在面罩人轉頭看向後方的同時，有什麼東西從人影手中被扔出來。

「「接招吧！」」

伴隨可愛的吐氣，氣勢猛烈地在上空飛舞的，是沒什麼特別，裝滿水的小瓶子。小瓶子描繪著拋物線，橫跨過面罩人的頭頂，同時因離心力揮灑出瓶子裡的液體。小瓶子衝撞上舞臺，水嘩啦一聲潑到鞋尖，讓吉普森驚訝得瞠大了眼睛。

「那兩個女孩是……？」

LESSON VI
～名為大罪的列車～

大概是從餐車車廂調來的東西吧，將裝水的小瓶子撒在會場裡的是身穿女僕服的兩人組。根據內奸雙胞胎的情報，她們是黏在王爵影武者身邊的傭人。而且從年齡和技能的笨拙程度來看，只是普通的見習生……不過扔完小瓶子的她們流暢地拔出大劍與矛，從纖細的全身──轟！一聲地解放出耀眼的火焰。

「居然是瑪那能力者！」

面罩人反射性地啟動機械劍，滑動的刀身噴出猛烈的蒸氣。吉普森想制止他們而高喊「等等！」的聲音，慢了一拍沒趕上。

飛散在襲擊者的面罩上、武器上和地板上的水，與收納在汽缸裡的結晶僅僅一瞬間就產生激烈的反應。仙饌密酒散發彷彿要灼燒雙眼的閃光，以過剩的氣勢在液化的同時氣化。龐大的壓力一口氣蹂躪管線，眨眼間便超出容許量，產生龜裂。在裝備上冒出縱橫裂縫後──爆裂開來。

「嘎啊……！」

連鎖的壓力彈回裝備者身上，爆發性膨脹起來的蒸氣甚至連哀號都吞沒了。派對房四處燃起純白的火焰，飛散的機械碎片與被吹飛的面罩人。乘客抱著頭發出哀號。吉普森氣憤地咬牙切齒。

青年冷靜的聲音從身旁傳入那樣的他耳裡。

「仙饌密酒裝備的原則，就是必須『現在』、『當場』使用產生出來的能量。並不存在儲蓄能量或傳達能量的手段。」

是身穿王爵禮服，被鎖鍊五花大綁的庫法。但他緩緩地解放瑪那後，只稍微使力，就將束縛粉碎彈飛。

庫法用嘲諷的斜眼看向啞口無言的吉普森。

「水之所以會成為仙饌密酒的弱點，原因就在此。一般裝置都無法承受擁有高熱，且會無止盡地不斷噴出能量的仙饌密酒，眨眼間就會超越輸出並爆炸。所以研究中的爆破意外一直沒停過。」

「咕……！」

吉普森勉強忍住想斥責大意的部下這種衝動。

慌張地啟動裝備，陷入無法戰鬥這種狀態的人有七名。吉普森立刻對剩餘五名面罩人揮下手臂。

「抓人質！立刻把人質——」

在他說完前，身旁爆發性地發出低吼。宛如弓箭一般從舞臺跳出來的禮服裝扮人影，在跳過去的同時揍飛一個人，並以流暢的動作踢倒第二個人。他空手捏碎對方迫不得已而高舉的機械劍，在碎片掉落到地板上前，使出重擊、右直拳、後旋踢的三連擊。

LESSON: VI ～名為大罪的列車～

庫法一踹在半空中吹飛的敵人身體，宛如特技表演一般躍動下半身，將剩餘兩人一併橫掃擊倒。

他有些誇張地拍了拍禮服下襬，緩緩站起身，乘客的視線都集中在他身上。

「庫法先生……！」

艾咪和其他同僚的四名少女，眼眶浮現出淚水。庫法和善地對她們露出笑容後，轉頭看向派對房入口。

「如果能幫忙稍微製造出破綻就好了——我原本只這麼認為，但結果超乎期待呢。」

「欸嘿嘿……！」

金髮與銀髮天使一臉自豪地飛奔過來。「小姐！」宅邸的女僕發出歡呼聲，這樣的對話讓周圍的乘客也開始注意到了。

「我……我看過那兩個女孩的臉……她們是安傑爾家的姊妹吧？據說是養成學校的一年級生，且獲得了迷宮圖書館員的資格，報紙上有刊登！」

「對了，是那篇報導的照片上的四人啊！騎士公爵家的少女都齊聚一堂嘍！」

「……為什麼會打扮成傭人啊？」

「沒想到居然是瑪那能力者……」

一直一起旅行的露西爾與萊拉，也驚訝得啞口無言。舞臺上方，在敵人當中被留到最後的吉普森也氣憤地咬牙切齒。

「可……可惡啊————！」

他高聲高舉機械劍，迫不得已地瞄準莎拉夏與繆爾。她們立刻解放瑪那，但手無寸鐵。注意到狀況的梅莉達與愛麗絲，立刻用力一揮手臂。

「莎拉夏同學！」、「繆爾！」

從各自手中拋出去的矛與大劍納入友人的手心裡。隨後，三樣武器演奏出「鏘！」的高昂金屬聲響，同時在中間點互相咬住。

「「「……！」」」

吉普森的身體也噴出瑪那火焰，在刀刃的交差點產生大到誇張的壓力。一人與兩人讓空間嘎吱作響，同時反射性地暫且往後退。

「你還真是不見棺材不掉淚呢！」

勇敢地發動攻擊的是繆爾與莎拉夏這方。她們朝不同方向飛奔而出，用彷彿事先商量過般的速度接近敵人，從左右兩邊同時發動突刺。吉普森以靈敏的反應速度扭動上半身，但他隨後突然膝蓋一軟。

「咕……！」

站不穩而從背後倒落的他，順勢採取護身倒法，滾向後方。動作看起來很遲鈍，繆

～名為大罪的列車～

爾與莎拉夏立刻追擊勉強跳起來的他。

武器與瑪那之間的衝撞，飛散的金屬聲響與四處跳動的閃光。在乘客緊盯不放的燈光秀當中，刻意不去助陣的庫法喃喃自語。

「那就是仙饌密酒裝備更嚴重的弱點……為了承受高壓力，不得不將裝置巨大化，並加重重量。無法啟動的裝置只不過是個普通的重物喔。」

身為瑪那能力者的綜合力（Status），確實是吉普森略勝一籌，但他現在狀態太糟糕了。裝備在腰部的飛行鎧甲成了下半身的枷鎖，要直接運用隱藏著複雜架構的機械劍，實在沉重過頭。看似焦躁的指尖伸向腰部，試圖解開飛行鎧甲的束縛，那大好的破綻讓黑水晶妖精眼睛一亮。

「……喝！」

砰——繆爾用力一踏，甚至讓地板抖動起來，她使出渾身的臂力將大劍橫向一掃。厚重的刀刃直擊男人的側腹，無愧於魔騎士之名的驚人破壞力轟在男人身上。飛行鎧甲輕易地被壓扁，伴隨著鐵片彈飛，一陣「啪嘰」的低沉聲響擴散開來。

「咕嗚……！」

吉普森勉強用左手接住攻擊，但就連這行為都反倒害了他。扁掉的管線刺在腰上，骨折的同時出血，接住刀刃的左手肘也扭曲成奇怪的形狀。在嚴重地承受左半身的傷害後沒多久，右手也立刻竄過一股劇痛。

「這樣就結束了……！」

莎拉夏彷彿滑行似的拉近間隔。吉普森甚至無法對垂直地橫掃右手的一擊做出反應。機械劍從麻痺的手心掉落，流暢的追擊打中吉普森的全身。那神速的揮矛甚至在瞬間超越他的反應速度，非常適合冠上龍騎士之名——

從右腿打向反方向的側腹，在瞄準胸膛的突刺後接著往雙肩三連擊。莎拉夏用彷彿跳舞般的華麗動作，橫掃敵人早已經虛脫無力地搖晃的側頭部。

吉普森瘦弱的身軀終於砰一聲地倒落在舞臺上。莎拉夏一邊使勁揮矛，同時轉頭看向會場。櫻花色火焰從矛尖猛然散布開來。

「各位乘客！」

所有面罩人都倒在地板上，人們仍舊露出一臉不安的視線，仰望著這邊。莎拉夏調整好急促的呼吸後，提醒自己和善地露出滿面笑容。

「已經……不要緊了！」

三十名乘客只有沉默了一瞬間。

「「「莎拉夏小姐————！」」」

LESSON VI ～名為大罪的列車～

爆發性的歡呼聲充斥了派對房。女性互相擁抱，為能平安脫身感到高興，男性商人們彈飛香檳的軟木塞。然後許多人都爭先恐後地奔向舞臺。

「莎拉夏小姐！不，莎拉小姐～！」

在最前列發出尖叫聲援的，是態度整個一百八十度大轉變的德比修女。繆爾滿臉得意地走近摯友背後，將她一把推到觀眾面前。

「怎麼樣？好好記住嘍。我的莎拉是世界第一帥的龍騎士喔！」

「真……真是的……別這樣啦，小繆……！」

「小姐們，剛才的表現十分精采。」

從後方響起低沉的聲音，群聚在舞臺前的人潮迅速地分開。身穿禮服的黑髮青年，在兩名女僕的陪同下走近。莎拉夏與繆爾奔下樓梯，順著那股氣勢與友人互相擁抱。

一個商人打扮的男人，從乘客當中挺身探向庫法。

「我問你啊，王爵大人是影武者這件事，到底是怎麼回事啊？」

「如你所見，預料到這次的巡禮會有賊人企圖危害王爵，因此採用了好幾個安全對策。詳情請等席克薩爾公發表聲明。」

「是哦～不曉得真正的席克薩爾公在哪裡做什麼哩。」

男人不怎麼感興趣似的嘟噥著，離開一行人身邊。之前在派對上大力讚揚王爵的女性，很難為情似的羞得滿臉通紅。

莎拉夏鬆開與梅莉達的擁抱，忽然一臉悲傷地垂下眉尾。

「啊，但是大家……還有庫法老師也是，對不起。」

她撿起滾落在腳邊的閃亮碎片。綠色、漆黑與紅色寶石……這些都無一例外地碎成大小片，原本的存在感面目全非。

「失去了好不容易收集起來的聖石……也不曉得該怎麼向哥哥道歉。」

「關於這件事，小姐們——」

庫法慎重地想插嘴。但在那之前，有個委婉的聲音插了進來。

「那個～……莎拉小姐，還有各位，雖然有點難以啟齒……」

是像在諂媚似的扭動長身的德比修女。他戰戰兢兢地遞出藏在背後的包袱，將包了好幾層布的那些東西公開出來。

出現的是從內側發光的三色寶石。每個寶石約手掌心那麼大，無論是斷面的平滑度或邊角的線條都十分完美。四千金驚訝地瞠大了眼睛。

「「「聖石！」」」

「怎麼會在這裡……？」

LESSON: VI ～名為大罪的列車～

「被敵人搶走的果然是冒牌貨嗎……不過德比修女，你為何特地把珠寶盒裡的東西換成假的寶石？」

「咦！哎呀，這是，那個……」

在彷彿看透一切的視線注目下，沒多久德比像是虛脫無力似的垂下肩膀。

「……坦白說，打從聽到王爵是冒牌貨那時起，我一直覺得這次的巡禮會失敗。可是就算是棄子，對我們而言，這關係到家人的性命。所以我就想，如果這齣戲不會變得有趣，自己親手掀起風波就好啦！」

像是已經豁出去似的，閃亮的德比彷彿在舞臺上一般張開雙手。

「真正的寶石當然會交給塞拉大人，那讓冒牌王爵拿假的寶石，不就可以構成一場小風波（戲劇）嗎？如此一來，可以守住塞拉大人的名譽，最後也有大逆轉在等著，我想應該可以變成一齣完美的戲劇吧～呵呵！」

「真過分！」

梅莉達更加激動起來，德比這次也不禁一臉尷尬地移開視線。

「我明白啦，我當時真的不太對勁。畢竟在劇本的高潮獲得這麼豐富的靈感——我也決定在你們身上賭一把。」

他神祕地這麼說道，從腰部後面拿出另一個包袱。雖然混在他華麗的裝飾中，但布的內側也流洩出宛如天使水滴般的光芒。

「那是……？」

四千金蹙起眉頭，毫不迷惘地收下的庫法，立刻察覺到那是什麼。

「我曾在巡禮的去程說過吧？在我們前往的目的地，聖石的持有者接連遭到襲擊。在某間宅邸，也曾發生過聖石在留宿期間忽然被偷走的事情——被偷走的聖石之一其實一直近在我們身旁。」

他蓋過話尾，拿下那塊布。獲得解放的蒼藍色光芒照耀出少女的美貌。

「這寶石難道是——」

「『崇高藍寶石』？」

被布包著的是隱藏著與其他三個聖石同等高貴光輝的蒼色聖石。

莎拉夏想要一鼓作氣地說些什麼，但都不成話語，她反射性地抬頭仰望庫法的臉。翡翠色眼眸滲出淚水，清澈的思念流露出來。

「湊齊四個了……！」

庫法以微笑回應，繆爾一臉不服地仰望他那充滿魅力的表情。

「原來這就是老師的『想法』呢……居然對我也一直保密。」

「十分抱歉。也讓小姐們擔心了。可能的話，我希望是德比先生在認同我之後，自

LESSON: VI
～名為大罪的列車～

願主動交給我。」
庫法轉頭看向視線高度與自己無異的華麗男性，大膽地詢問：
「我獲得你賞識了嗎？」
「天曉得呢？」
德比像要轉移焦點似的回以笑容，然後轉過身去。
他走向坐倒在地板上的褐色肌膚雙胞胎。雖然乘客都沒有把她們的事情放在心上，但面罩人全滅，她們似乎感到坐立難安。
「嗳，我說妳們呀。」德比開口搭話，讓她們抬起頭來。
感覺有些憔悴的臉頰，響起了「啪！」的冰冷聲響。
來回又一次，啪！甩了兩人耳光之後，德比嚴厲地蹙緊眉頭。
「也要請妳們好好說明，為什麼會做出這種傻事喔。」
「……」
露西爾與萊拉緊咬嘴脣，再次低下頭。
庫法一邊在視野角落捕捉劇團的對話，同時也在內心感到不解。那對雙胞胎為何要協助席克薩爾分家的暗殺集團這點確實讓人很在意。是如同吉普森所說的，她們對席克薩爾公有什麼私人怨恨嗎？還是說……？

就在這時。刺耳的大笑響徹了派對房。

「啊哈哈哈！漂亮！簡直就像路邊短劇的大團圓呢，各位！」

是呈大字形倒在舞臺上的吉普森·巴雷。他傷到甚至無法站起來，就這樣躺在地上，像在誇耀似的大聲吶喊，破壞乘客們放鬆的氛圍。

「不過，為時已晚。在搭上這輛列車的時候，巡禮的結局早就已經決定好嘍，莎拉夏小姐！」

「……這話是什麼意思？吉普森先生。」

「妳認為這輛列車是開往哪裡呢？」

瘦弱的男人這麼反問。四千金面面相覷。

吉普森不等任何人回答，就用力大口吸氣，然後吶喊。

「在莎拉夏小姐選擇人質！我們被打倒的時候！計畫就已經轉移至最終階段了。在外面待命的同伴應該已經採取行動……！放心吧，諸位不會到達任何地方。這條軌道的前方設置了炸彈！」

乘客一片譁然。這次沒人敢當成玩笑看。

列車現在也以接近最高速度的氣勢不斷奔馳著。規律的振動在車內迴盪。

「我們早就設計好，即使在計畫失敗的情況下！塞爾裘·席克薩爾的地位也會一落

LESSON: VI

～名為大罪的列車～

千丈！那傢伙將會作為一個把影武者、妹妹還有無辜的一般民眾當成替身，沾滿鮮血的國王遺臭萬年吧……呼呼……啊哈哈哈————嗚嘎！」

庫法狠狠一踏吉普森的心窩，讓他痛到昏過去。他連一眼也不看翻白眼的吉普森，立刻轉身衝出派對房。

「老師！」

「各位乘客請待在這裡！」

庫法用銳利的聲音大喝一聲，前往一等車廂的通道。慢了幾拍後，金髮學生也追趕過來。

就連去拿武器的時間都覺得可惜。庫法宛如風一般奔馳過通道，來到前頭車廂。他踹開連結處的門，前往二等車廂、三等車廂。

看見前方火車頭的堅硬門扉，庫法絲毫沒有放慢速度，使出一記前踢。轟！沉重的聲響幾乎沒有擴散出去，被吸入牆壁當中。

門扉一動也不動。雖說是厚重的鐵製，但居然能承受瑪那能力者的攻擊力，此事非同小可。庫法立刻轉動握把，站穩腳步。在門扉稍微動起來的同時，一種鮮明的肉塊聲響黏住鼓膜。

總算追上庫法背影的梅莉達，一邊將手放在膝蓋上喘氣，一邊詢問：

「老……老師……門打不開嗎？」

「對，看來是有什麼東西從對面卡住了門。」

「什麼東西是指……」

「大概是人類的屍體。」

瞬間，抬起頭來的梅莉達說不出話。緊閉的鐵門後方傳出屍臭。

「照這樣子來看，駕駛列車的人應該也沒活著吧。看來他們打從一開始就抱著捨棄生命的覺悟。」

「怎麼會……居然不惜做到這種地步……」

「小姐請折返，我從屋頂上——」

就在庫法一邊這麼說道，一邊將腳踩向窗框，把身體探出窗外的瞬間。突然從正面飛來的槍彈射穿了庫法的右肩。

「老師！」

被轟向牆壁的庫法，立刻抱住梅莉達，趴倒在地板上。隨後，接連撲向這邊的槍林彈雨，將窗戶和通道射得千瘡百孔。

「老……老師！你受傷了……！」

「我有防禦，沒有問題。不過這樣一來——」

LESSON: VI
～名為大罪的列車～

庫法一邊用強韌的瑪那覆蓋自身與梅莉達，同時趁一丁點空隙窺探外面的情況。

以前也曾見過，裝備飛行鎧甲的黑蝙蝠在火車頭周圍飛行，同時反覆朝窗戶進行威嚇射擊。看來他們無論如何，都打定主意不讓人停下列車。人數有七人。雖然不是不能強行突破，但從吉普森等人的殉教心來看，這些傢伙就連捨身自爆也在所不辭吧。要是從行駛中的列車被撞出去，必死無疑。

「咕……！」

沒有瞄準任何東西，也沒有考慮子彈數量的連續射擊，將通道的牆壁轟得坑坑洞洞，一瞬間也沒停止過。貫注的心血完全只為了阻擋庫法。這表示他們只要撐到列車爆炸，之後會變怎樣都無所謂嗎？

——要怎麼做？庫法抱住梅莉達的手更加用力，同時猶豫起來。梅莉達的防禦力還無法抵擋仙饌密酒的子彈。但是，也不能就這樣袖手旁觀——………

隨後。從窗外響起爆炸聲響，槍擊暫且中斷了。庫法反射性地抬起頭，然後看見了。

一名黑蝙蝠被火焰包圍，墜落下去的模樣。

接著第二個人，第三個人。黑蝙蝠的飛行鎧甲接連爆裂，呈螺旋狀旋轉，墜落到幾千公尺下方的地上。庫法超越常人的視覺，捕捉到正確地射穿在半空中飛舞的他們的裝備，貫通之後飛向夜空彼方的子彈軌跡。

師徒還沒時間目瞪口呆，通道的車內擴音機便發出雜音。

『……啊～……啊……——聽得見嗎，梵皮爾小弟？頻率應該是符合的……但遺憾的是我這邊沒有方法可以確認。』

「席克薩爾公……？」

『如果你有餘力，看一下距離約兩輛車遠的上方軌道吧，我就在那裡。』

梅莉達也在庫法的手臂中抬起頭看向上方，同時目擊到了。

一輛深綠色列車速度比這邊的列車稍微快一點，同時並肩行駛著。庫法發現靠在窗框上的年輕公爵，梅莉達則是發現俯臥在車頂上，腹部緊貼著車頂的嬌小人影。

簡直像是能用千里眼看見這邊的情況一樣，響起公爵的笑聲。

『你就照現在這樣守護好公主殿下吧，之後就由我這邊來想辦法。』

在他說完的同時，車頂上的人物操作了槍機拉柄。

那是一名少女，她攜帶著長度甚至超越她身高的狙擊步槍。年齡說不定跟梅莉達差不多。金色的空彈藥筒被彈出來，少女用不讓人看出任何感情的虛無眼眸窺視瞄具。

她在正好一秒後開槍。宛如大砲般的衝擊轟！一聲地撼動空氣，以音速射出的槍彈輕易貫穿一名黑蝙蝠。黑蝙蝠盛大地揮灑著鐵片與鮮血，又一個人脫隊前往地獄。

少女拉動拉柄，裝填下一發子彈。開槍、裝填、開槍——她以流暢的精密狙擊，輕

鬆擊落高速飛來飛去的黑蝙蝠。神祕少女那虛無的眼眸讓梅莉達一刻也無法移開視線，她無意識地喃喃自語。

「好厲害……」

『怎麼樣，梵皮爾小弟？我的「警犬」很了不起吧。』

伴隨著席克薩爾公有些自豪的聲音，最後的第七個人在半空中散出爆炸的火焰。庫法立刻站起身，將腳踩到窗框上。

「席克薩爾公！前進方向有——！」

『很危險喔，坐下來吧。沒事的，我這邊也注意到軌道前方被設置了什麼奇怪的東西。』

車頂上的狙擊手一邊讓頭髮隨猛烈的風搖曳，同時大幅度移動槍口。她瞄準並行車輛前進方向的前方更遠處，稍微瞇起單眼後——開槍。

子彈伴隨著甚至令人感到神聖的轟隆巨響發射，輕易超越列車的速度後，筆直地向前飛翔。子彈以幾公釐單位的精準度射穿設置在軌道交叉點的轉轍器，連動的複數軌道發出「喀鏘」的聲響，宛如齒輪一般改變架構。

席克薩爾公的美聲從擴音機響徹到整輛車內。

『會劇烈搖晃！各位乘客請抓穩了！』

LESSON: VI
～名為大罪的列車～

在聽到這些話前，庫法便抱住梅莉達的頭趴在牆壁邊。就在梅莉達的手心堅強地緊抓住庫法的同時，一股驚人的、從側面毆打的衝擊襲向列車。

「呀啊……！」

車輪發出哀號，驚人的火花在玻璃窗的外側爆裂。庫法抱著梅莉達纖細的全身忍耐幾秒後，勉強撐過脫軌的列車恢復穩定。

然後在列車彷彿什麼事也沒發生過一般，前進了幾百公尺後沒多久。

隔壁那條在底下的軌道爆炸了。

猛烈的爆炸火焰從底部膨脹上升，衝擊波將金屬骨架粉碎撞飛。晚了一瞬間後，轟隆巨響與猛烈的風湧向庫法等人乘坐的列車。雖然窗框咯咯作響地顫抖起來，所幸沒有玻璃破裂之類的受害。

「啊哇哇哇……！不……不得了了……」

話雖如此，但底下是讓人懷疑起自己眼睛的慘狀。梅莉達緊貼著玻璃窗，發出呻吟。

這個布滿弗蘭德爾周圍的無數高架軌道，也跟聖弗立戴斯威德女子學院的葛拉斯蒙德宮和畢布利亞哥德一樣，是古代建設的貴重遺產。其中一部分整個被挖空，從掀起的軌道冒出火焰燃燒。實在不想去思考歷史上的損失與經濟上的打擊會有多嚴重。

話雖如此，但從一般市民的角度來看，似乎都為了這壯觀的大場面與瀟灑現身的英雄著迷。從派對房跑出來的乘客，從窗戶探出身體，發出熱烈歡呼聲。在對面車廂的席克薩爾公優雅地揮了揮手。

「塞拉大人～！果然塞拉大人也棒呆了～～～～～！」

德比修女尖銳的聲音甚至還迴盪到火車頭這邊來。等乘客的狂熱情緒冷靜下來後，席克薩爾公將無線對講機貼在嘴角。

『梵皮爾小弟、莎拉夏，還有各位乘客。把你們捲入麻煩事當中，實在很抱歉。我們就這樣在聖王區會合吧。那麼，再會。』

喀嚓──無線電被掛斷。梅莉達忽然隔著窗戶感受到一股強烈的視線，抬起頭來。

「……那女孩……」

回神一看，那輛列車上的狙擊手在車頂站起身，以彷彿要貫穿人的眼神注視著這邊。她虛無的視線與梅莉達的視線互相交纏。

僅僅幾秒鐘。少女忽然別過臉去，消失到車內。

庫法也安心地嘆了口氣，鬆手放開梅莉達。

「小姐，我要用稍微強硬的手段打破門扉，請站遠一點……倒不如說，小姐可以回派對房，沒問題的。多虧塞爾裘．席克薩爾公前來，一切問題似乎都已經解決了。啊，真是太好了。」

LESSON: VI
～名為大罪的列車～

「老……老師？你好像不太高興……？」

「不，怎麼會呢。那傢伙居然在最後時刻才登場，只會來收割成果——我一點也沒有這麼想喔，嗯。」

「老師……」

看似焦急地握住裙子的梅莉達，突然拚命地挺身向前。

「我……我知道其實是老師比較活躍！畢竟我在最靠近的地方觀察到老師帥氣的模樣！」

「……多謝。」

庫法察覺比自己年輕的學生在擔心自己，以看來非常複雜的表情解放了瑪那火焰。

就這樣累積了風波的列車吹響高昂的汽笛聲，朝著天上之都前進——

弗蘭德爾聖王區

在提燈頂點閃耀的神祕王都

■交通／ Access

僅限從賽勒斯特泰雷斯凱門區出發，有直達車。

■導覽／ Commentary

不用說也知道的都市國家之中樞，國王陛下所在的首都。甚至不需要更多的說明，可以說是弗蘭德爾最廣為人知的街區吧。

話雖如此，但實際上踏入這街區的人肯定沒那麼多。假設旅行者下車來到早晨的月臺，應該會注意到宛如白色頭紗一般覆蓋住街區的濃霧存在。這是位於弗蘭德爾最高處的特性，加上太陽之血龐大的排氣量，在聖王區被視為頻繁發生的現象。

看到覆蓋住最接近天上之區的幻想般氣息，據說造訪本區的旅行者都會聽見這樣的低喃——「歡迎來到神祕之都」。

觀光景點
Tourist spot

說到聖王區的地標，不能不提到時鐘塔吧。兼作評議會議事堂的這棟建築物，每隔十五分會敲響鐘，以黑暗的天空為背景，用莊嚴的點燈釀造出存在感。這光景可說是象徵著抵抗「夜晚」侵略的弗蘭德爾。十分推薦從雙霧橋眺望出去的景色，那絕景美到讓人一生務必想親眼目睹一次——題外話，在這種觀光導覽中，首先是不會列舉王城之名的。最大的理由應該是因為要作為「景點」來介紹，實在令人有所顧忌吧。

LESSON：Ⅶ ～尊嚴之翼～

弗蘭德爾的聖王區是座不夜城——「當燈光從這街區消失之時，就是弗蘭德爾滅亡之時」。彷彿這種國民的迷信實際成形一般，聖王區是二十五個街區中唯一遵守「常夜燈」規則的區域。縱使下層的街區會將路燈調暗，位於頂點的聖王區仍是一整天、一整年都持續輝煌地燃燒著太陽之血。

雖然目前時刻已經將近下午六點，但打開窗簾的話，跟白天和中午都絲毫沒變的耀眼光芒就會湧入房間當中。一直在這個街區生活的話，彷彿會忘記時間感覺。庫法一邊瞇細單眼，同時轉頭看向室內。

「果然還是平常的服裝最能讓人冷靜下來呢，小姐？」

在有些狹窄的私人房間裡，可以看見文靜地坐在椅子上的主人身影。桌上放著庫法在巡禮過程中穿的禮服，還有梅莉達之前穿的女僕服，都已經折疊整齊。梅莉達穿著貴族千金的便服裝扮，伸手撫摸褶邊裙的下襬。

「從下層居住區到這邊，感覺是趟很辛苦的旅程呢。辛苦你了，老師。」

「小姐才辛苦了。妨礙了小姐難得的旅行，真的很抱歉。」

「什麼妨礙，別這麼說啦。反正也好好地跟艾咪她們會合了，而且——」

梅莉達揮了好幾次手，臉頰彷彿會發出音效似的沸騰起來。

「……可以跟老師留下春假的回憶，我覺得很幸福。而且變成女僕稱呼老師『主人』，感覺有點像作夢呢。雖……雖然也有很多難為情的事情，但包括那些事情在內，我大概一輩子也忘不了……！」

「小姐……」

老實說，對於把梅莉達當成女僕使喚一事，庫法也產生了某種快感——但庫法決定把這種事保密到下輩子為止，他裝模作樣地豎起手指。

「這樣不行喔。身為騎士公爵家的淑女，怎麼能接受去服侍別人的行為呢……雖然那套衣裳確實非常適合小姐，但那個跟這個是兩回事。」

「既然這樣，偶爾！可以偶爾再像這樣扮成女僕，稱呼老師『主人～！』嗎？」

庫法露出微笑，立刻回答：

「不行。」

「咦～！」

「就算小姐發出那種不滿的聲音，不行就是不行。啊，果然平常的軍服最能讓人冷靜下來。」

庫法以爽快的表情拍了拍軍服的肩頭。先不論社會眼光，女僕造型的梅莉達隱藏著甚至超越庫法想像的魔性，因此為了保持身為家庭教師的理性，說什麼也不能讓步。

就在這時。砰砰——從窗外響起煙火的音色。梅莉達彷彿被吸過去似的走近窗邊，從十字窗框眺望外面的光景。

「那就是成為話題的『飛空艇』……春天號……！」

她那雙比紅寶石更高貴的眼眸，映照出靜止在上空的神祕「鯨魚」。

兩人所在的地方是蓋在王城領地內的修道院的一個房間。愛麗絲、繆爾和莎拉夏，還有艾咪和其他被捲進事件的宅邸女僕，應該也被邀請到其他房間。不過她們——或者該說擠滿在聖王區的好幾萬人，此刻說不定也跟庫法他們仰望著相同的光景。

那是用繩子繫在王城的中庭，全長約兩百到三百公尺的巨大船隻。忙碌地吐出蒸氣的船體，垂吊在形狀宛如飛彈的圓錐物體下。梅莉達一邊注視這非常罕見的東西，同時詢問身旁的庫法：

「老師，為什麼看起來那麼重的東西，能飄浮在空中呢？」

「我也覺得在意而試著調查了一下。飛空艇的原理，簡單地說就是——氣球。」

「氣球？」

庫法從梅莉達的正後方將手放在她的左肩上，用右手指向上空。庫法的體溫讓少女有一點想打瞌睡，同時傾聽著讓脊背顫抖的男高音美聲。

「垂吊著船的那個圓錐是氣球。換句話說，那裡面裝滿許多比空氣還輕的氣體，靠那股浮力將船抬起來。」

「抬……抬起那麼大的東西？用跟氣球相同的原理……真的嗎？」

「我一時間也難以置信……看來這世界還洋溢著許多我們不曉得的神祕呢。」

「唔唔……」

梅莉達從半張開的嘴脣裡發出呆愣的聲音，同時茫然地仰望天空。

庫法欣慰地俯視學生的模樣，然後重新抬頭仰望天上的鯨魚。

「小姐，妳能看見船片刻不停地吐出蒸氣的樣子嗎？假設是從氣體中得到浮力，控制推進力的聽說是仙饌密酒之鎖。」

「咦？可是我記得仙饌密酒是……」

「沒錯，是因為幾個原因被指定為禁忌的技術。不過，雖然這也是讓人懷疑起自己耳朵的情報……但據說搭載在那艘船上的是『永動機』，已經克服了仙饌密酒最大的缺點——非常耗油的問題。」

課本裡從未出現過的單字，讓梅莉達深深感到疑惑。

LESSON: VII

～尊嚴之翼～

「永動機……？」

「舉例來說，將蠟燭點火的話，蠟燭提供亮光的代價，就是燭芯會逐漸變短吧。如果想要好幾個小時、好幾天的亮光，就不得不丟掉用完的蠟燭，換成新的蠟燭……然而，那個所謂的永動機，只要啟動一次動力，**就不會腐朽，能夠永遠不斷地運轉下去**，是一種夢幻物品。」

梅莉達隱約理解了內情，一陣戰慄竄過十三歲的纖細身體。

「那……那也就是說……！」

「沒錯。要移動那艘船，只需要一個仙饌密酒結晶就足夠了。只需以最低限度削減弗蘭德爾的壽命，就能永久地在空中不斷飛舞。」

「永動機究竟是怎樣的構造呀！」

「這——」

庫法暫且噤口，接著誠實地回答：

「唯有這件事，無論我用盡多少手段，也調查不出來。聽說是席克薩爾家的最高機密。這種技術研究的最尖端，原本應該是拉．摩爾家一枝獨秀，但據說只有永動機是黑箱，根本無從下手，女公爵曾為此鬧彆扭喔。」

「這樣子呀……」

梅莉達露出興致勃勃的表情，茫然地抬頭仰望天上的鯨魚。她將自己的右手貼向放在肩膀的手上，庫法也像在回應似的與她手指交纏。

關於仙饌密酒之鎖的解禁，在評議會似乎也討論得很激烈。庫法所屬的白夜騎兵團也有接到調查任務的紀錄。然而，運用最頂尖情報網的我們卻無法揭露真相，這表示席克薩爾家技術研究所的銅牆鐵壁可說非比尋常。姑且不提在報告書上有幾處**可疑的記述**……結果在「能夠使用的仙饌密酒結晶僅限一個」的條件下，飛空艇的研究開發獲得承認，那名年輕的騎士公爵漂亮地完成這項壯舉。

叩叩——這時響起敲門聲，正好從門外傳來那個青年的聲音。

「梵皮爾小弟，還有梅莉達．安傑爾小姐。我可以進去嗎？」

「王爵大人？」

梅莉達感到害羞似的拉開距離，庫法迅速地消除表情，打開房門。

站在修道院走廊上的，是身穿更華麗衣裳的塞爾裘．席克薩爾公。加冕典禮舉辦的日期已近。屆時他應該會穿著這套以純白與金色為基調的禮服，站在好幾萬國民關注守護的王城陽臺上吧。

席克薩爾公用讓人感覺不到壓迫感的輕快聲音，向兩人露出微笑並說道：

「這麼匆忙真是抱歉，我是來重新向你們道謝和賠罪的。梅莉達小妹，這次把妳捲入席克薩爾家的內亂，實在非常抱歉。還有，謝謝妳支持舍妹。莎拉夏她說能平安到達聖王區，都是託妳的福喔。」

「別……別這麼說。我沒做什麼大不了的事情……！」

「這表示妳擁有超乎自己所想的影響力呢。」

感覺席克薩爾公細長的眼眸微微地散發出光芒。庫法在門旁待命，同時用警戒的眼神斜眼看向他。

年輕公爵忽然改變氛圍，爽朗地笑了。

「其實呢，梅莉達小妹。我來這裡除了道謝和賠罪，還有事情想拜託妳。」

「拜託？我嗎？」

「怎麼樣，妳能不能跟莎拉夏她們一起參與加冕典禮的儀式呢？」

梅莉達驚訝得瞪大了眼。塞爾袤一派輕鬆地對瞬間發不出聲音的她繼續說道：

「不用想得那麼嚴肅喔。畢竟這請求很突然嘛。妳沒必要講些什麼或是唱歌，只要能稍微在民眾面前露面就好了。只不過會請妳表演一下簡短的舞蹈，所以需要練習舞蹈動作就是了……」

「跟莎拉夏同學一起嗎……？」

「跟莎拉夏和繆爾，還有愛麗絲小妹表示她的回答會跟妳一樣喔。怎麼樣呢？能否請妳們四人一起替加冕典禮增添色彩呢？」

「我……我——」

少女求助般的視線像是在尋求答案地望向門旁。符合隨從身分，彷彿影子似的在旁待命的庫法，露出隱藏著可與王爵匹敵的強烈意志的眼神，抬起了頭。

席克薩爾公看來並沒有其他用意。純粹是想在公爵家四千金齊聚一堂的這個時機，演出一場奇蹟的儀式吧。這是三年才一次的一大活動。對少女本身而言，肯定也會成為寶貴的回憶。

庫法用透明的視線望向主人，略微動起原本繃緊的嘴唇。

「不是很好嗎？小姐們能四人齊聚一堂，公開露面的話，聚集起來的觀眾一定也會很開心吧。」

「這……這樣啊。那麼，雖然有點緊張……我願意接受，王爵大人。」

「謝謝妳。那麼，這麼倉促很抱歉，但能請妳跟莎拉夏她們會合，按照指示行動嗎？距離加冕典禮沒什麼時間了。」

正要折返回頭的王爵，以超然的眼神看向在門旁待命的青年。

「在加冕典禮的期間，你就以游擊騎士的身分保衛王城吧——在逮捕到的犯罪集團中沒看見『她』的身影。這是為了保險起見。」

LESSON Ⅶ ～尊嚴之翼～

「遵命，閣下。」

看到庫法伺候自己以外的人，一種難以言喻的陰霾籠罩著梅莉達小巧的胸口。她甚至忘記對方是這個國家的下任國王，立刻拉起家庭教師的手臂，湧起一股想要主張所有權的衝動。

「老師……？」

無論是多麼小聲的呼喚，平常總會回應學生的青年，此刻卻一言不發地低著頭，將端正的視線望向地面。感覺又冒出了自己不曉得的他的另一面，梅莉達這時怎樣也無法再繼續說下去。

†　†　†

從下方眺望的景色應該相當震撼，但從上方俯瞰的景色也非常特別——艾咪這麼心想。

這裡是設置在王城的頂樓陽臺上，給特別貴賓的觀覽席。每個團體被分成幾桌，有簡單的隔板保護各自的隱私。從布簾對面漏出感覺是**上流階級**的談話聲，平民出身的她不禁縮起肩膀。無論怎麼想她都覺得自己不適合待在這裡。

要說救贖的話，就是有三個同樣立場的熟面孔，在同一張餐桌前小口小口地啜飲著飲料吧。是在梅莉達的宅邸工作，身為艾咪部下的三名女僕。

「雖然都這種時候了，但我開始覺得這搞不好是作夢。」

妮采彷彿貓一般顫抖著身體，同時這麼低喃；麥菈從欄杆探出身體，重新俯瞰底下，張嘴發出「唔哈～！」的聲音。

「好壯觀的景色……原來弗蘭德爾有這麼多人呢～」

雖然每次看都會感到暈眩，但艾咪也不由得面向那邊。

那是多到甚至懶得去數，密度十分異常的民眾。在王城中庭、城門前、聖王區的大道，甚至是屋頂上，好幾萬人為了盡量從近一點的距離見證王爵的加冕，相互推擠著。

那膚色的大浪讓艾咪感覺要頭暈了，她立刻縮回身體坐到椅子上。

「……這也只是一小部分呢。沒辦法前來觀賞的人是這個的好幾倍喔。」

「哎呀～我們真的很幸運呢！啊，可以再給我一杯嗎～？」

葛蕾絲不曉得是神經大條還是沒有想太多，她若無其事地喝光飲料，呼喚服務生。立刻回應她呼喚的燕尾服男性，將裝滿檸檬黃液體的玻璃杯一聲不響地放在餐桌上。

看到那樣的動作，不禁會想起同僚庫法，但服務她們的男性當然是跟那個家庭教師毫不相似的短髮青年。

「很快就要開始舉行由宮廷劇團表演的舞臺秀。敬請期待。」

男性很爽快地歡迎雖然看起來是平民，但擁有特別優待券的艾咪等人。麥菈抬頭仰望服務生輪廓深邃的臉龐。

「所謂的舞臺秀，是要上演什麼呢？像是餘興節目嗎？」

「與王爵大人一同旅行的劇團成員，將王爵大人巡禮的過程改編成了戲劇。從現在起會舉行第一次公演，接著是加冕典禮的儀式。最後是眾所期盼的現任女王陛下與下任國王陛下登場，進行王位交接。」

剛好就在他說完後。王城中庭的燈光靜靜地被調暗。只有陽臺淡淡地浮現到民眾的視野中，好幾萬人都自然地迅速閉上嘴巴。

青年服務生默默地退下，艾咪等四人的視線也集中在下方。

舞臺上出現了幾名演員。

大綱是這樣的。扮演王爵的精悍男演員講述旅行的目的，幾名騎士對他的決心產生共鳴。他們組成一個叫「**托雷羅尼隊**」的護衛團，發誓要見證王爵的巡禮。王爵與幾名騎士列隊消失到舞臺左方。

「奇怪？其他公爵家的小姐，還有梅莉達小姐和愛麗絲小姐怎麼沒登場？」

在卡帝納爾茲學教區目擊到王爵一行人的麥菈等人感到不解。妮采一邊含住玻璃杯的吸管，同時陳述個人意見。

「大概是故意那樣演出的吧。」

「演出……？」

「因為席克薩爾公非常受女性歡迎，所以要顧慮到粉絲……那個，在很多方面。」

「啊～……」

麥菈沒逼她全說出口，將頭轉回原位。聽她這麼一說，護衛團「托雷羅尼隊」的演員，也是只由年齡層廣泛的男性所構成。

從聖王區啟程的王爵與托雷羅尼隊，為了尋找四大聖石，探訪下層居住區的城鎮。在某個礦山都市查明有藍坎斯洛普棲息在坑道裡的事實後，他們不顧鎮民制止，進入坑道討伐。舞臺上的王爵被鋼絲吊著在半空中飛舞，隻身打倒蛇尾雞的場面，讓觀眾熱烈鼓掌。

「這個，演員也拜託庫法小弟擔任不是比較好嗎？」

葛蕾絲俯視著紙糊的巨大蜥蜴，還有實在無法說是具備魄力的武打戲，忍著不打出呵欠。艾咪啪一聲地打了一下她的膝蓋。

演著演著，戲劇也到了最後階段。沒想到此時居然發生了讓觀眾嚇破膽的意外。返回聖王區的列車被「某些人」占據，王爵陷入了前所未有的絕境。當真是高潮迭起，急轉直下。

根據說明，襲擊列車的人是「從地獄爬出來的惡魔」。因為突然冒出天外飛來一筆的設定，所有同僚都轉頭看向妮采。

「這演出是有什麼用意嗎……？」

「我……我也沒辦法回答呀。」

請妳們去問寫劇本的人吧——儘管妮采這麼發著牢騷，總之這仍然是場危機。其他乘客被當成人質，托雷羅尼隊的人一個接一個地受傷倒下。一直堅持到最後的王爵，也遭到惡魔的折磨，束手無策地跪倒在地。這過於殘酷的待遇，讓觀眾發出哀號。

天啊，王爵就到此為止了嗎！就在每個人都這麼認為，惡魔因勝利而趾高氣揚時，宛如星星一般發亮的某個東西，從天空的彼端——也就是從舞臺側面，被投向王爵的面前。

那是一把劍。可以看出是投入了不少預算打造的，散發出彷彿會看錯成真貨的名劍光輝。接著舞臺的燈光被調暗，新的演員從舞臺右方接連不斷地湧入。聚光燈追隨著她們的腳步。

是所有人都留著一頭栗色頭髮的四名少女。是劇團扮演天真兒童的演員。她們穿著純白衣裳演出神聖的氛圍，同時像在威嚇惡魔似的在舞臺中央跳著舞蹈。

她們手上各自拿著藍、紅、黑、綠的四色寶石。那些寶石依序被拋到王爵手上。接下寶石的精悍王爵宛如獲得天啟一般，將寶石嵌入手邊的名劍。將四個寶石都裝設完畢後，名劍隨即發出亮光。耀眼的光芒從刀身被解放出來。麥菈從特別優待席上，將手指貼在下顎。

「那到底是怎樣的構造呢～？」

「噯，從剛才開始，人質就被晾在一旁耶。」

艾咪什麼也沒說地悄悄堵住葛蕾絲話說到一半的嘴。

四名少女的介紹是「女王陛下派來的天使」。原來如此，所以作為前提，才需要「惡魔」的設定啊。獲得聖劍的王爵充滿活力地站起身，開始接連不斷地橫掃卑鄙的惡魔。就如同葛蕾絲在意的那樣，人質淪落成只會吵吵鬧鬧、左右徘徊的小角色，但熱血沸騰的觀眾根本沒人感到在意。

王爵在最後使勁一揮聖劍——布幕突然被拉下了。

在變得一片漆黑的王城裡，聚集起來的上萬民眾鴉雀無聲。

過沒多久，亮起了一盞燈光，從底下淡淡地照亮陽臺。

不知不覺間，有四名嬌小的人影佇立在那裡。

抬頭仰望到這一幕的人們，瞬間都忘記那裡是現實還是夢境，忍不住喃喃自語：

LESSON VII
～尊嚴之翼～

「真正的天使……？」

四個聚光燈照亮的是分別有著金色、白銀、黑水晶以及櫻花秀髮，表現出四種極致美的少女。她們穿著跟舞臺用的服裝不同，讓人無庸置疑地想到天界的特別紡織品，互相交纏一次視線後，立刻跳起舞來。

金髮躍動。黑水晶舞動。白銀在黑暗中拉出線條，上前一步來到舞臺前的櫻花，開始唱起歌來。歌詞非常簡短，向民眾訴說著但願幸運眷顧兄長的王道。

「是騎士公爵家的少女……」

某人注意到這件事，波紋立刻擴散，興奮在聚集在聖王區的人群當中散播開來。某人吹起了口哨。發出歡呼聲。大家都高舉手臂，狂熱覆蓋整片天空。唱完歌的莎拉夏流暢地轉過身。她讓禮服裙襬隨風搖曳，牽起摯友的手。

繆爾浮現豔麗的笑容，帶領她到舞臺後方，將手心託付給白銀天使。愛麗絲彷彿要襯托莎拉夏似的擔任她的隨從，將手心交給最後一人。然後梅莉達與莎拉夏十指相扣，兩人跳了僅一段的雙人舞蹈。觀眾的聲援彷彿要爆炸似的膨脹起來。

在特別觀覽席中，也「砰！」一聲，盛大地響起椅子倒落的聲響。

「小姐～！實在棒呆了～～～～～～！」

「艾咪，這樣很危險啦！」

「一碰到梅莉達小姐的事情，就還是老樣子呢……」

兩名部下無奈地拉住彷彿要從欄杆探出身體的女僕長。俯瞰陽台的葛蕾絲發出了「啊」的聲音。

「小姐們離開嘍，戲份已經結束了？」

表演了舞蹈的四名天使，消失到舞臺左方。以時間來看，梅莉達等人的演出連一分鐘也不到吧。觀眾群也發出感覺還沒看夠的聲音。

雖然眾人無從得知，但委託實在太突然，光是這部分的表演就讓她們竭盡全力了。

† † †

「剛才好緊張喔～！」

退到陽臺深處的梅莉達，一逃離觀眾的視線立刻大大鬆了口氣。愛麗絲也從追纏自己身影的聚光燈中逃了出來，兩人順勢互相擁抱。互相碰觸的胸口怦咚怦咚跳個不停，彼此都香汗淋漓。

「我第一次在那麼多人面前登場……」

「我也是呢！那些人一定沒注意到我是『無能才女』吧？」

「一定是梅莉達充滿魅力，甚至讓他們忘了那種事呢。」

同樣額頭浮現出汗水的繆爾，仍舊以從容的表情將臉頰湊近。

「畢竟今天是祝賀的日子嘛。沒有人會吱吱喳喳地講些不解風情的話喔？」

她對摯友使了個眼色，莎拉夏安靜地注視陽臺。

在好幾萬雙視線仰望的高臺上，一身豪華裝扮的兩名人物現身了。民眾隨即發出「喔喔……」的聲音，大聲騷動起來。終於到了王位交接的歷史性瞬間。

戴著王冠的其中一方，是現任王爵亞美蒂雅．拉．摩爾。她剪齊的豔麗黑髮留長至膝蓋，是散發著宛如妖精女王般威嚴的妙齡女性。那超脫世俗的神祕氣質，確實也傳承到她的愛女繆爾身上。

然後在女王面前單膝跪地，吸引女性熱烈視線的正是下任王爵，塞爾裘．席克薩爾。散發出異彩氛圍的亞美蒂雅女王像在俯視塞爾裘一般地與他面對面，然後將一把劍高舉起來，也展示給民眾看。

那是席克薩爾公在旅程中獲得的聖劍。不知是哪位鐵匠打造出來的呢？比起鮮血更適合鮮花、比起劍戟更適合喇叭音色的那把名劍，說是藝術之神創造出來的也不為過。

劍上有四個底座，各自配置著四色聖石。即使王城的燈光被調暗，光是那一把劍就能閃耀地照亮好幾萬人的群眾。亞美蒂雅女王將四色光彩相交後化為純白的那陣光輝，

LESSON: VII ～尊嚴之翼～

高舉在下任王爵的頭頂上。

「以此劍為證，賜予你身為燈火之都的王者資格吧。」

劍尖貼在塞爾袞的右肩上，彷彿乘風響起般的神奇聲色吹過聖王區的每個角落。

「汝能發誓會為了守護燈火的光輝、驅散眾人的恐懼而揮舞此劍嗎？」

「能。」

劍尖通過頭頂，接著劃向左肩。

「能發誓會以王者身分貫徹深信的道義，為國家竭盡心力嗎？」

「能。」

喧鬧般的歡呼聲在民眾間擴散開來。在此刻這個瞬間，塞爾袞・席克薩爾獲得了成為弗蘭德爾之王的資格。他首次的加冕，還有國家最年輕國王的誕生，讓好幾萬人的視線緊盯不放。

聖劍交付到塞爾袞手上，他從跪著的姿勢站起身來。亞美蒂雅公身材高挑，因此視線高度沒什麼變。女公爵拿起自身的王冠，有些不服氣似的蹙起眉頭。兩名王者悄悄地互相私語。

「沒想到會這麼快就讓你戴上王冠（這個）……真龍與迪莉塔怎麼啦？」

「……父親與母親至今似乎仍身陷苦戰。」

「哦。」

女公爵一臉無趣似的哼了一聲，回到原本的職責上。她將身為前任國王的威嚴宛如披風一般纏繞在身上，同時莊嚴地抬起用指尖支撐的王冠給眾人看。塞爾袞稍微彎曲上半身。王之證緩緩地靠近春色頭髮。

每個民眾都緊張地在旁守護這個瞬間。

女公爵的手指更往下降，眼看王冠邊緣就要碰到塞爾袞的頭髮——正好就在即將碰到前。

啪哩——響起有什麼東西斷裂的異常聲響，接著是空氣被劃破的聲響。

慢了一拍後，傳出哀號。同時有土塊從中庭的一角盛大地彈開。因為黑暗而難以掌握情況的觀眾，瞬間陷入恐慌。「怎麼回事？」、「發生什麼事了？」、「別這樣啦，不要推我！」不時傳出的怒吼甚至傳遞到陽臺。

「有人受傷嘍！」

在那聲音的觸發下，喧鬧聲一口氣擴散開來。已經不是守護國王誕生的時候了。亞美蒂雅公暫且把王冠戴回頭上，以豔麗的美聲大喊：

「快亮燈！各位鎮靜下來！」

耀眼光芒立刻回到王城。擠在中庭的人們環顧周圍，然後有幾個人目擊到了吧。流血倒地的男性、在地上扭動的大型長繩索，還有一直線地被深深挖起的地面傷痕——

某人抬頭仰望上空，驚訝得瞠大了眼。

「天……天上的鯨魚在大鬧喔！」

人們反射性地一齊抬頭仰望天空。雖然那說法有些奇妙，實際上卻是一語道破。原本被拴在王城的飛空艇正失去平衡。

一條拴繩斷裂，粗壯堅固的那繩子宛如鞭子一般打著地面。緊接著又一條。空氣發出咻咻的低吼，快到看不清的斷繩以民眾的正中央為目標。亞美蒂雅公以驚人的反應速度揮動手臂，從指尖解放瑪那火焰。

宛如布幕一般覆蓋中庭的火焰，與摔過來的鞭子「啪哩！」一聲地衝撞。類似雷鳴的瞬間光輝奔馳過頭頂，恐慌更進一步地在民眾間蔓延開來。拴繩接二連三地斷裂，有幾條挖開城牆，有幾條強襲中庭。亞美蒂雅公一邊用宛如指揮家的指法操縱瑪那火焰，同時詢問一旁的人：

「喂，年輕的龍啊。那艘奇怪的船是怎麼回事？」

「我不知道，待在艦橋的人們照理說不可能沒發現異常……」

拴繩已經少到一隻手數得出來，三百公尺長的鯨魚船尾大幅度地往上抬向天空。從底下仰望也十分壯觀，但船內應該是大慘況吧。席克薩爾公立刻揮動手臂，朝應該在待命的維修員大聲喊道：

「讓氣球漏氣！浮力太強了——」

就在他說完之前，剩餘五條的拴繩一齊炸裂散開了。四處亂飛的斷繩襲擊民眾，亞美蒂雅公立刻伸出雙手。龐大到過剩的火焰擴散開來，震耳欲聾般的雷鳴接連不斷地貫穿中庭。

「春天號它……」

在人們啞口無言地仰望的上方，從楔子被解放的鯨魚開始上升到天空。它留下主人，打算前往何處呢？黑影宛如不祥象徵一般覆蓋上空。

就在這時，傳來了天使的哀號。

「莎拉夏同學！」

那聲音讓塞爾袞猛然轉過頭去。就在同時。飛奔到陽臺的人影一邊噴出猛烈的蒸氣，同時飛舞到上空。人影以驚人的飛翔力帶領民眾的視線，同時追隨著天空的鯨魚。

看到那人影手中抱著熟悉的櫻花髮色的瞬間，一股戰慄竄過塞爾袞的脊背。

「莎拉夏！」

他忘我地飛奔而出，就那樣拎著聖劍，用力一蹬欄杆。他憑藉「龍騎士」卓越的飛翔技能，將跳躍力強化了好幾倍。咻——一邊讓風在耳邊低吼，同時化為一根箭的塞爾裘朝天上發射出去。

是身為龍騎士累積起來的熟練度，或是擔憂妹妹的爆發力呢？塞爾裘的上升速度勉強捕捉到飛空艇的船尾。他將手心靠在船底，以鐘擺的氣勢更往上跳。重複幾次跳躍後，王者的衣裳隨風搖曳，同時在甲板上著地。

「敵人」應該事先就預測到這種情況了吧。他們在稍有距離的地方等候著王爵到來，從背後鎖住穿著天使衣裳的櫻花少女，將機械矛的尖端頂在她脖子上。莎拉夏臉色蒼白，以顫抖的聲音大叫：

「哥哥……！」

塞爾裘俯視了一下船外。從聖王區飛起的高度已經超越一百公尺。就連龍騎士也不可能追趕過來吧。豈止如此，目前氣球仍不斷往上升。距離撞上包圍都市的提燈，已經沒多少時間了——

塞爾裘左手握緊聖劍，搖身一變，用輕快的態度站起身來。

「在襲擊列車的實行犯中沒看到妳，我還以為妳不至於這麼做……沒想到妳居然會不擇手段到這種地步呢，**庫夏娜**。」

捉住莎拉夏的，是穿著合身戰鬥服的高挑女性。她也不例外地在身上裝備飛行鎧甲與機械矛，那不祥地反射著光芒。

被塞爾袞呼喚名字，她乾脆地脫掉了護目鏡。不讓鬚眉的凜然面貌，以及在背後波動起伏的華麗樹莓色金髮顯露出來。護目鏡從她纖細的手心裡被風給擄走，那熟悉的肉感嘴唇讓莎拉夏發出悲痛的聲音。

「庫夏娜姊姊……！」

「我也勸誡過吉普森他們，你們分家的人最好再重視人命一點……你們對春天號的艦橋人員做了什麼？因為你們的暗殺計畫，有許多無關的人們犧牲了。但我就像這樣，還活蹦亂跳的喔。」

「閉嘴。這次一定要把你那張窩囊的臉刺成串燒。」

她用利刃般的聲音反擊，暗殺集團的最後一人——席克薩爾分家的繼承人庫夏娜・席克薩爾，彷彿在誇耀似的勒緊本家的千金。

「丟掉武器。雖然我不覺得那把破銅爛鐵能跟我的愛馬互相較量就是了。」

「…………」

塞爾袞俯視了一下手邊，宛如鏡子般的刀身映照出自身的臉龐。儘管知道蘊含在四大聖石裡的重量，他仍無奈地以輕鬆的態度聳了聳肩。

「要是我自己輕視生命，就太令人傻眼了呢——去吧！」

他氣勢洶洶地使勁一揮手臂，被扔出去的至高名劍從甲板飛了出去。名劍一邊旋轉一邊被吸入地面，只能祈禱它不會刺到某人頭上。

王者終於手無寸鐵，也沒有護衛的騎士和可成為支柱的民眾。他讓豪華的長袍隨風搖曳，並與敵人互相注視時，被囚禁的公主以悲愴的聲音訴說著。

「求求妳，請妳快住手吧，庫夏娜姊姊！為什麼非得做到這種地步不可？妳已經忘了……以前在宅邸庭院一起摘花的日子嗎？」

「關於你們兄妹的事情，我從來沒忘記過啊。」

感覺她語調雖然柔和了一點，注視正面的視線仍然堅定不搖。

儘管遭到激烈的敵意之箭貫穿，塞爾袞仍一派輕鬆地露出微笑給對方看。

「妳不惜做到這種地步也想要王冠嗎？妳握住這個國家的舵打算以哪裡為目標？」

「少說些你我心知肚明的話——我才不需要什麼王冠。」

咦——完全被攻其不備的莎拉夏抬頭仰望庫夏娜。

分家與本家的席克薩爾從正面四目交接，迸出安靜的火花。

「殺掉你之後我也會自盡。我們分家的所有人，原本就做好了這種覺悟。」

「還真是熱烈的示好方式呢！妳還記得我們小時候曾約定要結婚嗎？」

「現在就來完成那個誓言吧。這裡就是會場——這艘船的氣球應該是使用可燃性氣體吧。因此你的『警犬』才無法朝這艘船開槍。我會就這樣讓船往上飄，突擊提燈。只要在氣球內部冒出一個火花，一切就結束了。我們將被業火包圍，宣誓永遠的愛，互相融合的靈魂無法逃離，只管墜入地獄。很浪漫吧？」

「……哦。」

是很嚴肅地看待這狀況嗎？塞爾袞將手指貼在下顎。至今仍處於混亂當中的莎拉夏，對於兩人的對話內容就連一半也無法理解，一直感受不到真實感。

「為……什麼……？」

「你果然還沒告訴莎拉夏嗎？看來你還留有最起碼的判斷力啊。」

庫夏娜儘管聽見堂妹的低喃，還是沒有將視線看向她那邊。激烈的敵意只在本家與分家的繼承人之間來回。

「席克薩爾家對弗蘭德爾而言，是**定時**詛咒啊。要是放任那男人不管，死神遲早會來宣告最後的時限。唯有這件事必須阻止才行……」

「真遺憾啊。我可是打算當個對弗蘭德爾民眾而言的好國王呢。」

「一年後還賴在寶座上的你，究竟會剩幾個支持者呢？」

莎拉夏一下看向兄長的臉，一下仰望著堂姊。現在的莎拉夏無法看出隱藏在兩人透明眼神中的真正意圖。庫夏娜讓人更加無法理解的宣告，最後在莎拉夏只是被疑問漩渦玩弄的腦海中迴盪著。

「我跟你都是這世界不需要的人。整個席克薩爾家——**只要有莎拉夏留下就行了**。」

「咦……」

完全被空白填滿的莎拉夏，隨後被撞飛了。放開人質，架起機械矛的庫夏娜朝塞爾袞飛奔過去。兩人同時解放瑪那，庫夏娜的鎧甲和武器也跟著噴射出大量的蒸氣。

藉由仙饌密酒加倍的矛速，甚至凌駕了王爵的反射神經。矛淺淺挖起禮服的肩頭，伴隨鮮血刺向後方。剩餘的壓力貫穿空氣，彷彿音速波浪一般讓空間彎曲起來。

「該退場了，塞爾袞！我會陪你一起走！」

彷彿反映出怒氣般的蒸氣從全身揮灑出來。機械矛描繪快到看不清的圓弧，在劃破空氣的同時揮出二閃、三閃。王爵拚命以身法閃避，但豪華的長袍拖累了他。矛的柄頭卡到下襬，在重心失去平衡時挨了一擊。

「嗚……咕……！」

加上離心力的握柄打中側腹，塞爾袞被撞飛到後方。同時揮灑出來大量蒸氣。瑪那壓力幾乎同等，但敵人的機械矛靠仙饌密酒強度加倍，採取了護身倒法的塞爾袞，從嘴脣流出一抹鮮血。

莎拉夏摀住嘴角。

「哥哥……！」

「傷腦筋，真不想讓妹妹看到難堪的一面啊。」

甚至沒時間開玩笑。乘著風突擊過來的殉教龍騎士，使出彷彿要將頭骨刺成串燒一般的突刺。要是吃到這招，即使是塞爾袞也難免一死，他在攻擊即將命中前扭頭閃避。稍微被挖起的臉頰流出鮮血飛濺到半空中。

庫夏娜沒有放鬆攻勢。她在拉回矛的同時扭動全身，以渾身的臂力將扛在肩上的握柄往下揮。膝蓋跪地的塞爾袞勉強抬起手，集中他所有的瑪那並交叉，不祥的鐵塊宛如斷頭臺一般摧毀王爵的手腕。

啪嘰——響起了骨折聲，同時還有甚至蓋過骨折聲的轟隆巨響。甲板在王爵腳邊陷落了。所有重壓都貫穿塞爾袞的全身，嚴重的損傷從脊骨奔馳到腰部。而且還有矛用力推向這邊，暫時陷入膠著狀態。

王爵用單手抓住機械矛的握柄，大口吐了口氣。鮮血從他的嘴角流出，黏在臉頰上的朱紅色感覺十分疼痛。倘若捲起袖子，他直接承受痛擊的手臂，想必已經變成讓人不忍卒睹的模樣了吧。

儘管如此，庫夏娜的嘴脣依舊頑固地繃緊。

「……為什麼不使出力量？在妹妹面前想當個正常的人類嗎？你這頭惡龍。」

「是啊。我沒辦法傷害自己人。因為我也深愛著妳啊。」

「說什麼蠢話。」

「我才想問妳，為什麼不一鼓作氣地殺了我呢？妳的殺意可以看見遲疑喔。明知道自己必須殺掉我，卻又害怕失去我。」

突如其來的前踢踹飛了王爵的上半身。塞爾袞翻滾幾公尺後跳了起來，儘管無力地垂著兩手，仍露出彷彿看透一切的微笑。

「這樣不行呢，庫夏娜。半吊子是最糟糕的。既然決定要貫徹邪惡，就必須把內心徹底染黑才行。不能留下退路，不能思考『假如』。如果妳內心還殘留著愛慕我的心情——那就是妳的弱點。」

「我現在！就讓你閉嘴！」

庫夏娜以鐵板都變形的氣勢，用力一蹬地板。塞爾袞將整個身體放倒，避開朝自己揮落的機械矛。矛尖將地板宛如紙屑般貫穿，刻劃出一直線的斬線。只見飛舞四散的火花，與朝左右擴散的蒸氣氣息。

看到兄長遍體鱗傷的模樣，莎拉夏忍不住想探出身體。

「哥哥！」

「嗨……莎拉夏。妳不可以過來喔。今晚的堂姊很凶暴。」

「沒錯，莎拉夏。妳別插手。」

庫夏娜從地板拔出矛，將矛尖抵在王爵的胸膛前。視線完全沒有看向莎拉夏。她瞪著塞爾袞的臉看，彷彿要在上面鑿洞貫穿一般。

「如果說我有迷惘，那你又怎麼樣呢？塞爾袞。這奇怪的船是怎麼回事？為什麼讓人打造了這種玩意？這才是你說的『假如的可能性』不是嗎！」

「……」

「**永動機**？你還真敢說啊。告訴你親愛的妹妹吧，這艘船原本是以哪裡為目標而建造的，告訴她永動機的設計圖，告訴她那令人厭惡的大竊裝了什麼！」

情勢一變，換塞爾袞噤口不語，臉上沒了表情。沒有任何回答也正如庫夏娜所預測的一樣，而且似乎也是她最失望的反應。扭曲嘴脣勉強擠出笑容的那表情，看起來也像是即將哭出來的少女。

「……我們果然很相似呢。無論到何時都無法下定決心。在關鍵時刻無法採取行動。所以才總是錯失重要的東西呢。」

「明明如此，卻在磨磨蹭蹭的時候，狀況又一直朝不期望的方向發展呢……事情總是不如人意。」

儘管如此——塞爾袞抬起了頭。毫不掩飾的眼神射穿仇敵的眼眸。

「我還不能走下舞臺。因為我有該做的事情。我不能留下莎拉夏先走。不能對弗蘭

LESSON: Ⅶ
～尊嚴之翼～

德爾見死不救啊。」

鏘——擁有機械構造的矛響起宣告的音色。吹上來的蒸氣消除了迷惘，這次一定要——庫夏娜的眼眸散發出沒有一絲虛偽的殺意。那純真的念頭就宛如戀慕一般貫穿塞爾袞的胸口。

「不，該結束了，塞爾袞。就由我親手……在這裡幫你落幕吧！」

鐵板宛如獅子咆哮一般猛烈地發出低吼。雙手被毀掉的王爵面對全力的突擊，就連逃走都有困難。或許是面臨生死關頭的本能，他的腳遲緩地往後退，隨後。

滑入眼前的人影散發淡淡的香味，還有櫻花色一同飛舞——

隨後有大量的血色淹沒了他的視野。

「什…………」

只不過更震驚的是使勁揮矛的庫夏娜。劃破風的矛尖潑灑著宛如紅酒般的鮮血。攻擊命中的感覺——勉強還算淺。

在兄長面前張開雙臂的莎拉夏，從被撕裂的肩膀噴出朱紅色。她的美貌痛苦地扭曲，在她膝蓋感到癱軟無力的同時，陣風吹過甲板。

遭到風吹的十三歲少女，宛如羽毛一般被彈出甲板。庫夏娜只能啞口無言地目送，一個人影宛如迅雷般在她面前一蹬地板。

「莎拉夏！」

塞爾袞用超越極限的敏捷力跳向鐵欄杆，伸出骨折的右手。在零點幾秒的緩衝時間內勉強抓住少女的手腕。嘎吱——那重量讓手臂嘎吱作響。

不過，這已經竭盡塞爾袞的全力。骨折的手更進一步地發出哀號，感覺從指尖逐漸被奪走。而且抓住的那方的手情況也很糟糕。莎拉夏的右肩血流不止，看來甚至無法朝這邊伸手。

「哥……哥哥……我……！」

在最後的瞬間，她究竟想傳達什麼呢？莎拉夏在呼嘯的狂風中拚命呼喚著塞爾袞。寄宿著比庫夏娜或自己映照在鏡中的眼眸更高貴的光輝。

「無論是遭到詛咒——還是不被期望——我都不會放棄你！」

隨後，格外強烈的風橫掃過來，將天使的身影擄走到上空。塞爾袞的指尖抓住什麼也沒有的虛空。世界上曾經最接近自己的櫻花色，在狂風戲弄下逐漸遠離。

「騙人的吧……」

顏色從塞爾袞的視野脫落。從頭頂到指尖都充斥著絕望。

他宛如凶猛狂暴的龍一般猛抓半空中，發出彷彿要撕破喉嚨的尖叫。

「莎拉夏……莎拉夏——！」

彷彿在回應他一般，一抹流星閃過。

從地上飛舞上來的那陣光芒，身影就彷彿在暴風雨中飛翔的烏鴉一般。他巧妙地利用飛空艇製造出來的亂流，在眨眼間提升高度後，彷彿被吸過去似的抱住櫻花色光輝。

一眨眼就跨越甲板高度的那人影，一邊散播亮麗的蒸氣氣息，同時著地。他用戴著手套的手心拍了兩三下抱在手中的睡美人臉頰。

「妳沒事吧？莎拉夏小姐。已經可以放心嘍。」

「……啊…………」

公主微微睜開眼皮，看到青年的微笑，嘴角緩緩地綻放出笑容。

比妹妹先一步呼喚青年名字的是塞爾袞。

「梵皮……庫法小弟！」

「去拿裝備花了點時間。真是千鈞一髮呢。」

謹慎地抱起天使的庫法，走近禮服沾滿鮮血的王爵身旁。即使託付到兄長手中，莎拉夏依然癱軟無力，但所幸肩膀的傷並沒有很深。立刻帶去看醫生的話，應該能順利康復吧。

他重新換了個目標，啪啪地彈開裝備在腰部的機械裝置的鎖。是具備堅硬的動力爐與配管，還有蒸氣噴出口的飛行鎧甲。他一派輕鬆地拔出黑刀並轉頭一看，只見脫掉護目鏡的年輕女騎士瞪著這邊。

「影武者……你又要妨礙我了嗎？這是對那個虛偽之王的忠義嗎？」

「不，老實說塞爾裘大人無論有什麼下場，我根本都不在乎。」

「哎呀……真過分。」

庫法將掛在另一邊腰上的劍扔給在後方無力低喃的王爵。滾落在甲板上的，是配置了四大聖石的輝煌名劍。

「但妳再繼續從上方不斷扔東西下來的話，會讓人很困擾。尤其是這種巨大的船，萬一墜落到市區，受害人數將難以估算。這也可能會給厭惡加冕典禮的犯罪組織和藍坎斯洛普提供絕佳的下酒菜吧。因此，總之——」

庫法「鏘」一聲地敲響護手，將堅定不搖的劍尖刺向敵人面前。

「要殺掉礙事的妳。」

庫夏娜驚訝地瞠大了眼，隨後笑了出來。

「哈哈！真想向你看齊啊！」

露出猙獰獠牙的她噴出蒸氣。她在瞬間加速，擦過庫法身旁並滑向上空。她一邊上下翻轉，同時俯視這邊，大聲叫道：

「你忘了首戰嗎！對龍騎士而言，你只不過是頭在地上爬的野獸！」

「試試看啊……！」

庫法以冰冷刺骨的聲音回應，啟動腰部的飛行鎧甲。重低音撼動全身，隨後靠著從背後被踹飛般的氣勢一口氣加速。

他輕輕一蹬地面，從背面噴出的蒸氣便讓他飛舞上天空。他將動能集中在手臂上，在飛過的同時揮手橫掃。與敵人的矛衝撞，驚人的雷鳴響徹周圍。

「唔……！」

露出犬齒的美貌伴隨著金屬聲響拉開距離。還無暇喘息，大量蒸氣便覆蓋半空中。烏鴉與龍一邊揮灑雙色火焰，同時縱橫自如地在天空中四處奔馳。重疊交合的蒸氣線條，在交錯點轟隆響起的打擊聲。閃光斷斷續續地閃爍著。

「你打算向我挑戰空中戰嗎？不過是個武士位階！」

伴隨蒸氣發動突擊的庫夏娜，在衝撞上前描繪出複雜的軌道。瑪那火焰從雙腳噴出，覆蓋慣性的腳刀穿過敵人的防禦。描繪出圓弧的痛擊命中側頭部，鮮血從黑髮中飛濺出來。

墜落到地上的庫法用雙腳著地後，隨即又飛向上方。看到軍服敵人跳了回來，那堅定不搖的眼神讓庫夏娜氣憤地咬牙切齒。

「沒用的！光靠臨陣磨槍怎麼可能贏得了我！」

庫夏娜從雙腳噴出瑪那，從背後噴出蒸氣，同時舞動著。雙重加倍的速度讓敵人只能勉強慢半拍跟上。飛行鎧甲的熟練度也還不夠成熟。

「是從吉普森他們那兒搶來的裝備嗎！你以為裝上那個，就能與龍騎士並駕齊驅了？你自認已經上升到相同高度了嗎！我就讓你嚐嚐被墮入地面的屈辱吧！」

庫夏娜一邊描繪螺旋，同時發動突擊。她拉緊機械矛，在蒸氣爆發力推動下射擊。矛滑向黑刀刀腹，迸出激烈火花。膝擊重創青年的腹部，另一邊的腳再次瞄準側頭部。敵人立刻抬起手臂，但龍騎士的腳在此時吐出氣息。

獲得新推進力的腳刀急遽變更軌道，打向右腿。青年從下半身被撈起，在空中像被搓揉似的旋轉著。他隨即噴射出蒸氣，飛向後方。但庫夏娜以更快的速度立刻追上。

「這就是獲得仙饌密酒的龍騎士的空中機動！我擁有『飛翔』能力的庇護，但你只能緊抓著那鐵塊不放。我可沒有膚淺到能被人輕易模仿喔！」

「的確……這有些棘手。」

青年老實地說出口，然後從左手丟出了什麼。自己的速度這時成了反效果，無法避開，纏住庫夏娜左手的是鋼絲。嘎吱——在動作被限制住的同時，敵人不知打什麼主意，將反手握住的黑刀扔了過來。

「什……！」

庫夏娜驚訝得瞠大眼，在千鈞一髮之際避開。刀身掠過戰鬥服的同時，一個宛如八咫烏的影子覆蓋在頭上——

腳跟「咚！」一聲地命中頭頂。彷彿眼球都要掉出來的衝擊，讓庫夏娜忍不住墜落到甲板上。她張開雙手雙腳支撐著身體著地，同時宛如彈簧一般往後跳。敵人慢了一拍的腳掌猛烈地踏穿了甲板。

「你這傢伙……！」

庫夏娜花了一秒讓搖晃的腦袋振作起來。庫法趁這個空檔一蹬地板，在飛奔而過時回收刺在甲板上的黑刀。找回鮮明視野的庫夏娜優先砍斷左手的鋼絲。在矛尖橫掃過鐵線時，神速的軍服身影已到眼前。

「我才想問妳是否太小看武士了？」

庫法揮動黑刀二閃，發動伴攻踹飛庫夏娜的心窩。只靠腹部肌肉忍住的庫夏娜退後幾公尺，靴底發出焦味。她用力咬緊牙關，噴出蒸氣。

幾乎就在同時，庫法一蹬甲板，跳了上來。對於發揮出幾乎相同速度與跳躍力的敵人，一種直覺般的戰慄貫穿庫夏娜的脊背。

「那飛翔術難道是——！」

在戰鬥外圍的人們，比較容易詳細地掌握庫法的動作。用受傷的手抱著莎拉夏，仰望上空激戰的塞爾裘顫抖著嘴脣。

「那是席克薩爾家的……龍騎士的舞動方法不是嗎……！」

他猛然察覺到這點，事到如今才俯視手中的妹妹。她雖然因流血而失去體力，卻用感覺不到任何憂愁的眼神守護著烏鴉之舞。

席克薩爾家的兩名繼承人，從地上與空中讓思考同步了。

「難道他在巡禮過程中——」

「——偷學了莎拉夏的戰鬥方式嗎！」

庫夏娜不耍小把戲，朝庫法發動最大速度的突擊。庫法像在回應似的噴射出蒸氣。

從正面衝撞的兩人，摻雜著使用武器的佯攻，使出前踢。鋼鐵般的腳咬住彼此，發出低沉的聲響。讓彼此的骨頭嘎吱作響的同時又是二擊、三擊，數不清的踢打你來我往，最後庫法的鞋底用力踩住庫夏娜的膝蓋。

黑色軍服男甚至利用對手的攻擊力，飛舞到更上空。他在翻筋斗的同時徹底壓制住敵人的頭部，一邊將黑刀收到肩頭。

庫夏娜追逐敵人身影，抬頭仰望頂點的眼眸中，那人與櫻花少女的身影重疊。

LESSON VII

～尊嚴之翼～

「那攻擊技能是莎拉夏的——！」

「冒牌貨也有冒牌貨的尊嚴！」

爆發般的蒼藍火焰覆蓋天空。接著銳利地收斂起來，在青年周圍化成好幾個箭頭。蒸氣從背面爆發的同時，幾十把弓一齊射出箭。

「『鏡刀術……驟雨烈櫻波』！」

莎拉夏流「武竹雨」的光芒無止盡地降落。一個個都隱藏著驚人的貫穿力，幾十個箭頭射穿庫夏娜全身。箭頭粉碎機械矛，貫穿飛行鎧甲，甚至縫住爆炎，同時將敵人推回到地面。

「咕……嗚！唔喔——————！」

庫夏娜咆哮。在暴風雨中斷後，最後有一道格外激烈的流星飛過身旁。在甲板上著地的庫法使勁一揮黑刀。從刀尖滴下鮮血。

庫夏娜的雙腳一直線地被切開。甚至喪失「飛翔」能力的庇護，波浪捲的樹莓色金髮無力地墜落——咚一聲地從背後衝撞上甲板。

「嘎呼……！」

從肺裡被擠出來的空氣，從厚實的嘴脣中漏出。確信戰鬥勝負已分後，庫法氣勢洶洶地甩了甩刀，讓鮮血四散。接著反過來緩緩地將刀收回腰部的刀鞘裡。

「就像梅莉達小姐以更高峰為目標一樣──我也還會繼續成長。」

叮──刀鞘口響起清脆的聲響。

庫法站起身，重新環顧甲板。三名席克薩爾各自都遍體鱗傷。庫法飛奔到目前最掛心的櫻花公主身旁。

「席克薩爾公，莎拉夏小姐的情況……」

「她昏過去了。看來沒有生命危險，似乎是因為你前來支援，讓她感到安心。」

塞爾裘用禮服袖子壓住妹妹的肩膀，止住了血。雖然莎拉夏的臉頰有些蒼白，但呼吸很平穩，闔上的眼皮也沒有痛苦的神色。

庫法鬆了口氣，他接著轉身前往呈大字形倒地的庫夏娜身旁。庫夏娜雖然意識清晰，但以雙腳為首，全身每個角落都被砍遍，感覺一動也動不了。為了保險起見，庫法一邊將她反手綁緊，同時扶著她的上半身，將她抬起。女騎士似乎連抵抗的力氣都沒了，只見她垂落著頭。

「跟吉普森先生他們一樣，庫夏娜小姐就交給我們處理吧。畢竟不能讓騎兵團察覺到內情嘛。關於襲擊加冕典禮的實行犯，也交給我們操作情報吧。就當成是您擊退賊人並拯救了妹妹，請配合我們的說詞。」

「太棒了……實在是太棒了，庫法小弟！」

彷彿因感動而顫抖的美聲，傳入庫法的鼓膜。他斜眼瞥了一下公爵那邊。只見席克薩爾公脫下長袍蓋在妹妹身上，他站起身來，誇張地張開雙臂。

「果然看上你是正確的。你才是最適合擔任我這個巡王爵塞爾袞．席克薩爾的近衛騎士！怎麼樣呢？要不要考慮辭退梅莉達．安傑爾的家庭教師一職，就這樣擔任我的左右手？不，乾脆請你娶莎拉夏當新娘吧！名副其實地成為我的弟弟，為了席克薩爾家的繁榮──」

「不過這還真是不得了呢，巡王爵！」

庫法大聲地蓋過對方的台詞。塞爾袞抽動了一下眉毛，蹙起眉頭。

「你說什麼……？」

「沒想到席克薩爾家的繼承人竟然為了王爵之冠，發展成這種血腥決鬥！要是傳入民眾耳裡，想必是個大醜聞吧。質疑席克薩爾家權威的聲音說不定會變大。也會有人對於沐浴親戚鮮血的王坐上寶座一事感到不信任吧。我記得，對了──好像還有個制度是，只要評議會有過半數同意，巡王爵滿最低任期一年就能被解任。雖然是前所未有的案例，但最年輕的王爵說不定也可能甘於承受那種不名譽呢。」

「………………」

「不過，請您放心。庫夏娜小姐會由我負起責任將她幽禁。您丟臉的一面不會暴露在社會大眾面前——沒錯，**只要我的立場穩如磐石**。」

庫法將下顎貼近面露死相的女性肩膀，擺出真正惡魔般的微笑。

「您的王位是因為我健在才有的地位，請您千萬別忘記這件事。」

塞爾袞露出大感意外的表情，隨即瞇細了單眼。讓人感受不到他全身負傷的犀利聲音，從嘴脣被編織出來。

「你是為了這個才沒有殺掉他們的嗎……你意外地狡猾呢。」

「哎呀，您現在才發現嗎？」

「嗯，算啦。我知道了。」

塞爾袞輕輕聳了聳肩，驅散正要散發出來的危險氛圍。

「既然被你抓到把柄，這也沒辦法。我們的交易就到此為止吧。放心吧，你的祕密我會讓它隨風流逝。」

「感謝您的體諒，閣下。」

「……我打從心底感到遺憾呢。」

王爵在最後補了這麼一句低喃，然後彎下身。他用傷到讓人不忍心看的手臂抱起昏迷的妹妹，走向連接著船內的升降口。

「我去降低船的高度，庫夏娜就拜託你了。」

「包在我身上。」

再繼續反抗他也沒有意義。庫法毫無疙瘩地點頭同意後，塞爾袞也點頭回應，消失到門扉後方。雖然不曉得讓這艘神奇飛行船動起來的架構是怎麼一回事，但塞爾袞正是開發負責人，他應該能順利掌舵吧。

跟預料的一樣，過沒多久飛空艇就放慢上升速度，接著開始讓氣球消氣。飛空艇從接近提燈頂點的高度，緩緩地朝聖王區降落。

地上應該有好幾萬人等候王爵歸來等到累了吧。至少也得整理得體面一點才行——

庫法依舊鎖著庫夏娜的手，讓她站起身來。

就在這時候。彷彿死人一般低著頭的她，忽然動起了嘴唇。

「『那是不斷輪迴的生命手記』、『銘記已逝者的願望』、『化為將天空染成深藍的風』。」

「咦？」

即使回問，也沒有反芻，相對的她以抱著必死覺悟的眼神注視著庫法。

「現在就算了，但你遲早要想起來。如果是我，就能阻止那男人。」

「…………」

無論說什麼，感覺都不會是正確答案，庫法一言不發地推了推她的背。庫夏娜已經

LESSON: Ⅶ ~尊嚴之翼~

毫不反抗，拖著雙腳沿著通往船內的道路前進。

——現在就算了，但你遲早要想起來。

這句話不可思議地在庫法內心掀起波紋，潛入意識深處。掉落在記憶的某個角落，即使被歲月形成的頭紗遮蓋住——仍然彷彿等待著覺醒的蛋一般，點亮了微弱的標記。

塞爾袠・席克薩爾

位階：？？？？？

HP	5972	MP	？？？		
攻擊力	554（665）	防禦力	531	敏捷力	？？？
攻擊支援	0～33%	防禦支援	－		
思念壓力	？？%				

主要技能／能力

飛翔 Lv9／空氣刃 Lv??／空氣殼 Lv??／XX覺醒 LvX／……

※因參考資料不足，詳情不明。

庫夏娜・席克薩爾

位階：龍騎士

HP	5067	MP	672		
攻擊力	547（656）	防禦力	451	敏捷力	672
攻擊支援	0～33%	防禦支援	－		
思念壓力	49%				

主要技能／能力

飛翔 Lv9／空氣刃 Lv8／空氣殼 Lv8／XX覺醒 LvX／增幅爐 Lv9／逆境 Lv7／針縫耀變／月面升起／無限驅動

Secret Report

……這大概是我們最後的會議吧。如果可以，很想在查明對象所有能力值後再執行任務，但這也是逼不得已。那傢伙似乎也露骨地警戒起來。

作為參考，將我的能力值也一併附上。感覺跟那傢伙沒有太大的力量差距，但切記我們席克薩爾還殘留著祕密的「最後王牌」。不曉得我們當中究竟有幾個人能倖存下來，但縱使只剩最後一人，能見證那傢伙死去的模樣即可。祝各位的旅途一路順風。

（節錄自席克薩爾分家的密會文書）

HOMEROOM LATER

「在我返鄉的期間，居然發生了這麼不得了的事！」

走在歡樂的祭典氛圍中，穿著旅行服的紅髮少女誇張地張開手臂。她一手拎著大型旅行包，同時靈活地聳了聳肩。

「倒不如說，愛麗絲小姐等人的周遭一年到頭都像廟會一樣熱鬧呢。」

「這次不是我們的錯。是庫法老師的錯。」

走在她身旁的銀髮天使至今仍無法換掉儀式衣裳。雖然這是因為被接連發生的意外玩弄的關係，但不由分說地聚集起來的路人的視線，讓裸露出來的上臂十分難為情。

愛麗絲躲在家庭教師的背後，同時緊握住她的袖子。

「蘿賽老師在春假期間中上哪去了呢？」

「嗯，到弗蘭德爾外面……非常遠的地方。是跟愛麗絲小姐等人最無緣的地方……嗯，坦白說是我誕生的故鄉就是了。」

彷彿覆蓋了好幾層面紗的說法，讓少女的銀髮疑惑地傾斜。蘿賽蒂連忙揮了揮手，用學生也看得出來的刻意態度改變話題。

「我剛才好不容易可以回來！因為有緊急報告要聯絡聖都親衛隊，我就直接來到聖王區了。結果發現愛麗絲小姐等人也在這裡，還會參與加冕典禮呢！這下只能去參觀了吧～我本來是幹勁十足的啦……」

「卻變成一場很荒唐的典禮。」

蘿賽蒂深深點頭同意。

到達王城中庭的蘿賽蒂所看見的，是從楔子被解放，逐漸上升到天空的鯨魚，還有追逐過去的兩抹流星。聖王區一時間陷入極度混亂，有人說是以王爵為目標的恐怖分子，有人說是神動怒了，眾多騎士無計可施，袖手旁觀十幾分鐘。平安回到王城的飛空艇，甲板上載著留下激戰痕跡的塞爾袞．席克薩爾。上萬民眾都緊張地側耳傾聽，巡王爵高舉輝煌的聖劍，向民眾這麼宣言：「我用這把劍打敗危害王者的敵人了！」

民眾當然是發出熱烈歡呼。到了現在，甚至有一種那一幕本身就是為了炒熱加冕典禮的表演的錯覺。實際上參加完加冕典禮的人們，正盡情享受著連續七天七夜的祭典，為了新國王的誕生興奮不已。在飛空艇春天號的背上展開了什麼？砍了愛麗絲友人的是什麼人？還有隻身闖進去的暗色青年，究竟扮演了什麼角色？這些都無從得知。

不過，即使沒有殘留在任何人的意識當中，仍有一種彷彿冰柱之花的確信在愛麗絲內心萌芽。她以格外醒目的王城尖塔為目標，不滿地發出聲音。

「我有一點明白莉塔的心情了。看著庫法老師，就會對自己感到焦躁的心情。那個人又去跟來路不明的什麼戰鬥，但他果然還是打算自己承擔那些事情……無論到何時，一直都把我們當小孩子看待。」

「咦？愛麗絲小姐變得很了解那傢伙呢。」

棉花糖般的柔嫩臉頰被戳了好幾下，愛麗絲面紅耳赤地別過臉去。

「沒什麼。只是因為被做了很多難為情的事，所以絕對不會忘記而已……真的發生了很多事情。像是稱呼他主人、被嚴格管教、大家一起走到累……還有一……一起泡澡之類的。這一定會成為一輩子忘不了的旅行。」

「嗯，這些事情之後再請妳仔～細地告訴我！」

蘿賽蒂將手放在頭部後方交叉，漫無目標地環顧周圍的喧囂。

「在這種祭典當中，果然找不到人呢。但是去王城那邊的話，一定能見到面吧。畢竟梅莉達小姐不喜歡人擠人。」

「蘿賽老師找莉塔跟庫法老師有什麼事嗎？」

「嗯，嗯～……其實有點難以對兩人啟齒，那個，該怎麼說呢？」

蘿賽蒂吞吞吐吐地回答，感覺那也表現在腳步上。

對於不斷冒出問號的學生，蘿賽蒂面向前方這麼說：

「雖然沒有小姐們的大冒險那麼誇張，但我這邊也是挺辛苦的呢。」

† † †

同一時刻，少女在找的人如預料的一樣，在面對中庭的王城迴廊漫步著。不見警衛的人影，也沒什麼燈光。巡王爵等人正在參加環繞街區的遊行。彷彿從世界上被孤伶伶地留下一般，祭典的喧鬧聲也十分遙遠。

這是最適合想事情的環境。庫法一邊讓軍服融入黑暗中，同時低頭望著大理石通道陷入思考。至今仍聰明敏感的神經，無意識地探索周圍的氣息。

——庫夏娜小姐和吉普森・巴雷幽禁到「白夜」的牢獄裡了。這是針對塞爾袞・席克薩爾的對等交易籌碼。這麼一來，狀況就勉強恢復到平手的狀態了。

不過，不能掉以輕心。狀況隨時會產生變化。就跟庫法自認為握住了他的韁繩一樣，他也不曉得何時會拿劍指向這邊的要害。必須設想各種可能的未來，隨時考慮好下一步才行。

庫法的腦袋忽然有一點暈眩。這很少發生的現象讓他按住額頭。

黑色蝙蝠、蛇尾雞、列車襲擊、庫夏娜·席克薩爾——或許是連續不斷的激戰讓庫法感到疲憊。雖說有身為藍坎斯洛普的超回復力，但唯獨對累積起來的疲勞無可奈何。而且仔細一想，感覺自己也很久沒有好好吃飯或睡覺了。總之現在，想找個地方，哪裡都行。

有沒有能感到安心的地方呢——…………

用宛如機械般的腳步不斷走著的庫法，不知不覺間來到了中庭的噴泉廣場。在流動的水中有微小的氣息。或許正是因為感受到那氣息，庫法才會無意識地走向這邊也說不定。

「——啊，老師！」

認出庫法身影的梅莉達，立刻從原本坐著的欄杆上跳了下來。她在黑暗中散播金色光輝，讓儀式時的天使衣裳隨風擺動，同時飛奔過來。

「小姐。」

「老師從飛空艇回來後，又立刻不知上哪兒去了，所以我一直在找你！已經不要緊了嗎？工作結束了嗎？我能幫上什麼忙嗎？」

「……沒有問題。」

「那麼，老師請過來這邊！我知道老師受傷了。雖然大家都在注意王爵大人，但我一直看著老師！我借了急救箱過來……」

「小姐，恕我冒昧。」

庫法高舉單手，阻止了立刻想拉著自己走的學生。

就宛如在課程中說教時一般，他揮了揮食指。

「請小姐坐在那裡的長椅上。」

「咦！我……我做了什麼不該做的事嗎？」

「坐下就是了。」

「嗚嗚～……！」

梅莉達一臉焦急地發出呻吟，但既然是家庭教師的意思，這也沒辦法。她一邊心驚膽跳地想著究竟會因為什麼挨罵，同時在長椅中央縮起了肩膀。

庫法並沒有俯視梅莉達，而是在她身旁坐下來。

然後——他輕輕將頭靠在梅莉達白皙的頸項上。

「老……老老老老師！」

「這次——」

碰觸著肌膚的黑髮搔癢著梅莉達，她猛然抬起頭來，但也只有一瞬間。

在梅莉達滿臉通紅的臉頰旁，庫法被瀏海遮住的眼皮，彷彿要入睡一般闔了起來。

「這次實在有點辛苦。」

「咦……」

「只要一下子就行了，請讓我保持這樣子。」

彷彿被鳥羽毛搔癢心臟的感覺，讓梅莉達纖細的全身顫抖起來。

就像平常自己感到不安時，他總是對自己做的一樣，梅莉達戰戰兢兢地舉起手心，觸摸他位於超近距離的頭部。梅莉達梳理著黑髮，指尖碰到的感觸堅硬且溫暖。庫法任憑梅莉達觸摸，反覆著安靜的呼吸。

梅莉達忽然產生自覺。平常對庫法而言的自己，是個小孩，是個學生，是個應該服侍的主人，儘管對庫法不把自己當成對等的女孩看待這點感到不滿，自己本身卻沒有確切的實際感受。

而像這樣互相碰觸的青年，對自己而言是年長的大人，是完美的隨從，不光是一個嚴格的家庭教師，更是一名「男孩子」。在梅莉達本身對等地注視他的瞬間，胸口內側小鹿亂撞了一下。接著脈搏無止盡地加速，讓全身逐漸發燙。

不曉得是否有注意到，庫法用彷彿置身夢境般的聲音，朝梅莉達的頸項低語。

「小姐應該完全不知道吧。跟小姐分離的期間，我的內心是暴露在多麼寂寥的沙塵當中。我夢想著回到小姐所在的宅邸之時，滿心期待每一天趕快過去。」

「……」

「那一天，在卡帝納爾茲學教區的車站發現小姐的身影時，感覺世界點亮了色彩。原來視野是這麼鮮明的嗎？我很久沒有那麼吃驚了。我能像這樣順利結束巡禮，一定是因為妳待在我身旁的關係。」

「老……老師……！」

梅莉達已經無法忍耐了。她也主動將臉頰靠到庫法頭上，把原本梳著他頭髮的手心貼在側頭部，輕輕抱住庫法。儘管覺得這樣有些不知羞恥，她仍忍不住將左手心重疊在庫法的右手上，讓五指緊緊纏繞。

——逐漸掉落。已經到了無法挽回的地方。

熱到彷彿要融化的身體，與他合而為一的感覺。片刻也不想分離的心情，從碰觸到頭髮的嘴唇、從互相緊握的手心中傳遞過來。梅莉達心想，即使對對方一無所知也能談戀愛這種事，實在是天大的謊言。

庫法老師，我想知道更多關於你的事情——

不曉得這樣過了多久呢？感覺好像作了一場漫長的夢，梅莉達緩緩地抬起頭。互相重疊的手心滿是汗水，發燙到讓人覺得大概再也分不開了吧。感覺那簡直就像愛的證明，梅莉達感到害羞的同時，一種難以言喻的甜蜜填滿了小巧的胸口。

「所……所以說……老師是因為想見我，才寄了邀請函來嗎？」

「咦？」

「既然這樣，從一開始就告訴我的話，無論是聖王區還是哪裡，我明明都很樂意跟著老師走呀。真是的，老師總是勉強自己忍耐……」

「——請等一下，小姐。這究竟是在說什麼？」

一如往常隱藏著精悍的聲音，傳入梅莉達的耳裡。

她驚訝地看向庫法，於是與同樣抬起頭的他鼻頭相貼。庫法蹙起眉頭，梅莉達則驚訝得瞠大了眼。好像沒有交集的話語，在嘴脣之間交纏。

「……老師寄了加冕典禮的邀請函對吧？還附上特別觀覽席這種非常昂貴的票券。還有旅館跟列車的車票，連艾咪她們的份也……」

「不……我一直在擔任影武者，所以根本無法以『庫法』立場寄信。我對此事……毫無頭緒。」

「咦？那麼……」

一直忘記的疑問在腦海中膨脹起來。彷彿被蒸氣籠罩一般，將梅莉達的現實弄成曖昧不明的東西。左手像在求助似的緊握住庫法的衣領。

「那些邀請函究竟是誰……——?」

† † †

在微暗的王城地下牢中，有金屬聲響迴盪著。

唯一一扇沒上鎖的門扉從外面被拉開。從房間裡走出來的是身穿民族風衣裳，有著褐色肌膚的雙胞胎少女。其中一方盡情地伸展手臂，另一方則對在門旁拿著鑰匙的人物輕輕點頭致意。

「非常感謝您，王爵大人。沒想到可以這麼快就被放出來。」

「該道謝的是我啊。真虧妳們兩人能好好地遵守我的吩咐呢。」

拎著一串鑰匙的是包著大量繃帶的塞爾袞．席克薩爾。在他後方待命的，是被稱為他的「警犬」的狙擊手少女。此外連一名看守的身影也沒有。「警犬」通過雙胞胎身旁，將沒有囚犯的牢房緊緊關上。

露西爾像在察言觀色似的，挺身探向高大的王爵。

「那麼，王爵大人。關於我們約定好的報酬……」

「『警犬』從雙胞胎後方轉過頭來，用強烈的視線看向主人。

——要封口嗎？

塞爾袞聰明地聽懂了她的意思，但他若無其事地搖了搖頭。他誇大地張開手臂，用這動作敷衍過去，貼著紗布的臉龐快活地笑了笑。

「包在我身上！是劇團的亞莉亞小姐對吧？她的傷會由我負起責任，用盡各種方法讓她完全康復給妳們看。妳們用不著擔心喔。我請醫生稍微看了一下，問題似乎只有治療費而已。」

「「太好了……！」」

大大鬆了口氣的雙胞胎無從得知，此刻死神的鐮刀剛掠過她們的性命。還有就在背後的嬌小少女，將短劍收回刀鞘一事。

萊拉露出像在煩惱菜單的表情，將手指貼在嘴唇上。

「可是，這樣的話，我們今後會怎麼樣呢？」

「不會怎麼樣喔。妳們回到德比劇團吧。我已經跟團長先生談好了。」

聽到親愛的團長的名字，雙胞胎的視線望向上方。塞爾袞像是要讓她們安心似的露出微笑。

「妳們是因為敵人拿劇團的家人當人質，強迫妳們走漏情報。我會以王爵之名撤銷妳們的罪狀。妳們可以回到跟以往一樣的生活喔，劇團的成員都在等妳們回去。」

哇！雙胞胎的表情明亮起來。「警犬」默默地通過她們身旁。

看到嬌小的少女回到身旁，王爵輕快地轉過身。露西爾與萊拉戰戰兢兢地跟著前往出口的輕快腳步聲。

「但是王爵大人，您為什麼要命令我們做這種事呢？」

露西爾這麼說道，看向萊拉。萊拉點了點頭，接著她的話說道：

「就是說呀。居然要我們『向襲擊者密告巡禮的日程』。」

「因為我有一些想確認的事情，所以希望妳們能引起風波。我請妳們在巡禮途中寄出厚重的信封對吧？其實那是寄給騎士公爵家的信件。」

「「咦咦！」」

「正確來說，是別邸就是了。我希望梅莉達．安傑爾務必也能參加這次的巡禮。跟庫法小弟一起。多虧這樣，我知道了非常有意義的事喔。」

一開始的衝擊太過巨大，雙胞胎無法吸收他接下來的話語。但就算能聽見，她們大概連一半的內容也無法理解吧。

塞爾裘像是自言自語一般，用宏亮的聲音這麼繼續說道：

「我想知道的是梅莉達．安傑爾與『白夜』的幕後關係。她的背後有白夜在撐腰嗎？

或是庫法小弟單獨一人？追根究柢，庫法小弟是肩負什麼使命呢？守護無能才女？抑或是——？」

「呃……那個，王爵大人……？」

「即使出乎意料的意外接連發生，庫法小弟仍然沒有向白夜請求救援。為什麼？因為是必須單獨完成的任務吧。既然如此，他對梅莉達・安傑爾的愛情是演技嗎？——不。在列車遭到襲擊的時候，他挺身保護了梅莉達小妹。如果不是真心愛慕著她，是辦不到那種事的。」

王爵已經不是在對雙胞胎說話了。他像是把說話對象換成在身旁待命的「警犬」一般，將視線望向個子較矮的她，咧嘴一笑。

「換言之，今後無論無能才女陷入怎樣的困境，白夜騎兵團都不會為了拯救她而現身。只不過，唯有庫法小弟的獻身是貨真價實的。看來跟他似乎有必要從正面起爭執——哎呀，愈來愈有趣了呢。」

哈哈——爽朗的笑聲在地下牢迴盪著。面無表情地聆聽主人話語的「警犬」，忽然停下腳步，移開視線。

高大的主人揚起眉毛，同時轉頭看向停止行動的嬌小少女。

「怎麼了嗎？」

「…………」

過了一會兒，少女搖了搖頭，再次邁出步伐。她像要支撐包著繃帶的主人一般與他並肩，絲毫沒機會插嘴的雙胞胎跟在後面，四人份的腳步聲逐漸遠離。

然後，從「警犬」剛才關注的黑暗陰影處中——

悄悄地浮現少女的白皙美貌。她確認腳步聲完全消失後，將背靠向潮濕的牆壁。呼——十三歲的小巧胸口上下起伏著。

「……聽到老師的名字，忍不住就貪心起來了。從那樣子來看，巡禮會有這麼多阻擾，都是哥哥大人指使的呢。」

呵呵——成熟的笑容點綴著嘴唇。

「得去通知母親大人才行。」

黑水晶秀髮轉過身，讓天使衣裳隨風搖曳，響起輕快的腳步聲。她在黑暗深處舞動，然後消失了。

† † †

「啊～！總算找到人了！」

一個大聲音刺穿鼓膜，原本將臉貼在一起的梅莉達與庫法反射性地拉開距離。發燙成那樣的手心非常輕易地就鬆開了。

兩人慌忙地轉頭一看，只見有兩個熟悉的面孔出現在廣場的入口。是跟梅莉達穿著同樣天使衣裳的愛麗絲．安傑爾，以及她的家庭教師，穿著旅行服的紅髮少女。

「蘿賽蒂小姐！……總覺得好像很久沒見了呢。」

「真的呢！明明沒有分開多久。」

看到她無憂無慮地走近這邊的身影，庫法在內心鬆了口氣。

該說不小心放鬆過頭了嗎？讓梅莉達看見了非常丟臉的一面。突然縮短距離說不定嚇到她了。愛麗絲靠近滿臉通紅的梅莉達，詢問她「怎麼了嗎？」梅莉達搖了搖頭，回答「沒什麼」。

幸好這裡沒什麼燈光，似乎沒有被她們撞見庫法與梅莉達互相擁抱的場面。庫法一邊在面具底下讓心跳慢慢平靜下來，同時重新面向伙伴。

「妳來得還真晚呢。」

「說這什麼話！關鍵時刻沒能在場，是很不好意思啦，但我這邊也是很辛苦啊……（嘟嘟噥噥）……」

「這麼說來，妳一直在找我？有什麼事嗎？」

庫法想起她剛才見面第一句話，這麼詢問，於是蘿賽蒂不知為何一臉尷尬地移開視線。那動作就彷彿在掩飾惡作劇痕跡的小孩。

「……妳做了什麼好事？我不會生氣，老實說出來吧。」

「為什麼前提是我會挨罵呀。不是這樣啦，那個……」

視線游移不定的她偷瞄了一下天使姊妹。梅莉達她們也一樣難以掌握這究竟是什麼意思。她們只能在旁觀望年長者的對話。

沒多久後，蘿賽蒂像是豁出去一般，猛然高舉右手。

「果然呀，那個，我覺得根本不用想，就只有你了嘛！」

「喔。」

「這種事又不能拜託聖都親衛隊的前輩……應該說我腦海中首先浮現的就是你，一直霸占在正中央的就是你啊！」

——妳究竟在說什麼？

就在庫法打算這麼反問前，蘿賽蒂慢慢地拉近距離，她在扔下旅行包的同時，一把抓住庫法的雙肩。

然後——

「嗯～……啾！」

她毫無脈絡地將嘴唇貼了上來。

做法明明像小孩子一樣，卻是個熱烈的吻。她將手纏繞到庫法脖子上，陶醉地吸吮蜜汁幾秒。

啾啵——跟剛才碰觸上來時一樣，氣勢洶洶地移開嘴唇。滿臉通紅的她毫不在乎目瞪口呆的庫法，她轉身背向庫法，摀住臉頰。

「咕啊～！這……這很難為情呢！」

「妳……妳突然是做什麼啊，蘿賽蒂小姐……」

庫法也不禁稍微臉頰發燙，但仍用傻眼勝過害羞的態度這麼詢問。是學生的壞習慣傳染給她了嗎？但要說是捉弄異性，這未免也太有效了。愛麗絲一臉茫然，白皙的臉龐變得更加蒼白，梅莉達更是彷彿窺見了世界末日一般，全身不停地顫抖著。

「那……那是……我的……老師的那個……我我……我的……啊哇哇……」

她甚至開始低喃毫無條理的話。蘿賽蒂到底在打什麼主意？庫法用試探性的眼神看向她，只見那個破壞平穩者（恐怖分子）用絲毫沒在反省的表情「欸嘿」一聲，將手心貼在後腦杓，用毫無誠意的態度吐了吐舌頭。

「這是我的初吻，這樣就扯平了吧？」

「是無所謂啦……應該有什麼理由對吧？快點解釋原因。」

「哎呀～其實呢，這麼突然很不好意思，不過——」

砰——蘿賽蒂雙手在臉前合十，稍微歪了歪頭。

在所有人的注視下，她用非常惹人憐愛的眼神往上望著庫法——

沒有任何前兆地這麼直說：

「噯，**小庫**。你可以跟我結個婚嗎？」

「…………什麼？」

後記

各位讀者大家好，我是作者天城ケイ。總是承蒙各位捧場支持，實在非常感謝。辛苦了。跟前幾集相比有一點特別氛圍的《刺客守則》第四集，您看得還滿意嗎？希望能讓您看得開心。

這次是冬季學期與春季學期的段落，因此就如同我剛才所說，設計了幾個新鮮的構想。可以列舉「逆轉」這個詞來作為其象徵吧。我決定給在第一、二、三集中開拓了逆境的梅莉達片刻的休息（獎賞），相對的讓到目前為止一直處於領導她的立場的庫法面對各式各樣的困難。

不過就某種意義來說，這也算是給庫法本身的獎賞吧。「盡力服侍小姐的隨從」這個立場「逆轉」的時候，兩人的關係究竟會被如何描寫呢？

咦，這是在講什麼啊？如果正在書店站著翻閱本書的您感到疑惑——來，現在立刻翻開最前面的彩頁吧！等回過神來，您一定已經以光速飛奔到櫃臺結帳了吧。太好啦。

透過插畫家老師的筆尖被灌注了生命的梅莉達等人，就是棒到這種程度！好想從座位上站起來送上鼓掌喝采。
能觀賞到許多ニノモトニノ老師的插圖，還有原本只存在於我腦海中的光景，變成文字膨脹起來，能以七色光芒閃耀這點，成為我繼續編織這部作品的強烈動機。
——認真的語調就到此為止。
附帶一提，這次就如同第三集後記中預告的一般，是增加了許多愛情喜劇成分的架構。因此請小姐們在桃色方面比平常更加努力了不少。這部分實在讓人寫得很起勁啊！偶爾得意忘形一下，也是很開心的呢。
言歸正傳。
最近我經常觀賞歐洲的旅遊節目。即使是介紹同一塊土地，每個節目也有各種不同的角度，十分有趣。有人從異國的街道對自己揮手說「Bonjour」的話，就會覺得自己好像真的待在那裡一樣，實在很不可思議呢。其實這種感覺，是我在創作中最注意的事情之一。
歌唱不好的我聽音樂，不會跳舞的我觀賞舞臺，然後有一堆彷彿要洋溢出來的幻想不知如何處理的我，寫了小說，然後閱讀。但偶爾從觀眾席中跳出去，試著被不曾見過的景色包圍，不也很有趣嗎？
但願庫法和梅莉達能牽起您的手，帶領您到閃耀的幻想當中。這也是讓我提筆寫作的強烈動機之一。

最後致上謝詞。

對於插畫家ニノモトニノ老師，必須再三表達感謝才行。至於我每次看到草圖和完成圖時，不曉得有多麼感激涕零、激動萬分這點，要是嚇到老師就太不好意思了，還是保密吧。還有 Fantasia 文庫編輯部與責編大人，雖然我每次都搞出像雜技的特技飛行，感謝他們願意支持像我這樣的廢材作家。不曉得哪天才能讓他們觀賞穩定的起飛著陸呢……（翻譯：我在反省了）。

然後，當然是一起參與這趟短暫旅程的讀者大人。這集您看得還滿意嗎？下次是在本集最後語出驚人的「那女孩」終於要大活躍了！可能吧……？希望能在初春的花朵萌芽時，與您再次相會。

天城ケイ

國家圖書館出版品預行編目資料

刺客守則. 4：暗殺教師與櫻亂鐵路 / 天城ケイ作；
一杞譯. -- 初版. -- 臺北市：臺灣角川, 2018.05
　面；　公分
譯自：アサシンズプライド. 4, 暗殺教師と桜乱鉄
道
ISBN 978-957-564-196-2(平裝)

861.57　　107003789

Kadokawa
Fantastic
Novels

刺客守則 4
暗殺教師與櫻亂鐵路

（原著名：アサシンズプライド 4 暗殺教師と桜乱鉄道）

２０１８年５月10日　初版第１刷發行
２０１９年10月16日　初版第３刷發行

作　　者：天城ケイ
插　　畫：ニノモトニノ
譯　　者：一杞

發 行 人：岩崎剛人
總 經 理：楊淑媄
資深總監：許嘉鴻
總 編 輯：蔡佩芬
編　　輯：陳書萍
美術設計：胡芳銘
印　　務：李明修（主任）、張加恩（主任）、張凱棋

發 行 所：台灣角川股份有限公司
地　　址：１０５台北市光復北路11巷44號５樓
電　　話：（02）2747-2433
傳　　真：（02）2747-2558
網　　址：http://www.kadokawa.com.tw
劃撥帳戶：台灣角川股份有限公司
劃撥帳號：19487412
法律顧問：有澤法律事務所
製　　版：巨茂科技印刷有限公司
ＩＳＢＮ：978-957-564-196-2

ASSASINS PRIDE Vol.4 ANSATSU KYOSHI TO ORANTETSUDO

First published in Japan in 2016 by KADOKAWA CORPORATION, Tokyo.
Complex Chinese translation rights arranged with KADOKAWA CORPORATION, Tokyo.